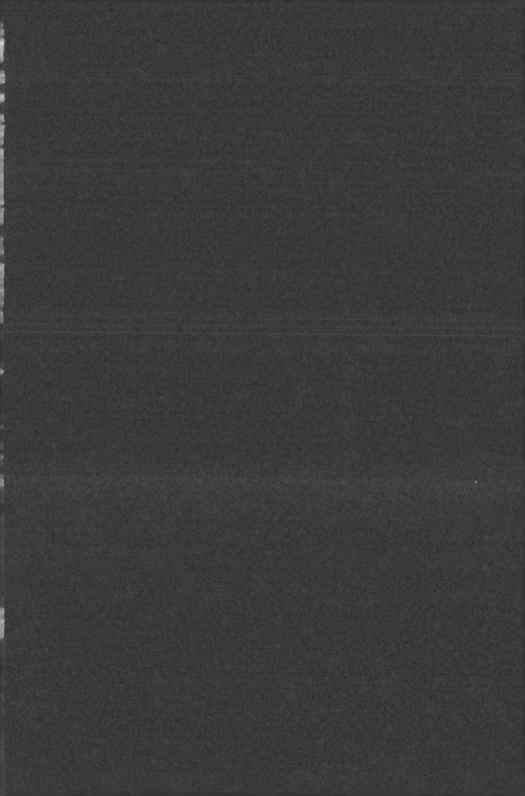

草莽の防人歌

万葉のわだつみの声をきく

山口博

海鳥社

草莽の防人歌　万葉のわだつみの声をきく◉目次

Ⅱ あゝ召集

後編　防人歌以後

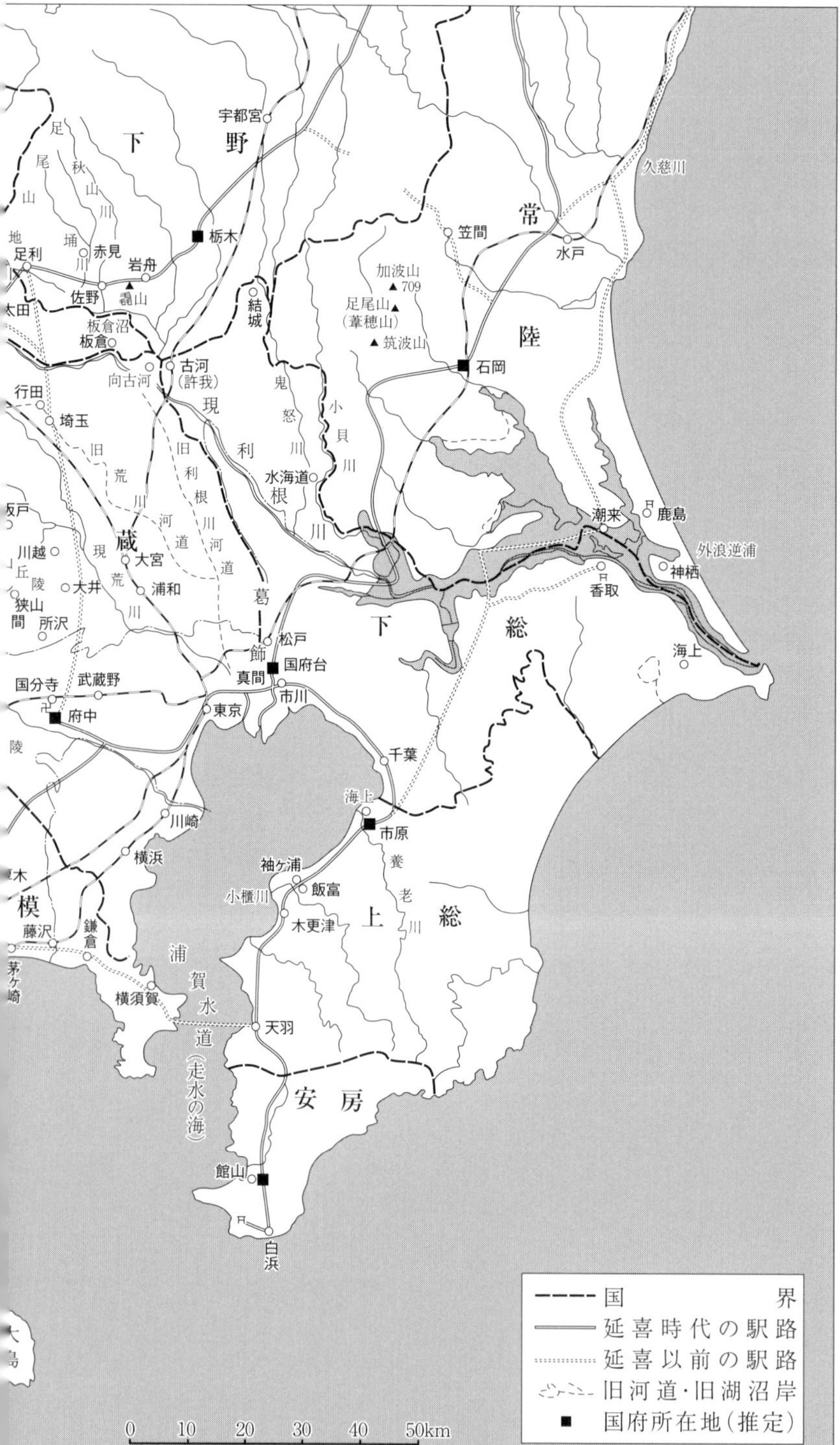
下野
宇都宮
足尾山地
秋山川
埇川
赤見
岩舟
足利
佐野
栃木
太田
板倉沼
板倉
古河（許我）
向古河
結城
常陸
笠間
水戸
久慈川
加波山
709
足尾山（葦穂山）
筑波山
石岡
行田
埼玉
旧荒川
旧利根川河道
現利根川
鬼怒川
小貝川
水海道
潮来
鹿島
外浪逆浦
神栖
香取
下総
海上
坂戸
川越
丘陵
狭山
所沢
蔵
大宮
大井
浦和
現荒川
葛飾
松戸
国府台
真間
市川
国分寺
武蔵野
府中
東京
陵
千葉
海上
市原
養老川
川崎
横浜
袖ケ浦
飯富
小櫃川
木更津
上総
模
藤沢
鎌倉
茅ケ崎
横須賀
浦賀水道（走水の海）
天羽
安房
館山
白浜
大島
国界
延喜時代の駅路
延喜以前の駅路
旧河道・旧湖沼岸
国府所在地（推定）
0 10 20 30 40 50km

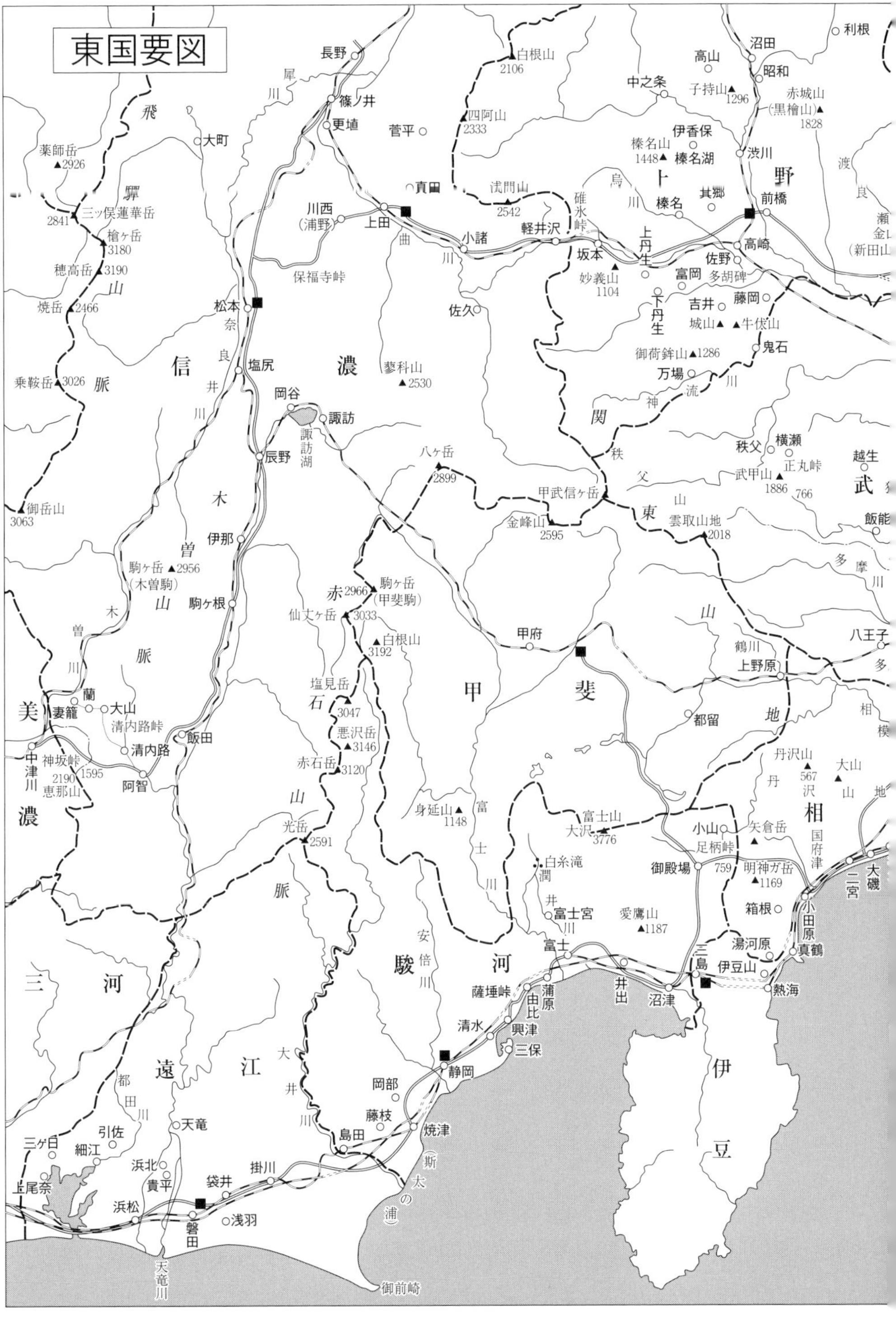
東国要図
長野
篠ノ井
更埴
犀川
大町
飛驒山脈
薬師岳 2926
三ッ俣蓮華岳 2841
槍ヶ岳 3180
穂高岳 3190
焼岳 2466
乗鞍岳 3026
御岳山 3063
菅平
真田
白根山 2106
四阿山 2333
浅間山 2542
川西（浦野）
上田
曲川
小諸
軽井沢
碓氷峠
坂本
保福寺峠
松本
奈良井川
塩尻
佐久
信濃
蓼科山 2530
岡谷
諏訪
諏訪湖
辰野
八ヶ岳 2899
甲武信ヶ岳
金峰山 2595
木曽山脈
伊那
駒ヶ岳 2956（木曽駒）
駒ヶ根
赤石山脈
駒ヶ岳 2966（甲斐駒）
仙丈ヶ岳 3033
白根山 3192
塩見岳 3047
悪沢岳 3146
赤石岳 3120
光岳 2591
木曽川
美濃
妻籠
蘭
大山
清内路峠
清内路
飯田
中津川
神坂峠 1595
恵那山 2190
阿智
身延山 1148
富士川
甲府
甲斐
都留
沼田
利根
高山
中之条
子持山 1296
昭和
赤城山（黒檜山）1828
伊香保
榛名山 1448
榛名湖
渋川
上野
烏川
榛名
箕郷
前橋
渡良瀬
金山（新田山）
上丹生
高崎
佐野
多胡碑
妙義山 1104
富岡
下丹生
吉井
藤岡
城山
牛伏山
鬼石
御荷鉾山 1286
万場
神流川
関東山地
秩父
横瀬
正丸峠
武甲山 1886
766
越生
武蔵
飯能
雲取山地 2018
多摩川
鶴川
上野原
八王子
相模川
丹沢山 567
丹沢
大山
相模
富士山 3776
大沢
小山
矢倉岳
足柄峠 759
明神ガ岳 1169
国府津
御殿場
白糸滝
潤井川
富士宮
愛鷹山 1187
箱根
二宮
大磯
小田原
湯河原
真鶴
富士
三島
伊豆山
井出
沼津
熱海
薩埵峠
蒲原
由比
清水
興津
三保
駿河
安倍川
静岡
岡部
藤枝
焼津
（斯太の浦）
島田
大井川
伊豆
三河
遠江
都田川
天竜
引佐
三ケ日
細江
浜北
貴平
袋井
掛川
上尾奈
浜松
磐田
浅羽
天竜川
御前崎

プロローグ

天平二年の大宰帥大伴旅人

それは、大宰府長官である帥《そち》大伴旅人主催の梅花の宴が開かれた天平二年（七三〇）の九月のことである。太政官《だいじょうかん》の命により諸国の防人が停止されたのは。

主として新羅を仮想敵国として来襲を警戒する防衛の第一線を担うのは大宰府であり、軍司令官は帥旅人で、実働軍団である防人を擁している。

大宰府は外交上の問題が発生すると中央政府である太政官に上申し、太政官はそれを議して大宰府に指示を与える。天平二年（七三〇）の防人停止も大宰府からの防人の実情報告とそれに基づく停止意見が上申された結果に違いない。

あの正月の梅花の宴は華麗に催されたが、華やかな宴会であればあるほど、帥大伴旅人の脳中には、故郷東国を離れ家族に別れて勤務している防人の問題が去来していたのではないか。遠島の壱岐・対馬に派遣されている防人は如何に。防人停止を上申した結果の報告はまだ届いていない……。

梅花の宴の歌を読むたびに不思議に思うのは、かつて雅楽寮の雅楽助《うたのすけ》を務めるほど美声で唱歌に秀で、『万葉集』に五首を残す防人司佑《さきもりつかさのすけ》大伴四綱《よつな》の姿がないことである。四綱が防人司佑の身分で帥旅人の許にいたことは、彼が帥旅人に、

藤波の　花は盛りに　なりにけり　平城《なら》の京《みやこ》を　思ほすや君　(巻三・三三〇)

と、歌いかけたので、旅人が、

我が盛《さか》り　また変若《をち》めやも　ほとほとに　寧楽《なら》の京を　見ずかなりなむ　(巻三・三三一)

と、若返ることなく、平城京を再び見られないかもしれないと、落ち込んだ歌の遣り取りをしていることからもわかる。

それ程旅人と親しく歌にも優れた四綱が梅花の宴に姿の見えないのは、あるいは防人問題で上京しているのでは……?

東国派遣の防人制度は度々問題にはなっている。勤務年限が守られていない、遠国からの派遣は人馬共に疲労するなどからである。そこに帥が深刻に防人問題に対処せざるを得ない事件が発生した。大宰府配下の対馬は岩石累々として耕作地がないので、官人そして防人の糧食は、大宰府の指示により、筑前をはじめとして九州諸国が交替で年一回二千石の穀物輸送で賄うのだが、その輸送船が遭難したのである。後方支援の乗組員は溺死、防人への糧食は届かない。

それは神亀《じんき》年間(七二四～七二九)のこととのみしかわからないが、旅人が大宰府に赴任したのは神亀五年(七二八)頃なので、その後のことであれ、数年前のことであれ、最高軍司令官にとって重大政治問

題であろう。時に帥旅人の下僚の地位にあった筑前守山上憶良は溺死した乗組員の家族の悲哀を歌い上げている。この遭難事件のことは後に詳しく話すが、防人及び後方支援者の悲哀を払拭するには、防人停止以外にはない。旅人・憶良等の思案の結果の到達はこれであり、意見は上申された。

太政官での議論の結果は聖武天皇に奏上され、天皇は停止を裁可されたのであろうが、時の太政官のトップは知《ち》太政官事（太政大臣）舎人《とねり》親王である。親王は『日本書紀』編纂の責任者であり、奈良朝歌人たちとの交わりも深くパトロン的存在で、賞金を懸けて戯れ歌を作らせたり、自身も『万葉集』に歌を残す風流人でもあった。太政官は大宰府の具申を認め、十月に防人を停止させたのだ。

天平二年（七三〇）は、元号「令和」の出典とされる梅花の宴の開催された意味よりも、政治的に遙かに重要な防人停止という国家防衛戦略の改訂された年であったのである。

古典歌集の中では唯一の、外国との実戦に投ぜられようとした草莽《そうもう》の民の歌が巻二〇などにある防人歌約一〇〇首である。

万葉歌の中で防人の歌程感動を与えてくれる歌はないのではないか。若い学生は昔々の話に心動かされないが、カルチャー等で学ぶ戦中派の受講生は、防人にかつての大戦に投ぜられた自分の夫や兄、恋人、友人を重ね、感慨にふける。机上に戦死した兄の写真を置き、涙を流しながら私の講義を受けていた女性を忘れることができない。

戦中派最後の年代の私も、防人歌を過去のエピソードとして斬り捨てることはできず、かつての大戦を想起しそれと重ねて講義してしまうのである。高齢受講生の涙の世界に引き込まれた私は、私と防人歌との出会いから話し始めよう。

醜の御楯

私は旧制中学で、牛蒡剣《ごぼけん》と略称された銃剣を腰に、菊の御紋章を抹消した三八式歩兵銃《さんぱちしきほへいじゅう》を手に軍事教練を受け、海兵団教育訓練に体験入団させられ、カッター操練で掌《てのひら》に血豆を作るほどの軍事教練を受けさせられた最後の学年である。それだから一九四一年と言うよりも昭和十六年と言うほうが理解しやすい世代だ。

国民学校（小学校）四年生であった昭和十六年十二月八日のラジオは、午前七時の太平洋戦争開戦を告げる「臨時ニュースを申し上げます。臨時ニュースを申し上げます」のけたたましい放送に始まり、一日中戦勝のニュースと軍歌が続き、夜は「宣戦の布告《ふこく》に当り国民に愬《うった》ふ」と題した内閣情報局次長奥村喜和男《きわお》の演説が流された。

（前略）何たる光栄、何たる矜持《きょうじ》でありましょう。日本国民にとってこれ以上の生き甲斐は絶対にないのであります。宣戦《せんせん》の詔勅《しょうちょく》を奉戴《ほうたい》したわれら国民の決心は、

今日よりは顧《かえり》みなくて大君の　醜《しこ》の御楯《みたて》と出《い》で立つわれは

と同じ心であります。万葉の名もなき防人の歌ったこの歌は、爾来《じらい》千年の間、われらの祖先が朝な夕

な愛唱し続けて来たのであります。堂々と米英両国に対し宣戦の御詔勅の渙発《かんぱつ》せられたる今日こそ、一億国民の心の中にひとしくこの歌が甦《よみがえ》ったことと確信いたします。八紘《はっこう》を掩《おお》いて一宇《いえ》となす御稜威《みいつ》のもと、生くるも死するも、只《ただ》これ大君のためであります。君国のためであります。この灼熱《しゃくねつ》の愛国心ある限り、神州《しんしゅう》は絶対に不滅であります。我に正義の味方あり。我に世界無敵の陸軍あり、海軍あり。米英何んぞ惧《おそ》るるに足《た》らんやであります。勝利は常に御稜威の御旗《みはた》のもとにあり。

天皇陛下万歳　帝国陸海軍万歳　大日本帝国万歳

もちろん、小学四年生が音質の悪いラジオ放送を聞き取れ理解できたわけはなく、引用文は『別冊　正論』（二四号）から取ったものである。それでも「万葉集」「防人」「しこのみたて」など断片的に耳に残った。

内閣情報局は、東条内閣により昭和十五年（一九四〇）十二月六日に設置された。それ以前にも各省には、戦争に向けた世論形成、プロパガンダと思想取り締りの強化を目的に、情報事務担当の部局が置かれていたが、それを統合して設置された機関である。国内の情報収集、戦時下における言論・出版・文化の統制、マスコミの統合や文化人の組織化、および銃後の国民に対するプロパガンダを目的とした。その次長の演説であり、「醜の御楯」の防人歌を引用したところは、文化をも管理下に置く内閣情報局次長らしい配慮だったか。

「醜の御楯」の歌は「愛国百人一首」に採択された。文学を以て国策に添う目的で、内閣情報局指導の下に日本文学報国会が結成され、その仕事として佐佐木信綱、斎藤茂吉、北原白秋、尾上柴舟《さいしゅう》、太田水穂《みずほ》、窪田空穂《うつほ》、土屋文明、斎藤瀏《りゅう》、川田順、折口信夫、吉植庄亮《よしうえしょうりょう》、松村英一という歌壇の錚々《そうそう》たるメンバーを選定委員とし、烈々珠玉《れつれつしゅぎょく》の如き歌一〇〇首を「愛国百人一首」として昭和十七年秋に選定したのである。ある新聞は「正月に各戸から『今日よりは顧みなくて大君の……』等の心魂をこめた読み声が流れれば、談笑の間に至誠《しせい》燃ゆるわれわれの先祖の精神が、現代人の胸に伝わることとなろう」と結んだ。内閣情報局次長の演説や「愛国百人一首」により、この防人歌は一挙に国民の間に広まった。万葉歌の防人は、なべて「生くるも死するも、只これ大君のため」という忠君の精神に横溢《おういつ》したマスラオと見なされてしまった。

筆を捨て剣を取らざるを得なかった出陣学徒は、岩波文庫本の『万葉集』を戦地に携帯したという。

文庫本万葉一巻背嚢《はいのう》に　ふかく蔵《おさ》めて出立《いでた》つ我は　松岡茂夫（『将兵万葉集』）

いにしへの防人の歌よむ時に　われの心も慰さむものを　小海正夫（『将兵万葉集』）

戦いの間に防人歌を読んだ学徒兵たちは何を感じ、心を慰めたのだろうか。

「生くるも死するも、只これ大君のため」と感じ、心慰めたのだろうか。それとも………。

戦いの中で『万葉集』を愛した武人は、平安末期の源平動乱の中にもいた。平清盛の異母弟の正三位参議経盛は、既に平家の命運の尽きたこと、我が身の成り行く果てを見極め、源氏に追われて都落ちに際して、

故郷《ふるさと》は　焼野の原に　顧みて　末も煙の　波路をぞゆく（『平家物語』一門都落）

と歌った。「煙」には都の六波羅の焼ける煙と、「煙の波」すなわち煙のようにかすむ波を掛けてあること

は言うまでもないが、もう一つ己の行く末の死を意味する「末の煙」をも意味させている。

経盛は高倉天皇自筆本『万葉集』を所持していた。瀬戸内の海上守護神として武人の尊敬を集めていた伊予《いよ》大三島《おおみしま》の大山祇《おおやまづみ》神社の古記は、平家の人たちの多くが武具・武器を奉納する中に、経盛は高倉本を奉納したことを語っている。

彼は都落ちに『万葉集』を所持し、勝ち目のない戦いの日々の心の拠り所を万葉歌に求め、最後に神社に納めたのだ。

経盛奉納の高倉本『万葉集』は壇ノ浦で経盛戦死後一三八年、元亨二年（一三二三）に焼失した。彼が将来を予見して歌った「末も煙」は、己の運命だけではなかったのだ。

『万葉集』を愛した経盛も出陣学徒も、散華した。私の防人歌へのアプローチの原点はここにある。

前編　防人歌の世界

I　朝鮮半島有事

朝鮮半島有事

防衛出動

韓国旅行中現地ガイドは「昔から朝鮮半島は戦乱が絶えなくて」と、溜息を漏らした。確かにそうだ。今は南北対立、昔は新羅《しらぎ》と百済《くだら》の東西対立。その朝鮮半島の対立の中に今も昔も日本は巻き込まれ、日本列島自衛のためとしての軍備拡張も変わりない。

七世紀中頃、唐・新羅に侵略された百済は戦闘状態に陥り、同盟国である日本に救援を求めた。平成二十七年（二〇一五）に制定された「平和安全法制」で言うならば「重要影響事態」発生である。

「平和安全法制」は「我が国と密接な関係にある他国に対する武力攻撃が発生し、これにより我が国の存立が脅かされ、国民の生命、自由及び幸福追求の権利が根底から覆される明白な危険がある事態に際して実施する防衛出動」と定めるが、七世紀の昔、日本にはこのような法律こそなけれ、律令政府の見解はこのようであっただろう。

政府のトップは斉明女帝、台閣を形成する閣僚名は史料不足で明らかにし難く、内臣《うちつおみ》（内大臣）藤原鎌《かま》足《たり》だけがわかる。閣僚よりも実質的に斉明女帝を補佐していた皇太子中大兄《なかのおおえ》皇子（後の天智天皇）、弟の大海人《おおあま》皇子（後の天武天皇）の意向が重要だったのだろう。

累卵《るいらん》の危機に陥った百済の救援要請に、同盟国を見捨てておくことができようかと、駿河国に軍船建造を命じ、集団的自衛権を発動した斉明女帝は、中大兄皇子、大海人皇子、その他一家眷族《けんぞく》、男女廷臣を引き連れ、自ら筑紫に下り、福岡県朝倉に戦時最高司令部である大本営《だいほんえい》を置いた。万葉歌人額田王《ぬかたのおおきみ》が、

熟田津《にきたつ》に　船乗りせむと　月待てば　潮も叶《かな》ひぬ　今は漕ぎ出《い》でな　（巻一・八）

と歌ったのは、艦隊が瀬戸内海を西へ進み、伊予国（愛媛県）の熟田津《にきたつ》に停泊していた時の歌だ。

しかし、女帝は大本営で亡くなり、百済救援は一時頓挫《とんざ》、その間に、武器を修繕し、軍船を整備し、軍兵の食料を蓄え、即位し天智天皇となった中大兄皇子は、積極的に唐・新羅の連合軍に戦いを挑んだ。

白村江の敗戦

百済と新羅の境界である錦江《きんこう》の河口の白村江《はくすきのえ》には、唐の軍船一七〇隻が待ち構えていた。そこへ倭軍は一〇〇〇隻の船で突入したが、戦術を欠く神風特攻隊的突入と渡海の長旅に破損した船、疲労した倭国の兵士と百済遺民の連合軍等々、幾つかのマイナス因子が競合し、敢無く倭軍の船四〇〇隻余りが炎上沈没、大敗北した。軍船一隻に五〇人乗っているとして、倭軍兵士二万人程が焼死または海に投げ出され、阿鼻叫喚《あびきょうかん》。敵軍に救われ捕虜になったものも多数出た。三〇年間も唐の捕虜となって持統朝に帰国した兵士もいる。それには悲しいエピソードがある。

その兵士は筑紫国の現在の八女《やめ》市出身、名は大伴部博麻《おおともべのはかま》という。唐に捕虜となっている間に、唐が日本に派遣する一般船を対馬の防人が軍船と誤解して戦端《せんたん》を開き、日唐が全面戦争に陥ることを案じ、日本に通報することを他の捕虜四人と図ったが、衣食にも事欠く日常で旅費もない。そこで博麻は四人に言った。「俺も一緒に帰国したいが、衣食もなくては到底叶わない。俺の身を売ってお前たちの旅費にしてくれ」身を犠牲にした博麻のおかげで四人は帰国でき、天智政府に報告、偶発的危機を免れることができた。博麻の帰国は三〇年後、小野田少尉か横井軍曹か、戦争に翻弄された人々のいたことは、今も昔も同じ。持統女帝は博麻の忠君愛国の精神を嘉《よみ》し、従七位に叙し数々の報奨品を与えたという。

さらに遅れて、戦後四〇年にして帰国できた捕虜もいる。讃岐国の錦部刀良《にしこりのとら》など三人で、唐の官有の奴隷になって辛苦、ようやく故国の土を踏んだ彼らに、朝廷は衣や塩・穀《もみ》を授けて労苦を慰労したという。

東国兵士派遣

白村江の戦いに兵二万七千人を率いて善戦した将軍は上毛野君稚子《かみつけののきみわかこ》だが、その名から上毛野（群馬県）の国造《くにのみやつこ》と思われ、配下の兵の多くは上毛野の兵を中核に、東国の兵士だったのではないか。聖武の勅「東《あづま》人《ひと》は額《ひたひ》に箭《や》は立つとも背には箭は立たじ」（神護景雲三年十月称徳勅）という勇猛ぶりは、敗戦とはなったものの、新羅の沙鼻岐《さびき》・奴江《ぬえ》の二城を奪うなど、いかんなく発揮されたのである。

皇極《こうぎょく》朝の蘇我蝦夷《そがのえみし》・入鹿《いるか》父子は、反対勢力を警戒して、出入りには五〇人の健人《ちからひと》と名付けた兵士を従え、「東方《あづま》の儐従者《しとべ》」と称したという。彼らが実際に東男であったかどうかはわからないが、力の強い男は東男という概念がこの名となったのである。兵士は東国人を、との思想が、白村江の戦いを契機に益々固まってきただろう。

仮想敵国

軍備拡充

白村江攻略敗北の翌年、百済占領軍の唐人軍司令官は日本に使を派遣、天皇へ上表文を奉ろうとしたが、朝廷は唐の正式国使とは認めず、上京を許さず、大宰府で処理をしたという。上表文の内容はわからないのが残念で、敗戦処理についてか、または唐の今後の対日外交政策が書かれていたのだろうか。

唐国使帰国に際して、内大臣藤原鎌足は土産を贈り、大宰府では饗宴《きようえん》を催しているくらいだから、険悪な国交状態ではなかったらしい。

しかし、唐国使の言動から危険を察知したのか、政治外交よりは戦略外交に舵を切る。敗戦の年、飛鳥の京の北に星が落ち、地震の起きるなどの予期せぬ自然現象を、陰陽寮の天文博士は国難とでも上奏したのではないか。朝廷は唐・新羅を仮想敵国に仕立て上げ、武力攻撃切迫事態に対処するために軍備を拡充する。その切迫した様子を、年を追ってみよう。

天智三年（六六四）　白村江の戦いで唐軍に捕虜になっていた日本軍兵士四人の報告により、朝廷は最前線の大宰府を囲むように大堤を築き、水を貯めた。水城《みずき》である。対馬・壱岐・筑紫に防人を配し、敵船来襲をいち早く告げるために烽《のろし》を置いた。防人の登場である。この時の防人がどの国から徴兵されたかは、わからない。
天智四年（六六五）亡命百済人を長門国（山口県）、筑紫国（福岡県）に派遣して、朝鮮風の山城を築かせた。山城国（京都府）宇治で、大々的な閲兵を行う。
天智六年（六六七）都を飛鳥から近江国大津に遷す。多くの人が遷都に反対し、連日連夜火災が起きた。そのような中での遷都強行だが、仮想敵国が瀬戸内海から上陸した場合、飛鳥は上陸地点の難波には近いので、近江に遷都したのか。琵琶湖を北上すれば敦賀へ脱出もできる。大和国に高安城《たかやすのき》（奈良県生駒郡）、讃岐国に屋島城《やしまのき》（香川県）、対馬国に金田城《かなたのき》を築いた。

ここに対馬・壱岐・筑紫に防人を派遣する記述があるが、防人はこの時に定められたのではなく、斉明朝の一代前の孝徳朝の大化改新の詔に防人設置は記されている。ただ防人を置くというだけで、具体的なことは記されていない。

しかし、飛鳥の石神遺跡から「（表）乙丑年十二月　三野国ム下評　（裏）大山五十戸造　ム下部知ツ」と記された木簡が出土、乙丑《いっちゅう》年は六六五年で、最初の戸籍である「庚午年籍《こうごねんじゃく》」の五年前である。荷札木簡の「三野国ム下ム下評大山五十戸」は美濃国武芸《むげ》郡大山郷五十戸、「ム下部知ツ」は五十戸造《さとのみやつこ》、すなわちサトの代表者である。評里（五十戸）制が施行されており、戸籍作成も実際になされていたであろうことが明らかとなった。

戸籍は課役のために作られたのであり、課役の中には力役・兵役は含まれていなかっただろうか。「国―評―五十戸」制が施行され、里長《さとおさ》が置かれていれば、徴兵の基盤はでき上がっていたではないか。大化二年（六四六）の防人設置も無下に否定することはできないように思われる。

天智末期は外交よりも国内問題が大きく、壬申の乱が興る。大海人皇子《おおあま》は吉野に脱出した。近江の都にいた天智天皇の御子大友皇子は、筑紫大宰府の長官栗隈王《くりくま》が大海人皇子に同調し謀叛することを恐れ、使いを派遣して大友方としての挙兵を促した。それに対し栗隈王は、

筑紫国は、元より辺賊の難を戍《まも》るために在る。城を峻《たか》くし、隍《みぞ》を深くして、海に臨みて守るは、どうして国内の賊の為であろうか。今命《おおせごと》を畏みて軍《いくさ》を発《おこ》したならば、国は空《むな》しいことになる。若《も》し不慮の危急が起きたならば、国は唯々滅亡するだろう。（『天武紀』）

と拒否した。筑紫大宰長官の職務の自覚と筑紫が外敵防備の地であることを明言するのである。

天武王朝においては特に目立った戦略的外交は見られず、新羅との平和外交が已然として続くが、重要影響事態発生に備えて、防人の派遣は継続、そのさなかに起きたのが防人輸送船遭難事件である。

天武十四年（六八五）十二月四日に、筑紫に遣《つか》わした防人等、難破により海中を漂流、皆衣服を失った。そのため、律令政府は衣服の為に、布四百五十八端《たん》を筑紫に賜った。

この防人は「交替して筑紫に向かう防人か」などと考えられているが、防人歌によると防人輸送船難波《なにわ》出港は三月である。そのために郷里出発が厳寒の十一月乃至十二月になるのは、農閑期を狙ってのことであり、十二月出港なら郷里出発は秋の農繁期にぶつかる。十二月に難波出港は考えられない。難破した防人たちは、難波から筑紫へ向かうのではなく、筑紫から壱岐・対馬に向かうのではないか。

十二月の海水は凍るばかり、玄界灘の荒波に揉まれその上衣服が流されては堪ったものではない。「お国のためとは言いながら」「ほんとにほんとにご苦労さん」。戦時中の歌「軍隊小唄」が口をついて出てくる。太政官は布を大宰府に支給するよう下命し、衣服の確保に努めた。おおよそ布一端《たん》が衣服一着分とすると、布四五八端《たん》は四五八人分である。

対馬の防人の数を示す唯一のデータが貞観十八年（八七六）三月十三日の大宰権帥在原行平《ありはらのゆきひら》の報告だが、それによると、対馬の防人の現員は九四人とあるから、この頃は防人は指揮官校尉《こうい》の下に一〇〇人程しか派遣されていなかったらしい。

しかし、貞観年代は遣唐使・留学僧の派遣、唐人の来朝も頻繁で、渤海交流も盛んな平和外交の時代である。それだから対馬の防人も少数で問題なかったのであろう。九四人の防人もやがて廃止された。そのような平和外交の時代と一触即発の天武の時代とは全く状況が異なり、参考にはならないのではないか。

天武十四年（六八五）というと白村江の敗戦からまだ二〇年ほどしかたっていない頃であり、その間、天智八年（六六九）には、唐は日本遠征を計画し（『三国史記』文武王十一年）、天武五年（六七六）には、新羅が朝鮮半島を統一し、どれも日本を脅かす国際状況が続く。日本側も壱岐・対馬に防人を派遣、烽火《のろし》を置き、高安城以下次々と六城を築き、初めて戸籍を作った。このような武力増強の一環として、緊急に壱岐・対馬の防人を増員配備したのではないか。

持統三年（六八九）天智九年に作られた初の戸籍「庚午年籍《こうごねんじゃく》」以後、約二〇年ぶりに戸籍が作られ、同じ時に兵士に武芸を習わす命令を出している。戸籍が徴兵台帳であること明らかである。

唐・新羅という仮想敵国襲来に怯えて防禦《ぎょ》に努めたが、その後は、新羅との平和外交を進めた長屋王が台閣のトップになり、朝鮮半島との緊張関係は緩和され、平城遷都、唐・新羅との平和外交に加えて渤海交流も始まる。加えて神亀年間の対馬への糧食輸送船遭難事件などもあり、帥大伴旅人の時の天平二年（七三〇）には諸国の防人が停止されたことは、冒頭で話した。「諸国」を東国諸国とする説、筑紫以外の諸国とする説などがあるが、どちらにしても東国は含まれるであろう。大伴旅人の下、筑前守は庶民派の山上憶良であった。

ところが、天平三年（七三一）に、日本兵船三〇〇隻が新羅東辺を襲い、新羅も出兵、日本軍を破るという事件から、状況は一変、再び朝鮮半島危急となる。これは『三国史記』の記述で、日本側証拠史料はなく、軍船三〇〇隻を出動させた理由はわからないが、斉明・天智の同盟国救援及び自国防衛のための出動とは違って、相手国の記述からは日本側の一方的侵略になるのだが。防人停止という平和的政策にもかかわらず、以後の国内防衛の慌ただしさは、一向に止まなかった。常時戦場の意識か。

天平四年(七三二)　海彼《かいひ》の国々がにわかに慌ただしくなる。渤海《ぼっかい》が唐を攻撃し地方官を殺害する事件が起き、唐は新羅と提携して渤海に侵攻する。その影響と思われるが、政府は八月十七日には東海道・東山道《とうさんどう》・山陰道・西海道の節度使《せつどし》を任じた。節度使は唐の制度で一地方の軍制行政を統括する職だが、八月の勅は具体的にその職務を規定する。兵器・牛馬の移動、軍団備品の欠損の補填《ほてん》、軍団兵士数の充足、兵器の修理、軍船の造船等々で、地方軍備の強化が歴然としている。山陰道及び西海道の節度使は、警護の方法を定めた『警固式《けいごしき》』を制定したことが『続日本紀』宝亀十一年七月十五日条にある。また天平四年『越前国郡稲帳《ぐんとうちょう》』によると、船舶検校《けんぎょう》のため越前国に検船使を派遣している。派遣先といい時節といい、外敵対処の軍船に係わる調査使であろう。

天平五年（七三三）　山陰節度使は、管内に辺防《へんぼう》危機対処のためのマニュアル『備辺式《びへんしき》』二巻を頒布。辺防の地出雲国に烽火《のろし》設置、弩《ど》を製造し要所に配置した。弩というのは、弓に比べて飛速が速く矢も重く太いため飛距離・貫通力に優れ、命中精度も勝る武器である。弩製造法は最重要国家機密で、後の話だが九世紀に肥前国郡司が造弩法を新羅に漏らすという事件が発生している。また、武器・武具を作り、徴兵して訓練を行う。

武官・小野春風（平安時代前期）と共に描かれた当時の武器，弩（ど）。現代のクロスボウのような構造をしている（菊池容斎『前賢故実』）

天平七年（七三五）　新羅、朝鮮半島統一。

東国防人復活か　天平五年（七三三）頃

この様な政治動向の中に在って、停止された防人は、再び復活したらしい。私が「復活か」と疑問符を付けて記したのは、天平九年（七三七）九月に防人停止の記事は『続日本紀』にありながら、それ以前には、帥大伴旅人時代の天平二年（七三〇）停止の記事のみで復活がないからである。

天平五年（七三三）も依然として軍備充実状況下にあることは、先に述べたとおりである。このような天平四、五年の縁海地域の軍備充実の一環として、天平二年以後停止していた東国防人を復活したのではないか。四年では停止年度に近すぎるので、五年か。そのように理解してこそ、天平九年（七三七）九月の防人停止と辻褄が合うのである。

従来の見解は、天平二年（七三〇）に停止したものの、新羅との緊張関係が高まったために解任が遅れ、九年に至ってようやく帰郷が実現したなどである（新日本古典文学大系『続日本紀』二）。七年間も遅延するなどあり得るだろうか。

『続日本紀』の防人についての記述は必ずしもすべてを記載しているとは考えられない。例えば、天平宝字元年（七五七）に東国防人停止を記すが、天平九年（七三七）の停止以後二〇年間に復活の記述はない。しかし実情は天平勝宝七歳（七五五）には東国防人を派遣していることが『万葉集』からわかるのだ。

再び東国防人停止、帰郷

天平九年（七三七）九月二十二日の『続日本紀』には、

是の日、筑紫の防人を停《と》め、本郷に帰し、筑紫の人を指名して、壱岐・対馬を戍《まも》らせた。

とある。

再び防人停止した経緯は、同年二月に開催された拡大太政官会議がその一端を語る。天平九年（七三七）一月に帰国した遣新羅使が「新羅国が常の礼儀を失って使の旨を受けなかった」と任務の拒否されたことを上奏、そこで新羅対策を議するために、二月十五日に、五位以上の官人と六位以下の官人四五人を内裏に呼んで直接意見を陳《の》べさせたのである。六位以下の官人は四五人ぐらいではなく、もっと多数だから、この四五人は諸司の役職にある者たちであろう。更に二十二日には「諸官庁が意見を記述して上奏した」という。

衆議や文書の意見は対立した。一方は「使を派遣して欠礼の理由を聞け」という外交論、一方は「軍隊を派遣して征伐せよ」という先制攻撃論。対立する意見を聞いた天皇がどちらに軍配を上げたかは書かれていないが、その後、新羅を攻撃した気配はないし、既に一月に決定している遣新羅使を予定通り六月に出発させているから、使者派遣論が勅断であったのである。

更に停止に拍車をかけたのが疫病流行で、四月には大宰府管内に多数の死者を出していることが正史に記されている。この疫病は都にも流行し、藤原四家のトップが死亡し橘氏への政権交代をもたらすのである。防人にも死者が出、対策に窮して帰郷させることにしたのであろう。正史は防人を停止したときは「停む」と書くのが一般であるが、天平九年（七三七）度だけ「本郷に帰し」と特記する。大宰府から離れ帰郷させることを重視したのである。

律令政府は、毎年各国の税の収納と運用に関する報告書として「正税帳《しょうぜいちょう》」を提出させている。運用の中には通過する防人の人数または糧食の量が記載されている。天平九年（七三七）度の防人が帰途に就いたことは、大平十年（七三八）度『筑後国正税帳』に「勅に依り郷に還る防人」として、筑紫大津から備前国（岡山県）児島までの一〇日間の食料が計上されていることからわかる。

『周防《すほう》国正税帳』によると、防人の帰郷は三班に分かれて行われ、中班は九五三人、後班は一二四人との記録が残る。前班の人数は残っていないが、支出した食糧の量から一〇〇〇人程かと言われている。同年の『駿河国正税帳』に見る駿河国通過人数一〇八二人にも近似する。

「正税帳」の記載により、天平九年（七三七）停止の防人が帰郷したことは確実になる。

東国防人復活　天平十八年（七四六）頃

『万葉集』巻二〇の防人歌は天平勝宝七歳（七五五）に進上されているのであるから、この年に東国から防人が派遣されていることは、疑いない。それならば天平九年（七三七）の停止帰郷処置以降に、復活されているのである。例に依り『続日本紀』は書かないが、それはいつ頃だろうか。

天平十二年（七四〇）に大宰少弐《しょうに》藤原広嗣《ひろつぐ》が謀反、その仔細は『続日本紀』に記されているが、主として管内諸国の軍団兵士が動員されているものの、防人について触れることはない。防人復活どころか広嗣は大宰府管内の軍団を動かし武器を使用しているので、その余波を受けて天平十四年（七四二）一月には防人の元締めである大宰府そのものを廃止している。

しかし、新羅との外交関係が再び悪化、天平十五年（七四三）に新羅使の失礼により、大宰府より新羅使を追い帰し、筑紫に鎮西府を設置した。

そして廃止されていた大宰府を再び置き、大弐・少弐の人事を行ったのは天平十七年（七四五）六月五日である。また、天平十一年（七三九）に疫病流行や飢饉などによる百姓の疲弊を救うために、伊勢・美濃・越前・陸奥・出羽・越後・長門及び大宰府管内以外の諸国の兵士制を停止してきたが（『類従三代格《るいじゅうさんだいきゃく》』延暦二十一年十二月某日条）、大宰府復置の翌十八年（七四六）十二月には復活した。同時に東国防人復活を定めたのではないか。

防人停止復活は複雑な過程を経てきているので、一覧にしておこう（次頁参照）。

設置以降、対外関係や国内情勢の変動に応じて、停止と復活を繰り返しながら、『万葉集』巻二〇に歌を残した天平勝宝七歳（七五五）派遣の防人に到達した。

天皇	年号	紀元	日本書紀・続日本紀	万葉集
天智	天智三年	六六四	設置	
聖武	天平二年	七三〇	停止	
聖武	天平五年	七三三	復活か	
聖武	天平九年	七三七	停止帰郷	
聖武	天平十八年	七四六	復活か	
孝謙	天平勝宝七歳	七五五		防人歌

（防人停止復活一覧　その1）

新羅大使小野田守が傲慢《ごうまん》無礼だというので帰国させられたり、遣唐副使大伴古麻呂が唐朝廷で新羅と席次を争ったり、唐では安史《あんし》の乱が起き安禄山《あんろくざん》が日本に侵攻するという噂など、風雲急を告げる中に再び東国防人を復活、防人歌を残した防人は、その中に投ぜられたのだ。天平勝宝六年（七五四）四月には軍事の中枢を担う兵部省の局長クラスの少輔《しょう》として大伴家持も、登場した。

意外なことに、その復活した東国防人も天平宝字元年（七五七）にまたまた停止された。防人歌の歌人たちこそ人々的な東国派遣の最後の防人であったのだ。

防人制度は大化改新で定まり、白村江攻略戦に東国兵士が投げ入れられた。彼らも防人歌に類する歌を作っただろうか。それはわからない。天平勝宝七歳（七五五）度の防人歌が、まとまって巻二〇に採録されているので、それを中心に、それ以前の「昔年《さきつとし》の防人の歌」を考慮しながら、防人及び家族の哀愁を、防人徴兵から難波の港出航までを、順を追って見ていこう。その前に『万葉集』巻二〇に採録されている防人歌の数等を一覧にしておく（次頁参照）。

国名	防人数	進上歌	拙劣歌	採録歌	家族歌
遠江	7	18	11	7	0
相模	3	8	5	3	0
駿河	10	20	10	10	0
上総	12	19	6	13	1
常陸	7	17	7	10	0
下野	11	18	7	11	0
下総	11	22	11	11	0
信濃	3	12	9	3	0
上野	4	12	8	4	0
武蔵	6	20	8	12	6
合計	74	166	82	84	7

『万葉集』巻20に採録されている防人歌の数

防人歌の数

一人で二首採録された防人が常陸国に三人いる。家族というのは、上総国防人の父一人、武蔵国防人の妻六人である。

防人を出した国は、この一〇箇国だけではなく、甲斐《かい》国からも派遣したことが、唐津《からつ》市の中原遺跡出土木簡からわかる。木簡には人名「小長□部□□」と、出身国を示す「甲斐國□戍人」の文字が書かれていた。「戍人《じゆにん》」は防人を意味し、甲斐国防人小長谷部某と判断されるからだ。甲斐国防人の歌進上は天平勝宝七歳（七五五）度にはない。

なお、安房《あわ》国は防人歌が進上された天平勝宝七歳（七五五）には、上総国に併合されていたので安房国はない。上総国防人歌の中の朝夷《あさひな》郡と長狭《ながさ》郡出身防人の歌二首が、旧安房国の防人の歌である。

以下の記述で、巻二〇にある防人歌は番号のみで、「巻二〇」は省略する。

Ⅱ　あゝ召集

我が大君に召されたる

徴兵規則

古代だからとて田畑で働いている男たちを、手当たり次第拉致して防人にしたわけではない。国の基本法である『養老令《ようろうりょう》』の中の軍防令《ぐんぼうりょう》に軍団兵士に関する規定があるが、防人も兵士に属し、その規定により召集され、派遣される。

第三条に徴兵人数についての規定がある。

兵士を選び指名して近くの軍団に配属せよ。兵士を指名するには、一戸の正丁《せいてい》三人毎に一人取れ。

の「三人毎に一人取れ」が、兵役の義務の裏付けになる。二十一歳から六十歳までが正丁《せいてい》で、一戸の正丁三人ごとに一人を徴兵するぞという。当時は大家族制で一戸に二〇～三〇人居住する家もあったらしいが、必ずしも三人以上の正丁がいるとは限らない。あちらの家、こちらの家を遣り繰りし、国、郡などの段階で調整すると、一国の正丁の三分の一、各戸一名ぐらいの課役になったらしい。
東国の防人派遣国で唯一戸籍の残るのは養老五年（七二一）「下総国戸籍」であるが、残存部分が少ないので参考程度に示す。防人歌の防人は天平勝宝七歳（七五五）だから年度は合わないが、これも参考として記載して置く。

郷　名	現在の郡	正丁数	兵士数	比　率	防人歌の防人
葛飾郡大嶋郷	葛飾郡	127	16	1／7.9	私部石島
倉麻郡意布郷	相馬郡	16	1	1／16	大伴部子羊
釬托郡少幡郷	香取郡	2	1	1／2	
総計		145	18	1／8.0	

第一二条「衛士防人条」には、防人を、

　およそ兵士の京に向うをば衛士《えじ》と名付け、辺《へん》を守るをば防人と名付く。

と規定、第三条と第一二条の二つの条文が草莽《そうもう》の民に兵役の義務を課す規則で、これにより防人及び家族の悲哀はもたらされたのだ。

命畏み

防人たちは勅命を受けわが大君に召されるので、「大君の」と歌い始めたが、それは「命畏《みことかしこ》み」と続く。

大君の　命畏《みことかしこ》み　磯に触《ふ》り　海原《うのはら》渡る　父母を置きて（四三二八）　相模《さがみ》国助丁《すけのよぼろ》丈部造《はせつかべのみやつこ》人麻呂

「畏《かしこ》む」の「畏」の字形は鬼の姿を表し、怪物の威圧を受けて心がすくむことという。相手が怖ろしく畏《い》怖《ふ》するので身を縮めてすくみ上がる有様である。大君の名による、個人の自由意思をはるかに超えた強権の拘束下に置く勅に対する諦め、服従である。防人や鄙の地への赴任など、日常の生活から隔離され、生命が危機の状態にある場合に用いられる。畏怖している有様が、相手を尊敬しているように見えるので、尊敬の意になる。

丈部造人麻呂は畏怖し諦めつつ、父母を故郷に残して瀬戸内の海を島伝いに筑紫に、あるいは壱岐、対馬に向かうのだ。

この歌は「愛国百人一首」に採択され、「私は天子様の尊いお召しを有難くお受けして、別れ難い父や母を後に残して津々浦々の荒磯を伝い遠方の危険な海を勇ましく渡って行くのだ」（坂口利夫『愛国百人一首通釈』）と訳され、私的感情を振り捨て、恩愛を超越する滅私奉公に燃え立つ一念と読まれて、戦中は「醜の御楯」と並んで持てはやされた。しかし、どこにも「尊いお召しを有難くお受けして」「勇ましく」などの歌句はないではないか。「父母を置きて」を末句に置いた意味は重い。「置く」というのは、「しかたなく放置したままに」「どうにもならずそのままにして」の意と言われている。

その句の後には作者の詠嘆が響くではないか。おそらく年老いているに違いない父母を故郷に残して、戦中の言葉で言うなら、銃後《じゅうご》に残し置く、後ろ髪を引かれるような、後顧《こうこ》の憂いではないか。

「こんなことが本当にあったのかと思うと、とても切なかった」「命令だから行きたくなくても行かねばならない。父母を残して海原を渡っていく背景にはとても寂しい思いが伝わってきました」と言う現代の若者のネットの言葉こそ、正解だろう。
「父母を置きて」と嘆くこの男はまだ若く、正丁《せいてい》の二一歳に達したばかりなのか。それとも年輩で老いた父母を後に残す不安感を歌ったのだろうか。私は、

橘《たちばな》の　美袁利《みをり》の里に　父を置きて　道の長道《ながて》は　行き難《か》てぬかも　（四三四一）

駿河国丈部足《はせつかべのたり》麻呂《まろ》

を並べて、丈部造《はせつかべのみやつこ》人麻呂の歌も読んでしまうのだが。この痛切な歌は、後で話そう。

大君の　命畏み　弓の共《みた》　さ寝《ね》か渡らむ　長《なが》けこの夜を　（四三九四）

下総《しもつふさ》国相馬《そうま》郡大伴部《おおともべの》子《こ》羊《ひつじ》

子羊は故郷の下総国相馬郡、今の茨城県北相馬郡を出発して、難波までの長の旅。『延喜式』主計式には、調《ちょう》・庸《よう》などの税を下総国から都に運ぶ時の日数は三〇日と定めている。防人は難波へ行くのでもう少しかかるだろう。徴兵は収穫期の終わった秋から冬だったので、秋・冬の寒い長旅の夜、弓を抱いて寝るのか。家にいれば妻を抱いて寝るのに。これも大君の命を畏んでだ。
同じシチュエーションを遠江国《とおとうみ》（静岡県西部）の防人は、「畏きや命被り《みことかがふ》」と怖い怖い命令を被って、と歌った。

畏きや　命被り《みことかがふ》　明日《あす》ゆりや　草《かえ》が共《むた》寝む　妹《いも》なしにして　（四三二一）

遠江国長下《ながのしも》郡国造《くにのみやつこの》丁《よほろ》物部《もののべの》秋持《あきもち》

第二句原文は「加我布理」だが、カガフルを漢字に当てると「被」「蒙」などで、かぶる意である。どちらも頭から覆われることで、大君の怖い命令を頭からネットを被されるように被され絡め取られる様である。「嫌とは言えない怖ろしい命令で絡み取られた。明日からは妻ではなく草を抱いて寝るのかよう」。まさに草枕であった。巻二〇にまとまって収められている天平勝宝七歳度防人歌の冒頭歌がこの歌であることの意味は大きいだろう。

防人勤務の年限は現地に到着以後三年間、現地までの日程は年限には含められないのだから、うまくいって四年間家族に別れての筑紫チョンガー、筑チョン生活だ。

障へなへぬ命

拒否したい、しかしできない。誰が詠んだかわからず、「昔年《さきつとし》の防人の歌」として伝えられてきたある防人歌は、

障《さ》へなへぬ　命《みこと》にあれば　愛《かな》し妹が　手枕《たまくら》離れ　あやに悲しも　（四四三二）

と、大君の命令を「障《さ》へなへぬ命」、つまり拒否できない命令と、ずばりと歌った。

大君の　命畏み　愛《かな》し妹が　手枕《たまくら》離れ　夜立《だ》ち来《き》のかも　（巻一四・三四八〇）

作者のわからない東歌だが、防人の歌だろう。怖《おそ》ろしい「大君」と愛《いと》しい「妹（妻）」のどちらを採るか。その間で苦悩する夫、心の相剋の果てに、軍配は「大君」に挙げざるを得ないことは明らかだ。

防人に命ずるという命令は、大君の命令であり勅である。『養老律』職制律《しょくせいりつ》は、

詔《みことのり》を伝える詔使《しょうし》に対《むか》ってそれを拒《こば》み、人臣としての礼儀を欠けば絞殺《しばりくび》。

と定める。それだから「大君の命畏み」なのだ。もちろん、他の防人たちも「大君の命畏み」のフレーズを使用した。彼等にとっては、他人が使用するからという単純なものではなく、心底、大君の命令を畏怖して受け止めたのだ。

この昔年の防人歌（四四三二）には、第三句と第五句に「かなし」が詠み込まれている。原文は両方とも「可奈之」だ。しかし、解釈してみると第三句は「愛《かな》し」で第五句は「悲《かな》し」が相応しい。カナシというのは、身にしみて痛切に感じることで、愛《いと》しいこともあれば悲哀もあり、かなりの幅がある。防人歌に使われているカナシは全一〇例、悲哀は三例のみで圧倒的に愛《いと》しいが多い。概して都人は悲哀、東人は愛しいの意で使用している。

筑波嶺《つくはね》の　さ百合《ゆる》の花の　夜床《ゆとこ》にも　愛《かな》しけ妹《いも》そ　昼も愛《かな》しけ　（四三六九）

常陸《ひたち》国那賀《なか》郡　上丁《かみつよぼろ》大舎人部《おおとねりべの》千文《ちふみ》

「夜、床の中で愛《いと》しいこの子は、夜だけではなく昼も愛しくて愛しくて」の歌などはその典型で、平安和歌になると、愛しいの意での「かなし」の使用は、ほとんどなくなる。

憎いあん畜生め！

各国の防人徴兵最高責任者は国守である。法律は国守の職掌として「兵士《ひょうじ》、器仗《きじょう》、鼓吹《くすい》、烽候《ぶうこ》」があるからだ。防人は兵士に属する。器仗というのは兵器と儀仗で、武器で儀式に用いるのを儀仗、戦いに用いるのを兵器という。鼓吹は軍楽器、烽候は烽火と斥候で各国のこれら軍事の総まとめ・責任者が国守だ。

だからと言って、防人指名の召集令状を里人個々に伝える役人は、国守や郡司などのお偉いさんではなく、五〇戸を統括する里長《さとおさ》だろう。山上憶良が「貧窮問答歌《ひんきゅうもんどうか》」で、笞《むち》を手にがなりたてながら税を取り上げると歌ったあの里長だ。戦中に赤紙《あかがみ》と俗に言われた召集令状を直接手渡したのは、区町村役場の兵事係だった。里長の命令は大君の命令、一八八二年に旧陸海軍軍人に明治天皇が賜った『軍人勅諭《ちょくゆ》』に言う「上官の命令は天皇の命令」、拒否すれば絞殺。大君を名指して非難もできず、矛先は直接指名の役を負う里長辺りに向けられた。

ふたはがみ　悪《あ》しけ人なり　あた病《ゆまひ》　わがする時に　防人にさす　（四三八二）

下野《しもつけ》国那須郡上丁大伴部広成

「ふたほがみ」（原文「布多富我美」）「あたゆまひ」（原文「阿多由麻比」）がわからない。「ゆまひ」はヤマイ（病）の訛りらしいが、「あた」は急病、脚病、熱病はては仮病説もある。「ふたほがみ」のカミは神か守か。私はもっと直接面と向かう立場の人、里長などかと想像するのだが。この男、病気になってウンウン唸りながら寝ていたら、里長が笞を手にがなりたてた、「お前が今度の防人だぞ」と。男は吐き出すように悪態をついた、「あいつは悪いやっちゃ。おれが病気で苦しんでいるのに防人にしやがって。憎いあん畜生め！」。

傑作なのは賄賂《わいろ》説だ。「あたゆまひ」はアタユ＝マヒで、アタユ＝与える、またはアタイ（価）で、マヒ＝マヒナヒ（賄賂）のこと。「防人にしないからと約束をして賄賂を取りながら、あいつは俺を防人に指名しやがって」。いかにもお役人に賄賂の横行した江戸時代の説らしいが、真実を突いている。富裕農民は国司や郡司に賄賂を贈り、身代わりを立てたりしたらしいからだ。

病気か仮病かはたまた賄賂か、いずれにしても東国庶民のささやかな非難抵抗だった。

もう一首、これはどうだろう。

潮船《しほふね》の　舳《へ》越《こ》そ白波《しらなみ》　俄《には》しくも　負《お》ふせ給《たま》ほか　思はへなくに　（四三八九）

下総《しもつふさ》国印波《いには》郡　丈部直《はせつかべのあたい》大麻呂

この男は印波郡出身とあるから、千葉県にある印旛沼《いんばぬま》の周辺、佐倉《さくら》市辺りに住んでいた。内陸部だが、直線距離で三〇〜五〇キロで九十九《くじゅうく》里浜に到達する。古代においては海は今よりも内陸部に入っていたかもしれない。大麻呂は海へ漁に行くこともあり、海を行く潮船の舳に突然白波が押し寄せる経験もしていたのだろう。

突然白波が舳先《へさき》に押し寄せる、それと同じように突然「負ふせ給ほか」、防人の兵役を背負わされた、「思はへなくに」、思ってもみなかったのに。予想もしていなかったのに突然防人に指名された男の、驚愕の悲鳴である。防人指名者糾弾のうめき声、反権力的発想との批評も否定できない歌だ。

いささかでも防人指名に直接文句を言う歌は、これら二首だけだ。

召された二〇〇〇人

国の基本法である『養老令』軍防令に防人の定員規定がないのは、状況判断により増減させたらしく、『続日本紀』によると天平神護二年（七六六）四月勅には三〇〇〇人とある。

天平十年（七三八）の『駿河国正税帳《しょうぜいちょう》』によると、この年除隊になり駿河国を経て帰郷する旧防人は、伊豆国二二人、甲斐《かい》国三九人、相模国二三〇人、安房国三三人、上総《かみつふさ》国二二三人、下総《しもつふさ》国二七〇人、常陸国二六五人の総計一〇八三人であった。防人歌によると、遠江《とおとうみ》国、駿河国、武蔵国、上野《かみつけ》国、下野《しもつけ》国の五国からも召集されているが、このうち武蔵国、上野国、下野国の規模は上総国、下総国、常陸国と同程度と推定すると、一国二五〇人として三国で七五〇人、残り二国で一五〇人として計九〇〇人、プラスすると天平十年（七三八）帰郷の防人は一九〇〇人から二〇〇〇人程か。天平六、七年頃に一回にこれだけの人数が防人軍団として派遣されたのである。二〇〇〇人から三〇〇〇人が常駐したのか。あるいは常駐定員はこの勅の如く三〇〇〇人であるが、同じ勅で「東国の防人多く筑紫に留まれり」とあるように、自己意思による残留防人などがいたので帰郷人数は二〇〇〇人台になったのか。

戎具の準備

「憎いあん畜生め！」と文句を言おうと、突然防人に指名されて驚愕の悲鳴を上げようと、戎具《じゅうぐ》の準備をしなければならない。「戎具」、武器のことだが、私たちの世代では軍服を意味する「戎衣《じゅうい》」という懐かしい言葉があった。防人も戎具の準備が必要だ。「軍防令」は徴発された兵士携行の戎具を定めているが、防人も兵士である。

兵士は、各人に、弓一張、弓弦袋《ゆみづるぶくろ》一口、副弦《そえづる》二条、征箭《そや》（矢）五〇隻《しゃく》、胡簶《やなぐい》（弓筒）一具、大刀一口、刀子（小刀）一枚、砥石《といし》一枚、藺帽《いかさ》（編笠）一枚、飯袋一口、水桶（水筒）一口、塩桶一口、脛巾《はばき》（脚絆）一具、鞋《わらぐつ》一両。みな自身で備えさせること。欠けたり少なかったりしてはならない。行軍の日には、自分で全て携帯して行くこと。（七条）

これは酷《ひど》い。これだけを自弁で準備せよというのだから。編笠、飯袋、桶、脚絆、鞋《わらぐつ》ぐらいは農民なら手持ちで賄えるだろうが、弓、矢、大刀、胡簶《やなぐい》など農民が持っているはずはない。「軍防令」は、弩《ど》・矛《ほこ》・軍楽器・甲《よろい》・旗などの武器を、個人の家に持つことを禁じているはずだから（四四条）。

十一世紀初頭に政務運営に関する事例を掲載した『政事要略《せいじようりゃく》』交替雑事《こうたいざつじ》によると、各自備えよというのは、軍団の兵庫に収蔵されている官物の武器を賃借して備えよということだ。

これも酷《ひど》い。行きたくない防人に無理やり召集された上に、お金を出してお上《かみ》から武器を借りなければならない。さらに過失により賃貸装備を破損した場合は代価を払えと、「軍防令」は定める（四二条）。こんな理屈に合わない馬鹿なことが法律の名の下に行われていたのだ。

持ち物はまだある。空の飯袋や塩桶を持って道中托鉢《たくはつ》か物貰いをして行くわけにはいかない。その中に入れる物が必要だ。「軍防令」は、

防人が任地の大宰府に向かうに当たっては、おのおの私的に食料を持参すること。各人持参する食料は、乾飯《ほしいい》六斗、塩二升である。難波津より出港する日から以後の食料は、公給とする。

（四条と五六条）

と定める。またもや自弁だ。

当時の一斗は現在の四升だから、二斗四升で四三キロほどか。現在の米価は一キロ四〇〇円ほどだから、換算すると一万七千円。塩二升は八合で量は多くはないが、塩生産のできない農家や内陸の国々では製塩はできないから、購入しただろう。下野国の国分尼寺や薬師寺跡周辺（下野市）の九世紀後半の竪穴住居跡から製塩土器破片が出土しているが、海岸近くの常陸国多賀郡（茨城県日立市）で作られた土器だと言われている。製塩土器に塩を入れて内陸の国々に運ばれたのであろう。

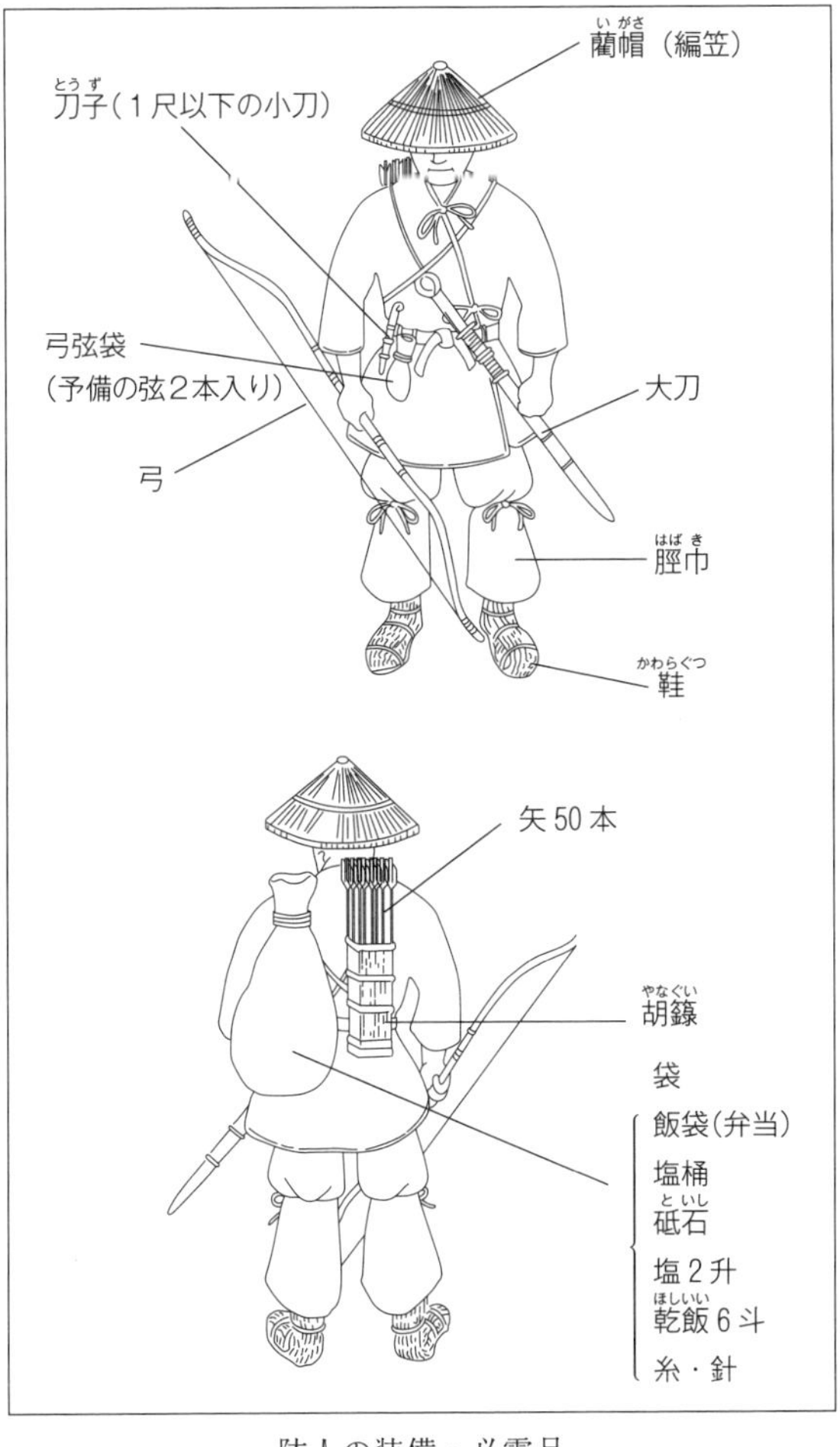

防人の装備・必需品
（『養老令』のなかの「軍防令」兵士条による）

防人歌の年代よりは七年程後、天平宝字六年（七六二）の正倉院文書によると、米一合平均一文の時に、塩一合は一〇〇〇文前後というバカ高値の時さえあった。当時の一文は現在の二九～四六円で、三五円で換算すると、二八万円という驚異的な出費だ。

高価であっても生きていくために、いかに塩が必要であるかは、太平洋戦争末期ルソン島で敗残兵となった兵士達が、一なめの塩を奪い合う様を描いた大岡昇平の小説『野火《のび》』が語っている。ソルジャー（兵士）、サラリー（賃金）の語源がソール（塩）なのは、働くことにより塩を支給されるからだが、防人は働くためにソールを自弁で準備するとは、何たることか。

さらにプラスされたのが、防人一〇人毎に用意する戎具だ。一〇人のグループを火《か》といい、防人集団の最小単位で、その火で用意する戎具は、

兵士は、火《か》毎に、紺《こん》の天幕、裏を着ける。銅の盆・小さな釜、どちらか入手可能なものを二口。鍬《すき》一具、草伐り一具、斧《おの》一具、手斧一具、鑿《のみ》一具、鎌《かま》二張、鉗《かん》（かなばさみ・やっとこ）一具。（七条）

五〇人ごとに、火鑽《ひうち》（火打ち金）一具、熟艾《やいぐさ》（点火用の乾燥よもぎ）一斤《きん》、手鋸《てのこぎり》一具。（七条）

まだある。

農具に類するものが多いから、これらも自弁でも、天幕などは官物の賃貸か。奈良時代の朝鮮有事の軍備は、東国農民の汗流して稼いだ僅かな蓄えの上になされたのだ。

後顧の憂いを絶ちて

業るべき事を言はず来ぬ

太平洋戦争開戦の年の一月八日、陸軍大臣東条英機は訓令として「戦陣訓《せんじんくん》」を陸軍に示達した。文章の仕上げには島崎藤村も関わったそうな。その一節に「後顧《こうこ》の憂《うれい》を絶ちて只管《ひたすら》奉公の道に励み」とあった。「後顧《こうこ》の憂《うれ》い」というのは、出征後の家族への心配ということ。それを「絶つ」というのは、銃後の家族の生活は国家で面倒を見るから心配するなというのではない。骨肉の愛情を断ち切れ、家族を捨てよという残酷な命令なのだ。

しかし、一家の中心、働き盛りの男を駆り出すのだから、後顧《こうこ》の憂いを断ち切れと命じても、それは無理な話。

我が征《ゆ》きし後の仕事の手配《てくば》りを　幾度《いくど》か父と語り合ひつつ　金子武雄（『将兵万葉集』）

追肥《おいご》えのことこまごまと言ひをりて　応《いら》へすくなき妻に気づきぬ　中田清次（『昭和万葉集』巻三）

幾らでも昭和の防人たちの後顧の憂いの断ち切れない歌を拾うことができる。奈良時代の防人も後顧の憂いを絶つことができるはずはなかった。

防人《さきむり》に　発《た》たむ騒《さわ》きに　家の妹《いむ》が　業《な》るべき事を　言はず来《き》ぬかも　（四三六四）

常陸《ひたち》国茨城郡若舎人部広足《わかとねりべのひろたり》

昭和の出征兵士が「追肥《おいご》えのことこまごまと」妻に伝えるように、広足も妻に留守中の農事のことを細々《こまごま》と伝えたかったのだろう。夫の留守の三年から四年の間、年に一〇日の労役の代わりに布を提出する庸役《ようえき》は免ぜられても、田租《でんそ》は普通どおり。女と高齢者のみで男手の分を補わなければならない。それなのに、後事を託すべく話ができなかった悔しさがにじみ出ている。

水鳥《みづとり》の　発《た》たむ装《よそ》ひに　妹のらに　物言はず来《き》にて　思ひかねつも　（巻一四・三五二八）

この歌は巻一四にある東歌で、誰がどのようなときに歌ったのかはわからないが、類歌から察して防人歌として間違いない。妻と長《なが》の別れの言葉を交わす暇もないほどの慌《あわ》ただしさだったのだ。それを「思ひかねつも」、心堪えがたく道中を続けるのだ。

若舎人部広足《わかとねりべのひろたり》は「防人に発たむ騒きに」（四三六四）と歌ったが、駿河国の防人も、

水鳥の　発《た》ちの急ぎに　父母《ちちはは》に　物言《ものは》ず来《け》にて　今ぞ悔しき　（四三三七）

駿河国上丁有度部《うとべ》牛麻呂

と、苦い痛恨の思いを吐露する。

「発《た》ちの急ぎ」と類似の表現を使った類歌に、

立薦《たちこも》の　発《た》ちの騒《さわ》きに　逢ひ見てし　妹《いも》が心は　忘れせぬかも　（四三五四）
上総国《かみつふさ》長狭《ながさ》郡上丁丈部与呂麻呂《はせつかべのよろまろ》

がある。「発《た》ち」の枕詞として置かれている「立薦《たちこも》」が、いかにも東国農村の雰囲気を漂わせる。

ありゑの　さゑさゑ沈み　家の妹に　物言はず来《き》にて　思ひ苦しも　（巻一四・三四八一）

東歌で作者はわからないが、この歌の前の三四八〇歌は、

大君の　命畏み　愛《かな》し妹が　手枕《たまくら》離れ　夜立ち来《だき》のかも　（巻一四・三四八〇）

は、明らかに防人歌であり、「あり衣の」の歌も防人歌であろう。「あり衣」というのは、「蛾衣」で蚕が作る絹の衣、あるいは新衣《あら》だという説などがある。衣擦れのおとが「さゑさゑ」つまり「さやさや」で、「周りのさやさや、ざわざわする騒ぎが沈んで、家の妻に言葉も掛けずに来てしまったことが苦しくて」というのだろうか。あるいは「心が沈んでしまって」というのか。

「あり衣のさゑさゑ沈み」（三四八一）の歌は、巻四に、

珠衣《たまぎぬ》の　さゐさゐしづみ　家の妹に　もの言はず来《き》て　思ひかねつも　（巻四・五〇三）

があり、「柿本朝臣人麻呂の歌集のなかにある」と注があるが、「柿本朝臣人麻呂の歌集」というのは、人

麻呂の歌以外の雑多な歌が入れられているので、人麻呂の作とは限らない。防人歌の混入だろう。

これらの歌のように「発たむ騒き」「発ちの急ぎ」というのは、何だろうか。戎具《じゆうぐ》を整える騒ぎか。里人への挨拶か、あるいは出発を励ます宴会か。それにしても、妻や父母と言葉を交わす間もなく、鳥の飛び立つがごとく、慌ただしく出発したと歌うのはなぜだろう。

慌ただしいのは、防人指名・徴発が突如として届いたからで、下総《しもつふさ》国の丈部直《はせつかべのあたい》大麻呂が「俄《には》しくも負《お》ふせ給ほか思はへなくに」（四三八九）と驚愕したのは、このことだ。防人指名は猶予を許さぬ形で、しかも「防人に立ちし朝明《あさけ》の」（巻一四・三五六九）や防人の別れを悲しむ様を歌った大伴家持の「朝戸出《あさとで》の愛《かな》しきわが子」（四四〇八）で明らかなように、早朝の暗闇の時刻を選んで強行されている。それは逃亡などのないように、政府の採った処置と言われているが。

老父を残して

後顧の憂いは仕事のこと以上に、後に残す家族の生活のほうが大きい。先に、

大君の　命畏《みことかしこ》み　磯に触《ふ》り　海原《うのはら》渡る　父母《ちちはは》を置きて　（四三二八）　相模《さがみ》国助丁《すけのよほろ》丈部造《はせつかべのみやつこ》人麻呂

と並べて考えた、

橘《たちばな》の　美袁利《みをり》の里に　父を置きて　道の長道《ながて》は　行き難《か》てぬかも　（四三四一）　駿河国丈部足麻呂《たりまろ》

は、疑いなく父を残して出征する後顧の憂いだ。

「美袁利の里」と言っても、近頃流行りの高齢者ホームではない。駿河国の橘郡にある村里で、現在の静

岡県清水市の説もあるが、具体的にはどこかわからないが、そこに住む父子家庭の子が徴発された。「軍防令」防人規則は言う、

もし祖父母・父母が老疾《ろうしつ》で、正丁《せいてい》がその面倒をみている場合は、家に本人以外の正丁や一九歳以下の中男《ちゅうなん》がいなければ、その正丁を衛士・防人に充《あ》ててはならない。（一六条）

と。「中男」は「少丁」とも言い、一七歳から二〇歳の男性である。しかし、病気ではない老父を抱えていても、免除にはならないだろう。足麻呂には他に縁者はいないのか。たとえいても、親を託すことのできない事情だってある。どうにもならず足麻呂は父親を放置したままにし、後顧の憂い断ちがたく、後ろ髪引かれるように、一歩歩いては後ろを顧み、一歩歩いては橘の美袁利の里を振り返りつつ、遠い旅に出るのである。

『万葉集』には子が母を詠んだ歌はかなりある。子が父を歌った歌は、「父母」「親」という形では歌われていても、単独に「父」と詠んだ唯一の歌がこれである。その歌の何と悲しい響きなのか、涙なくして読むことができないではないか。

昭和の防人も歌った、

大君に命捧げし身なれども　老いゆく父母を案じつつ征く　　檀上康典　（『将兵万葉集』）

と。天平の防人といい、昭和の防人といい、暗澹たる気持ちにさせる。一家をガタガタにして、それでも国家は成り立つものなのか。

母なき子を振り捨てて

老父一人残しての出征も悲しいが、母のいない幼子を残しての出征はさらに悲しい。これ以上の後顧の憂いがあるだろうか。父親の慟哭の声さえ聞こえるではないか。

韓衣《からころむ》　裾《すそ》に取りつき　泣く子らを　置きてそ来《き》のや　母《おも》なしにして（四四〇一）

信濃国小県郡《ちいさがた》国造他田舎人大島《おさだのとねりおおしま》

信濃の国府のある現在の上田を出発して、昼なお暗い山の細道を登ること四時間、小県郡《ちいさがた》の防人他田舎人大島は、ようやく保福寺峠《ほふくじ》に立った。遙かに広がる上田平《だいら》の彼方には我が家が。大島はそこに子を残して防人として出で立ったのだ。子には母はいない。防人徴発は老疾の親のある男には配慮しても、その他の個人の家庭事情の考慮などしない。「行っちゃいや」と着物の裾に取りすがり泣く子を突き放して、「止めてくれるな吾子《あこ》よ。父には父のやらなきゃならぬ事がある」となだめすかして出て来たのだ。今頃、子供たちはどうしているだろうか。

国造大島はヒラの防人ではない。数百人からなる信濃防人軍団の長である。しかも引率の任務を持つ上官の防人部領使《さきもりことりづかい》は病に倒れ、任務は大島に掛かってきた。裾に取り付く子がいるのだから、大島は正丁でもかなり高齢であろう。大宝二年（八〇二）の『美濃国戸籍』によると美濃国兵士の中には四〇代が一一名、最高齢者は四八歳であった。

大島は大君への忠誠と子への恩愛と、板挟みの苦悩と悲哀にさいなまれつつ、山道を辿り「裾に取りつき泣く子らを」とつぶやくのである。

鬱蒼と草木が繁る保福寺峠の道

「母《おも》なしにして」と涙を飲み込む大島、「吾が子はや」と、見えない我が家に子に手を振り、大島は再び昼なお暗い山道を辿るのであった。暗い、暗い、山道、行く先も見えぬ細道、一家の行く末を暗示しているような暗い保福寺《ほふくじ》峠の道であった。

大君の命令には背くことはできない。どのような個人的事情があろうと、畏み怖れて従わざるを得ない。大島は一行の中の防人小長谷部笠麻呂《おはつせべのかさまろ》が、越えて来た雲のたなびく山を仰ぎ見ながら作った歌を、我が心として聞いた。

大君の　命畏み　青雲の　との引く山を　越《こ》よて来《き》ぬかも　（四四〇三）

信濃国小長谷部笠麻呂

大君の命令を受けたばっかりに、雲のたなびく山々を越え、故郷遠く来たもんだ。

国造である大島は、軍団での教育により防人についての知識は持っている。大君が海の彼方の異国と戦い敗れ、異国を仮想敵国として襲来を恐れ、存立危機事態と判断して防人を派遣することを。異国の来襲はなかったが、仮想敵国の幻影にお

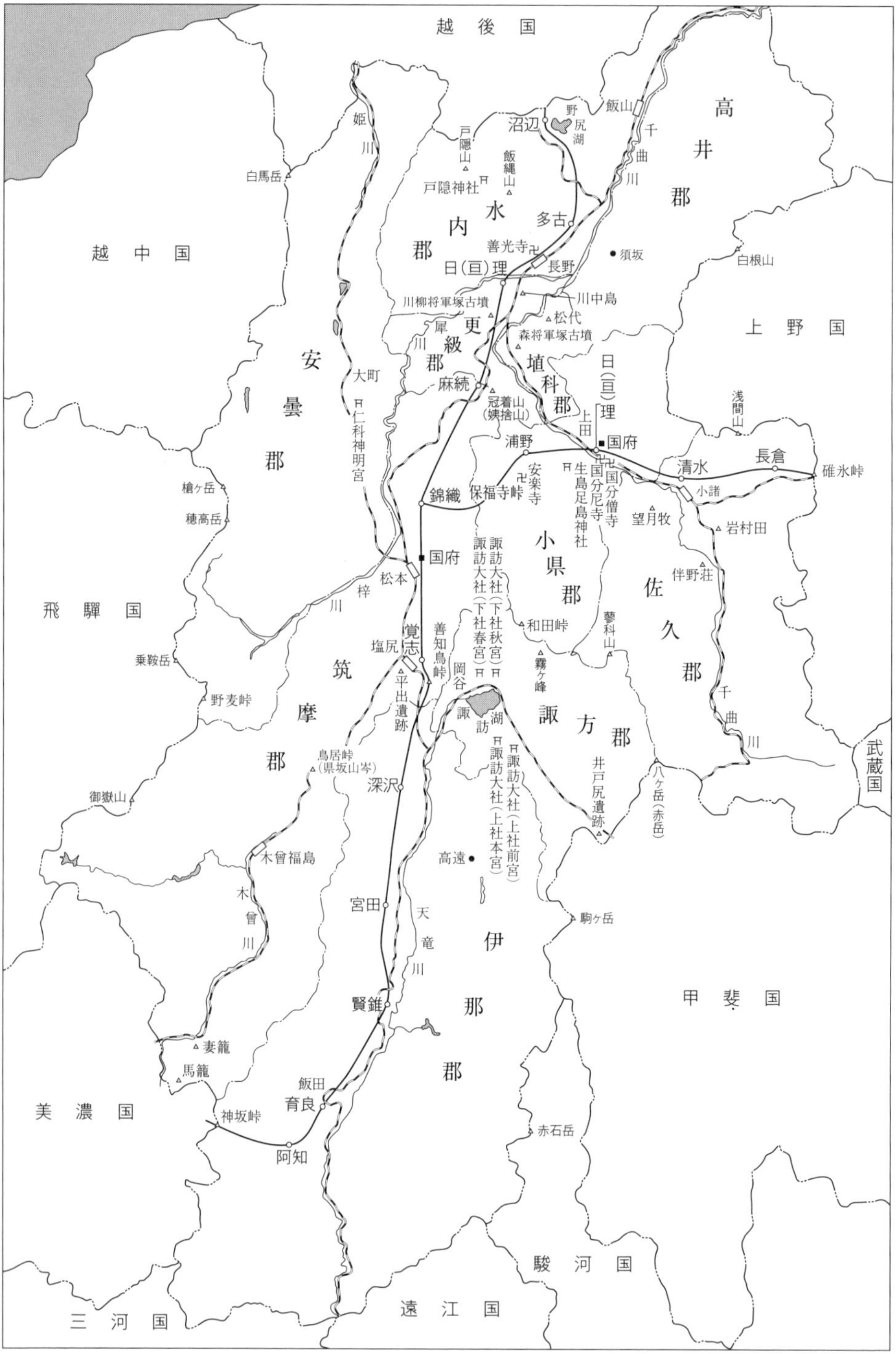

越後国
越中国
飛驒国
美濃国
三河国
遠江国
駿河国
甲斐国
武蔵国
上野国
高井郡
水内郡
更級郡
埴科郡
安曇郡
筑摩郡
小県郡
佐久郡
諏方郡
伊那郡
姫川
白馬岳
戸隠山
飯縄山
戸隠神社
沼辺
野尻湖
飯山
千曲川
多古
善光寺
須坂
日(亘)理
長野
白根山
川柳将軍塚古墳
川中島
松代
森将軍塚古墳
犀川
大町
麻続
冠着山(姨捨山)
日(亘)理
上田
浅間山
仁科神明宮
浦野
国府
清水
長倉
碓氷峠
小諸
安楽寺
生島足島神社
国分尼寺
国分僧寺
保福寺峠
錦織
望月牧
岩村田
槍ヶ岳
穂高岳
国府
松本
梓川
諏訪大社(下社秋宮)
諏訪大社(下社春宮)
伴野荘
和田峠
蓼科山
覚志
塩尻
善知鳥峠
岡谷
霧ヶ峰
乗鞍岳
平出遺跡
野麦峠
諏訪湖
諏訪大社(上社前宮)
諏訪大社(上社本宮)
井戸尻遺跡
八ヶ岳(赤岳)
鳥居峠(県坂山岑)
深沢
御嶽山
木曽福島
高遠
木曽川
宮田
駒ヶ岳
天竜川
賢錐
妻籠
馬籠
飯田
育良
神坂峠
阿知
赤石岳

信濃国図

びえる政府は、徴兵を止めようとはしない。それが続く限り、家族は崩壊に向かうのだ。取りすがる子を振り捨てて戦いに出る大島の悲しみは、崖っぷちを細々とくねる保福寺峠の暗い細道のごとく、いつまでも暗く続くのだ。

防人の任終えて、大島や笠麻呂たちが再び保福寺峠を故郷に向かって越え、振り捨ててきた吾子を両手で抱きかかえることができたかどうか、どこにも書かれていない。

連れて行かんせどこまでも

旧陸軍の班内で下級兵隊たちは、カネの茶碗をカネの箸で叩きながら、ヤケ半分にだみ声を張り上げながら歌った、「腰の軍刀《ぐんとう》にすがりつき　連れて行かんせどこまでも」（「軍隊小唄」）と。天平防人の妻も同じだ。

道の辺《へ》の　茨《うまら》の末《うれ》に　這《は》ほ豆の　からまる君を　別《はか》れか行かむ　（四三五二）

上総国《かみつふさ》天羽郡《あまは》上丁　丈部鳥《はせつかべのとり》

イバラの先に絡みついている豆の蔓《つる》のように、夫から離れまいとばかりに、絡まりすがりつき、声を振り絞って「行かないで」と絶叫する妻。その妻をむりやり、むしり取るように、引き離して旅立つ夫。「止めてくれるな我が妻よ。男にゃ男の道がある」。このような悲しい経験を思い出し、涙する人は、もう少なくなっただろうか。

だが、万葉研究者は非情だ。「君《きみ》」は女性から男性への呼びかけ語であるから、絡まり取りすがるのは男性だと言う。防人は男、絡まる人も男、今ならばホモセクシュアリティと言うだろうが、万葉研究者はそ

うは言わず、

道端の茨の枝先に豆の蔓《つる》が絡みつくように、纏《まつわ》り付かれる若様、そんな若様から引き離されたままで、私は旅立って行かねばならないのか。作者はお屋敷の若様の守り役であったか。

（『日本古典文学集成』）

としている。家族とも慌ただしい別れをする防人が、お屋敷へ別れの挨拶に行くだろうか。古典研究は文学研究ではなく、文法・語法一点張り。同一類例を並べ帰納させると、ホモセクシュアリティ。人々は誰もが文法・語法を熟知し、規則通りに表現するという観念が前提にあるのだ。いとしい妻、それも別れともなれば、愛情を一杯に込めて、「君」と呼び掛けたくなるではないか。他にも同例がある。妻を真珠に譬えた防人さえもいるのに。

白玉《しらたま》を　手に取り持《も》して　見るのすも　家なる妹《いも》を　また見てももや　（四四一五）

武蔵国荏原《えばら》郡主帳《しゆちようもののべのとしとこ》 物部歳徳

「持して」は「持ちて」、「見るのす」は「見るなす」、「見ても」は「見てむ」で最後の「もや」は詠嘆を表し、現代語のナアに当たる。かなりの方言交じりの歌だが、歳徳《としとこ》は「真珠を手に取ってみるように、再び白玉のような妻に会いたいなあ」と歌う。妻へのこの敬愛の念はどうだろう。東国農民などがほとんど手にすることのない高価な真珠、一度失えば再び手に入れることができない真珠に妻を譬えるのだ。歳徳は普段から妻を愛していたのだが、別れともなると一層愛《いと》しく敬意を込めて真珠に譬えたのだ。妻を「君《きみ》」と表現することもあり得るではないか。

妻が取りすがれば、子も放さじと取り付く。父親も同じ思い。家で心配しているくらいなら大刀になって付き添い護ってやりたいと嘆く親、

家にして　恋ひつつあらずは　汝《な》が佩《は》ける　大刀《たち》になりても　斎《いは》ひてしかも　（四三四七）

上総国国造丁日下部使主三中《くさかべのおみみなか》が父

父が国造でその息子が三中《みなか》だが、ようやく正丁の二一歳になったばかりで、親は心配でならないのだろう。「腰の軍刀にすがりつき」どころではなく、軍刀そのものになって寄り添って行きたいというのだ。「斎《いは》ひて」の「斎」は、潔斎などの言葉があるように、身を清めて神に祈る状態をいう。この歌の場合は潔斎して身を清め守ってやるということだろう。

置きて行かば　妹《いも》ばま愛《かな》し　持ちて行く　梓《あづさ》の弓の　弓束《ゆつか》にもがも　（巻一四・三五六七）　防人の歌

「弓束」というのは、弓の握る部分。「妻を後に残したら、俺は妻を想い切《せつ》なくてしょうがない。妻を弓束に化《か》することができればいい。そうしたら、しっかり握って伴い行こうものを」。

夫のこの歌に対して妻の返歌がある。

後《おく》れ居《ゐ》て　恋ひば苦しも　朝狩《あさがり》の　君が弓にも　ならましものを　（巻一四・三五六八）

「あたしも同じ思いよ。一人残されたら貴方を思い、苦しくて苦しくて。貴方が携えて行く弓になり、しっかり抱いて行ってもらいたいの」。

武器の携行は義務だから、大刀や弓に変身できれば夫や子と一緒に行くのだが。

「軍防令」には、防人の携行許可のものを挙げる。

防人が大宰府に向かうに当たって、もし家人《けにん》・奴婢《ぬひ》、及び牛馬を連れて行きたいと願うことがあれば、許可すること。（五五条）

「家人」とあるので家族同伴も許可かと、粋な計らいに感嘆したくなるが、家人というのは奴婢よりややましな私賤民《しせんみん》、つまり奴隷のことだ。要するに奴隷と牛馬を連れて行くのは構わないという規則。親や妻子はだめ。

ところが奈良時代の仏教エピソードを集め、平安初期にできた『日本霊異記《にほんりょういき》』には、故郷に残してきた妻に会いたいばっかりに、伴って赴任してきた母親を殺害して忌引《きび》きを取ろうと謀った防人の話がある。母親を伴うことが許されたのか。

防人条の同伴者の解釈には含みがあったらしい。九世紀中頃編纂された『養老令』の注釈書『令義解《りょうぎげ》』は、この条文に「妻妾《さいしょう》同伴も可」と拡大解釈が注されているのだ。初めからそうであるならば、防人の後顧の憂いはかなり軽減されたのだが、防人歌にはその影響のないことをみると、防人の実情を鑑みて、後に拡大解釈がなされたのだろう。

歓娯は今日ばかり

茨《いばら》の夫と豆の蔓《つる》の妻（四三五二）は、常陸国の大舎人部千文《おおとねりべのちふみ》のように夜も昼も抱擁して、心行くばかり最後の歓娯を尽くしただろうか。

筑波嶺《つくはね》の　さ百合《ゆる》の花の　夜床《ゆとこ》にも　愛《かな》しけ妹《いも》そ　昼も愛しけ　（四三六九）

常陸国那賀《なか》郡上丁大舎人部千文

長の別れが目前に迫っている。千文は昼間であるにもかかわらず、ヒシと百合の花のような妻を抱いた。これが最後の抱擁になるかもしれないと。二人を包み込むかのように、ユリの花の甘ったるい匂いが漂う。佐佐木信綱の評「情痴をうたったもの」は確かだ。私は千文の歌を読むたびに「惜別《せきべつ》の歌」を思う。

君がさやけき　目の色も
君くれないの　唇も
君がみどりの　黒髪も
またいつかみん　この別れ

島崎藤村の詩集『若菜集』にある姉妹の別れの情景を詠った「高楼《たかどの》」を、藤江英輔の改作・作曲により、出陣する学徒兵を送る「惜別の歌」になった。夜も昼も床の中で妹を愛し続ける千文も、妹の瞳を見つめ、唇に触れ、黒髪を撫でながら「またいつかみん　この別れ」と歌うのである。

　危地に赴く夫と妻の別離の悲哀を、にじみ出るばかりに歌った中国詩の傑作がある。「妻を留別《りゆうべつ》する」と題した前漢蘇武《そぶ》の作と伝えられている詩だ。匈奴《きようど》に派遣される前漢の蘇武は、出発の前夜妻を心行くばかり抱いた。

結髪《けつぱつ》夫妻となり　恩愛両《ふたつ》ながら疑はず　歓娯今夕《かんごこんせき》に在り　嬿婉良時《えんえんりようじ》に及ばん

「年ごろに、そなたと夫婦になり、互いの愛は不変と誓ったが、その喜びも楽しみも、今や今宵限り。せめて最後の良き時を、心行くまで睦《むつ》み合おう」

行役《こうえき》戦場に在らば　相見んこと未だ期《き》有らず　手を握りて一たび長嘆すれば　涙は生別の為に滋し

「旅立つ先は戦場。再びまみえる時があるだろうか。手を握り溜息をつけば、生き別れの悲しみに涙は流れる」

努力して春華《しゆんか》を愛し　歓楽《かんらく》の時を忘るる莫《な》かれ　生きては当《まさ》に復《また》来たり帰るべし　死せば当《まさ》に長く相思ふべし

「いとしの妻よ、若き身を大切に。楽しかった長の年月を忘れないでおくれ。命があらばきっと帰って来よう。死んだならば、未来永劫《えいごう》までの互いに変わらぬ愛を交わそうよなあ」

「嬿婉《えんえん》」は男女が睦み合う姿態の様だ。楽しい良い時を心ゆくまで楽しもう。究極の場で吐露された最後の詩句「努力して春華を愛し歓楽の時を忘るる莫《な》かれ」など涙なしには読むことができないではないか。心から妻を愛しむ男の惜別《せきべつ》の辞だ。
千文も「嬿婉《えんえん》良時に及」び、「夜床《よどこ》にも愛《かな》しけ妹《いも》そ昼も愛しけ」と歌ったのだ。夫婦の歓娯《かんご》は尽きないが、もはや夜明け。蘇武は取りすがる妻の手を優しくほどき、刀を帯び出で立つ。防人もまた限りなく愛しい妻の手を離れ出で立った。

大君の　命畏《みことかしこ》み愛《うつく》しけ　真子《まこ》が手離《はな》り　島伝ひ行く　（四四一四）
武蔵国助丁《すけのよぼろ》秩父《ちちぶ》郡大伴部《おおともべの》少歳《おとし》

可愛くてしょうがない妻を「子」と表現するには足りず「真」を加えて「真子」、古語としては、この例と他に一例『万葉集』にあるだけの希少語だ。

妻の似顔絵を懐に

妻を伴うことができないならば、せめて絵姿を。だが大君の命はどこまで非情なのか、絵姿を画く時間さえも与えないと、嘆く。

わが妻も　絵に描《か》き取らむ　暇《いづま》もが　旅行く吾《あれ》は　見つつ偲《しの》はむ　（四三二七）
遠江《とおとうみ》国長下《ながのしも》郡物部《もののべ》古麻呂

「ああ妻の似顔絵を書く暇が欲しい。肌身離さず持っていようものを」。スケッチする暇さえないという。あらわではないが、「障《さ》へなへぬ」「大君の命《みこと》畏み」出立つ無念さがにじみ出ているではないか。この男はどれほど妻を愛していたのか、計り知れぬものがある。今なら写真を軍服の内ポケットに入れたのだろうが。

戦ひに斃《たお》れし兵のおほかたが　妻の写真を秘めて居るとぞ　武田嘉雄（『将兵万葉集』）

長野県上田市にある戦没画学生慰霊美術館無言館には、画学生が描き残した妻や恋人の絵が無言で戦いの非情さを語りかけている。中には無事帰国したら続きを描くと言って南の戦禍に散った画学生の絵も……。

上田市は「韓衣《からころむ》裾《すそ》に取りつき泣く子らを」（四四〇一）と、自分も涙を拭いながら出発した国造他田舎人《おさだのとねり》大島の居住していた信濃国小県《ちいさがた》郡だ。

垣根の影で泣いていた

垣根の隅で

太平洋戦争中に歌われた「海軍小唄」は、

汽車の窓から　手を握り　送ってくれた　人よりも　ホームの陰《かげ》で泣いていた　可愛いあの娘《こ》が　忘られぬ

と、妻より愛人との別れの悲しみを歌う。丈部与呂麻呂《よろまろ》の歌った、

立薦《たちこも》の　発《た》ちの騒《さわ》きに　逢ひ見てし　妹《いも》が心は　忘れせぬかも　（四三五四）
上総《かみつふさ》国長狭《ながさ》郡上丁丈部与呂麻呂

も、「妹」を妻とする説よりも、「ホームの陰で泣いていた　可愛いあの娘」に、やや近い解釈がなされている。

与呂麻呂に妻がいたのかどうかわからないが、「同棲の妻ではなく、ひそかに逢っていた女で」と言う万葉研究の大御所澤瀉《おもだか》久孝の解釈もあり、「情人か許婚であろう。人目を忍んで示し得たほのかな愛情（中略）人間共通の微妙な心理を語ってゐる」（佐佐木信綱）となると、海軍小唄にかなり近くなる。やや好意的な解釈が、正式の妻にはなっていない隠し妻などというところか。

万葉歌の「妹《いも》」には、妻から恋人、愛人に至るまで幅広く使われているので、判断し難いのだ。「逢ひ見てし」の「逢う」も逢引で、ひそかに共寝をする、密会のこと。それに近い感覚で読み解かれている。与呂麻呂は「出発の慌ただしさの中で、密かに逢ってくれたあの子の心が忘れられないよ」と歌う。

「発《た》ち」の枕詞として置かれている「立薦《たちこも》」が、いかにも東国農村の雰囲気を漂わせる。立薦というのは、竪穴住居内の間仕切りに薦を立てたかと言われているが、戸外の立掛けてある薦だって考えられる。人目を忍んで薦の陰で……。「立ち鴨《かも》の」と訓《よ》む説もあるが。

もちろん、泣き別れをするのはホームの陰の可愛いあの子や立薦の情人だけではなく、防人の妻も泣いた、垣根の隅に立って袖ぐっしょりに。

蘆垣《あしかき》の　隈処《くまと》に立ちて　吾妹子《わぎもこ》が　袖もしほほに　泣きしそ思《も》はゆ　（四三五七）
上総国市原郡上丁　刑部直《おさかべのあたい》千国《ちくに》

門前には見送りの里人が群れている。千国の妻はその群衆に混じることなく、隠れるように蘆を編んで作った垣根の隅で袖をぐっしょり濡らして泣いているのだ。千国はそれを見逃すことはなかった。「あ、、かわいそうな妻よ」。

あけ早くわが召され立つ家中に　隠るるごとく妻は居たりき　山下伸平　（『将兵万葉集』）

千国の妻は見送りの人目を避けて垣根の隅での忍び泣きだが、門前で泣く妻もいた。

防人に　立ちし朝明《あさけ》の　金門出《かなとで》に　手放《たばな》れ惜しみ　泣きし児《こ》らばも　防人の歌（巻一四・三五六九）

「金門」というのは、金具などが打ち付けてある立派な門だ。作者名も身分階級もわからないのだが、国造クラスの家の男か。「児」は愛称で、この場合は妻だろうが、固く握り合った手を離すことを惜しんで泣く妻がそこにいる。身分ある人の金門の前でのシーンとすると、見送りの人たちもいただろうが、人目もはばからず、声をあげて泣いたのだ。季節は冬、朝の暗闇が二人をそっと包んでくれたに違いない。

妻の手をとりてはばからず又の日に　かく妻の手をとる日あらむか　山田真澄　（『昭和万葉集』巻四）

夫に取り付き

なかには泣くなどという消極的なことではなく、夫を遣《や》らじと取り付く妻もいた。

大君の　命畏《みことかしこ》み　出《い》で来《く》れば　吾《わ》の取り著《つ》きて　言ひし子なはも　（四三五八）

上総国種淮《すえ》郡上丁物部竜《もののべのたつ》

物部竜の妻は、辺りを憚らず夫に抱き着き「言ひし」なのだが、どんな言葉を掛けたのだろうか。もう一首、妹《いも》が夫に言い掛ける歌がある。

厩《うまや》なる　縄《なは》絶つ駒の　後《おく》るがへ　妹が言ひしを　置きて悲しも　（四四二九）

昔年の防人の歌

で、妹は「後《おく》るがへ」と言った。「後るがへ」は「後るかは」の訛りで、「後れるだろうか、いや後れはしないぞ」という強い意思を表す言葉だ。物部竜に取り付いた妻も「貴方に遅れるものですか。私だって付いて行くわ」などと、言ったのだろうが、「軍防令」も当然のことながら女子の帯同を禁止する。

個人の自由裁量範囲を超えた強権下にあっては背くことはできず、諦め、服従のみ。竜《たつ》は妻に言っただろう、「諦めてくれ。仕方がないんだよ」と。

それでも必死に後を追おうとする妻、あたかも繋ぎ止めていた縄《なわ》が切れて馬屋から走り出す馬のように。「貴方に残されたままでいるものですか。後を追って行きますわよ」という凄まじいほどの執念を感じないだろうか。紀州道成寺《どうじょうじ》伝説の安珍《あんちん》を追い駈ける清姫のような。

私の深読みかも知れないが、厩は夫婦の家、夫婦は紐・帯・縄などで固く結ばれていたのだが、それが徴兵によりプツンと断ち切られたのだというイメージを抱くのだ。夫婦の縁の断絶。防人に行ったまま除隊になっても、大宰府の遊行女婦《うかれめ》に惚れてか、遠い東国へ帰る道程の苦しさを忌避してか、農民であるよりも兵士であることを好んでか、故郷に帰らぬ男たちは少なくない。

ある東男は衛士《えじ》として徴発されて、日が射《さ》し輝く宮のある都に三年間勤務するのだろうか、故郷に残す妻は「光り輝く都に行かれるあなたが都女を抱くのは仕方ないとしても、あたしを忘れないでね」と哀願する。

うち日射す　宮のわが背《せ》は　倭女《やまとめ》の　膝枕《ひざま》くごとに　吾《あ》を忘らすな　（巻一四・三四五七）

男の多情を是認しなければならない女の悲しみと屈辱が、にじみ出ているではないか。みじめさを噛みしめながらも、男に哀願するのも、男の帰って来ないことを危惧してのこと。

防人徴兵は夫婦の縁の切れ目、それだから「厩《うまや》なる縄絶《なは》つ駒の後《おく》るがへ」（四四二九）と、妻は暴れ馬のように必死に夫を追おうというのか。そのような必死の形相の妻をなだめて夫は出で立ったのだが、妻を思うと悲しくて悲しくて。

妻が必死に蔓のように絡みついた夫丈部《はせつかべ》鳥の歌は先に挙げたが、あまりにも感動的なので、もう一度挙げておこう。

道の辺《へ》の　茨《うまら》の末《うれ》に　這《は》ほ豆の　からまる君を　別《はか》れか行かむ　（四三五二）

上総国天羽《あまは》郡上丁丈部鳥

泣いたり抱きついたり、全身で悲しみをあからさまに表す妻もいれば、悲しみを内に込めてただただ溜息をのみづく内気な妻もいた。

沖に住も　小鴨《をかも》のもころ　八尺鳥《やさかどり》　息づく妹を　置きて来《き》のかも　（巻一四・三五二七）

東歌で作者はわからないが、防人歌だろう。「小鴨」「八尺鳥」と鳥が並ぶが、「八尺鳥」は八尺程の長い長い息をする鳥、「もころ」は「如く」の意。この男は里の池の鳥を思い浮かべている。「長く水に潜っては水面に出て長い息をつく鴨のように、長い溜息をつき嘆いた妻を後に残して俺はやってきたのだなあ」と。

無情な徴発役人

妻たちには大君も勅命も眼中にない。泣き、叫び、ため息をつき、抱き付き大切な夫を奪われまいとする。だが徴発のお役人は、別れの涙にくれる家族から、夫を、父を、子を剝ぎ取って行く。

荒《あら》し男《を》の　い小矢手挟《をさたばさ》み　向かひ立ち　かなる間《ま》しづみ　出でてと吾《あ》が来る　（四四三〇）

昔年の防人の歌

「荒し男」というのは荒く猛き男ということで、防人徴発の役人だろう。出発を急がす役人は、矢を手挿《たばさ》んで向い立って「急げ、急げ」と急がせるが、その騒がしさが静まった時に、この防人は出発してきたのだ。荒らし男の立ち去った後に、妻と最後の別れをして、家を出て来たのだろう。「かなる間しづみ」の意味はよくわからない。「しづみ」は「沈み」か。

徴兵を免れた男の妻

出立《いでた》つ防人見送りの中に、防人徴発を免れた男の妻がいた。笑みさえ浮かべながら隣にいる女に声を掛けた、

「あそこの防人さん、見たことある人だけど、どなたの御主人だったかしらねえ」。

声を掛けられた女こそ、その防人の妻であった。

その妻は、屈託《くったく》のないその女の横顔を見ながら、悲しみを嚙み殺して、心の中で呟いた、

防人に　行《ゆ》くは誰《た》が背《せ》と　問ふ人を　見るが羨《とも》しさ　物思《ものもひ》もせず　（四四二五）　昔年の防人の歌

「あの人誰だって？　この女は物思いもなくのんきな顔をしてよく言うよ。何と羨ましいこと」。私は悔しそうにこの歌を詠む妻の心の内を更に思い遣る。妻は心の中でつぶやいたに違いない、「貴女の亭主にだって、いつかは赤紙がくるのよ。来年あたりかもね。その時あたしは言ってやるわ、『防人に行くは誰が背』と」。

羨望と嫉妬と悲哀、野次馬的好奇心などが複雑に絡まった小説的な内容の歌だ。戦時中、徴兵令状を「赤紙」と俗称したが、たった一枚の赤紙が、天国と地獄の境目になったのだ。

堅い契りを結んで

遠く防人として行く夫は、妻のもとを離れて四年前後の筑チョン生活、残された妻も孤閨《こけい》を強いられる。夫婦の絆《きずな》を更に固め確かめるように、旅立ちの前に下紐を結ぶというお呪《まじな》いが行われた。

わが妹子《いもこ》が　偲《しぬ》ひにせよと　着けし紐　糸になるとも　吾《わ》は解《と》かじとよ　（四四〇五）

上野国《かみつけ》朝倉益人《ますひと》

「妻があたしを偲ぶよすがにしてねと、旅立ち前に着けてくれた紐、夫婦の絆の標《しるし》であるこの紐は、たとえ擦れて糸になったって俺は解かないぞ」と歌う。

海原《うなはら》を　遠く渡りて　年経《とし ふ》とも　児《こ》らが結べる　紐解くなゆめ　（四三三四）

兵部使少輔《ひようぶのつかいしよう》大伴宿禰《すくね》家持

「防人たちよ、故郷を遠く離れ、長年にわたる筑チョン生活でも、けっして妻の結んでくれた紐を解くなよ」とお説教をするのは、兵部省の防人担当官大伴家持。家持は防人の集結地の難波に出張して来ていたのだ。

紐を詠んだ万葉歌は約八〇首あるが、その用例のほとんどが衣の紐で、それも旅立ちに際して、二人の間は解けることはないと、夫婦が変わらぬ愛の誓いとして、互いに下紐を結ぶという歌だ。男は下袴《したはかま》の紐、女は下裳《したも》に着けた紐だというが、あるいは、紐を下着などに縫い付けたのだろうか。

防人歌ではないが、

二人《ふたり》して　結びし紐を　一人《ひとり》して　われは解き見じ直《ただ》に逢ふまでは　（巻一二・二九一九）

という歌から察すると、下紐は再会したときに相互に解くべきもので、勝手に解いてはならないもので

本結び

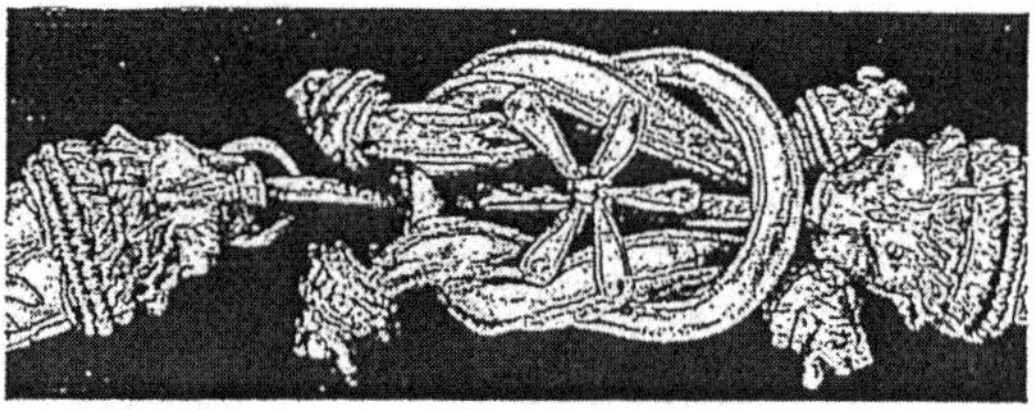

ギリシャで出土した紀元前 4 世紀の金のネックレスに見られる「ヘラクレス結び」（東京国立博物館「古代ギリシャ展」〈2016 年〉図録より）

あったらしい。

「玉の緒」という言葉があるが、肉体と魂は紐で繋がっており、死ぬと魂は肉体から離れ、緒を付けたまま空中を漂う。緒が繋がっている間は、死者は蘇生するが、緒が切れてしまうと魂は飛び去り完全な死に至ると考えられていたらしい。百人一首にある「玉の緒よ絶えなば絶えね」はそのことだ。

緒あるいは紐を結ぶというのは、旅立ちに近親の女性が紐を結ぶことにより守護霊を身に付けて行くことだと民俗学は説明する。紐は霊魂を結び留める呪具で、紐を解くと守護霊が散逸するのだという。

古代ギリシャでも、「本結び」を「ヘラクレス結び」として知られ、子孫繁栄を願って腰紐に使われていた。傷口に包帯をしたとき、この結び方をすると治りが早くなり、傷を癒すことに特別な効果があると信じられていたのだ。民俗学の説明に今一つ納得のいかない部分もあるが、古代日本においてはとにかく旅立ちに紐を互いに着け結び合うことにより、夫婦の絆を確認したことは確かだ。

出発前のあわただしい中で夫婦は紐を結び合って再会を誓った。出征に際して昭和の防人は「お国のために立派に死んで帰ります」と誓ったが、天平の防人は「紐を解いたりして、夫婦の誓いを破るようなことは絶対にしないぜ、また会うまでは」と約束するのだった。

だが、布で編んだ紐、昼も夜も着た切り雀の姿での長旅だから、擦り切れることだってあるし、幾ら固く結んでも旅中に解けてしまうこともある。その時の防人の困惑さは後で取り上げよう。

雲流るる果てに

写真もなくスマホもなく、慌ただしい出発で妻の顔をスケッチもできない昔、夫が旅立ちして別れた夫婦が、互いに面影を忍ぶ手段は、空流れる雲を眺めるだけだった。武蔵国服部部於田《はとりべのうえだ》は、妻の服部呰女《あさめ》に、

わが行《ゆ》きの　息衝《いきづ》くしかば　足柄《あしがら》の　峰延《みねは》ほ雲を　見とと思《しの》はね　（四四二一）

武蔵国都筑《つつき》郡上丁服部部於田

と、言い残した。「旅に出た俺を想って胸にキューンときたら、足柄山の上の雲を見て偲んでくれよ」と。雲には入道雲などもあるが、まさか入道雲を見て俺の顔を思い出せと言うのではあるまい。雲流れる果てに自分はいるからと言うことなのか、自分も彼方の地で雲を眺めてお前を偲んでいるからと言うことなのか。『古事記』でアマテラスとスサノオが呪術《じゆじゆ》で子を産む話に、剣や玉を「さ嚙《が》みに嚙《か》みて、吹き棄《う》つる気吹《いぶき》のさ霧に成れる神」などとあり、雲・霧と息は同一視され、共に霊魂と同格に見なされ、雲に思う人の霊魂が込められているということか。

類似の歌が東歌《あずまうた》に数首ある。

吾《あ》が面《おも》の　忘れむ時《しだ》は　国溢《はふ》り　嶺《ね》に立つ雲を　見つつ思《しの》はせ　（巻一四・三五一五）

妻が旅立つ夫に送った歌だろう。「あたしの顔を忘れるようなことがあったら、国中満ち溢れて沸き立つ雲を見て偲んでちょうだいね」。「はふり」は溢れることである。おそらく次の歌が夫の返歌だろう。

対馬の嶺《ね》は　下雲《したぐも》あらなふ　可牟《かむ》の嶺《ね》に　たなびく雲を　見つつ偲《しの》はも　（巻一四・三五一六）

対馬派遣の防人の歌と思われる。「なふ」は「無い」だから「あらなふ」は「あることがない」で、無いということ。「対馬は山裾近く這う雲がないので可牟《かむ》の嶺《ね》にたなびいている雲を見て妹を偲ぼう」という意か。「可牟の嶺」もわからなく、対馬南方から見える福岡県と佐賀県堺の雷山《らいざん》説、それでは対馬から遠過ぎるので、対馬で古来より霊山として崇められてきた白嶽《しらたけ》説、厳原《いづはら》近くの有明山説などがある。全体的にどうも落ち着かない歌だ。

この男は対馬へ行くのだが、東国の男が対馬に物見遊山に行くはずはなく、防人だ。この二首は対馬に派遣される東国の防人夫婦が、出発前に交わした贈答歌だろうが、そうするとこの男は、早々と対馬派遣を知っていたことになる。対馬に派遣され帰郷した村人から、聞いていた対馬の風土によったのか。それとも二首は無関係で「対馬の嶺は」の歌は対馬での詠なのか。

「対馬の嶺は下雲あらなふ」と歌った防人が、無事帰郷することができたことを祈る。嶺に沈む夕日を眺めて、

雲こそ吾が墓標《ぼひょう》
落暉《らっき》よ碑銘《ひめい》をかざれ

では、あまりにも可哀そうではないか。阿川弘之『雲の墓標』の特攻機に乗り敵機動部隊に突っ込む予備学生が、友人に宛てた遺書の言葉である。

腕をたたいて　遙かな空を　仰ぐ眸《ひとみ》に　雲が飛ぶ　遠く祖国を　はなれ来て　しみじみ知った　祖国愛　友よ来て見よ　あの雲を

火野葦平の小説『麦と兵隊』を映画化したときの主題歌「徐州《じょしゅう》徐州と　人馬は進む」で知られた軍歌の一節だ。共に危地に在って敵と対峙、流れる雲を見ながら中国戦線の防人は祖国愛を、特攻機の若者は墓標を、天平の防人は愛《いと》しき人の面影を見たのだ。

面形《おもかた》の　忘れむ時《しだ》は　大野ろに　たなびく雲を　見つつ思《しの》はむ　（巻一四・三五二〇）

「あなたの面影がおぼろになった時は、広い野にたなびく雲を見て偲びましょう」と、雲たなびく嶺のない平野では、空高くなびく雲を見ると歌う。『古今集』恋一にある、

夕暮れは　雲の果《はた》てに　物ぞ思ふ　天つ空なる　人を恋ふとて　読み人知らず

は、万葉歌のシチュエーションを継承してだろうか。『古今集』の読み人知らずの歌は、平安初期かあるいは奈良時代かと考えられるのだが、この歌も万葉時代の歌かも知れない。「天つ空なる人」というのは、手の届かない高貴な女性と説かれているが、万葉歌側から見ると、雲の彼方の遠き地、雲流るる果てにいる人と読み取ってしまうのだが。

惜別の辞

生きて帰れと励まされ

「夢に出てきた父上に　死んで帰れと励まされ」（「露営の歌」）は、昭和の軍歌。防人の親は「死んで帰れ」などと非情な励ましはしない。頭を撫でて「無事で居よ」と言った父母の言葉が忘れられないと、防人は歌う。

父母《ちちはは》が　頭《かしら》かき撫《な》で　幸《さ》くあれて　言ひし言葉《けとば》ぜ　忘れかねつる　（四三四六）　駿河国　丈部《はせつかべ》稲麻呂

すべての研究者が認めているわけではないが、頭を撫でるのは、旅の無事平穏を祈る呪術だという説が出されている。たとえ呪術であっても、全くの形式的な行為であって、子への愛情は込められていないと言えば、嘘になろう。

論者は呪術だから頭を撫でられているのは、年少者とは限らないという。そこまでして、年少者を否定しなければならないのは、なに故だろうか。

「もしかしたら、二度と会えないかもしれない息子の無事を、ひたすら祈る必死の思いやね」「いつの世も、子供を戦場に出す親の気持ちは張り裂けそうに辛いことやは」とは、ネットの若者の声。

『詩経』魏風《ぎふう》の「陟岵《ちょくこ》」にも、

父は曰《い》へり、嗟《ああ》、予《わ》が子よ（中略）猶来《なおき》たれかし（戦場に）止《とど》まること無かれ
母は曰へり、嗟、予が季《すえのこ》よ（中略）猶来たれかし（戦場に）棄《す》てらるること無かれ
兄は曰へり、嗟、予が弟よ（中略）猶来たれかし（戦場に）死すること無かれ

と、名もなき草莽の民は歌っているではないか。
船橋弘子作詞・作曲「幸くあれて」は歌う、

死に急ぐ子ら　親の悲しみを知れ　惑う親たち　子の頭かき撫でよ　命《いのち》の重さ　伝えれるのは　親と子の絆《きずな》だと　教えてくれる　はるか昔の　若き防人の歌

品川駅を出発する昭和の防人も、

老《お》い母は狂へるごとく吾が顔を　はげしく抱くこの人中に　菅野政毅（『将兵万葉集』）

と歌った。ネットの評の如く、我が子を危地に送りだす親の辛い心は今も昔も同じ。「死んで帰れ」と口では言いながら、心の中では「生きて帰れ」と必死に願う昭和の親の辛さはいかばかり。

木下恵介監督の名画「陸軍」のラストシーンを思い出す人もいるだろう。行軍ラッパと軍靴が鳴り響き、万歳万歳と日の丸の小旗を打ち振る大群衆の中を軍隊は行進する。隊列の中に我が子を見つけた母親（田

中絹代）は、子を追いかけるように走る。熱狂した群衆に押され倒れ、軍靴に踏みつけられながらも、また立ち上がり追いかける。そして戦地に赴く息子に精一杯の笑顔を贈る、涙を堪えながら。追いつけず遠ざかる隊列に涙ながらに手を合わせて祈った、我が子に「幸くあれ」と。「お国のため」と言いながら、本当は我が子を死なせたくない母の気持ちが吐露されていたのだ。

このラストシーンが軍部から睨まれ、木下監督は松竹に辞表を出したという。それならばこの防人歌を収集した責任者大伴家持も軍部から睨まれ、『万葉集』は禁書に指定されたはずなのに。内閣情報局次長奥村さんは何をしていたのですか。『万葉集』を読まれなかったのですか。

わが母の　袖持ち撫《な》でて　わが故《から》に　泣きし心を　忘らえぬかも　（四三五六）

上総国山辺《やまのへ》郡上丁物部乎刀良《もののべのおとら》

頭を撫でてくれる母の袖は、私のために涙でぐっしょり、その涙は防人の顔に冷たく流れる。頭を撫でるのは、旅の無事平穏を祈る呪術説のあることは、先に記した。しかし、「撫でて」－「泣きし心」の脈絡をみるならば、形式的な呪術とのみ見るのはいかがか。

露営の夢の中の父母

頭を撫でられ、親と別れる防人には、親離れしていない幼ささえ感じさせる。

畳薦《たたみけめ》　牟良自《むらじ》が磯の　離《はな》り磯《そ》の　母を離《はな》れて　行くが悲しさ　（四三三八）

駿河国助丁《すけのよぼろ》生部《みぶべ》道麻呂

牟良自《むらじ》は駿河国の地名だが、どこかはわからない。その枕詞の「畳薦」はタタミ・コモの東国方言で、薦で編んだ畳のこと。巻いた布の本数を数える助数詞に「疋」「端」があり、ムラと訓読されている。編み上げた薦も布同様に見て「牟良《むら》」と数え、畳薦一疋《むら》のムラからムラジを導き出す枕詞にしたのだろう。タタミケメ—ムラという繋がり方は、東国農民が考え出したこの歌だけの用法で、いかにも東国農村生活を偲ばせる素朴な枕詞だ。それにしても、自分たちの生活の中から新たな枕詞を作り出すなど、東国の民の造語力には驚嘆せざるを得ないではないか。

牟良自の磯に、浜辺から離れてぽつんと海の中にある岩が「離り磯」、「俺もあの岩と同じ、お母さんからぽつんと離されてしまっちゃって、寂しく旅をするのかよ」と涙を流すのだった。露営の夢の中で親に会っているに違いない。

たらちねの　母を別れて　まこと吾《わ》れ　旅の仮庵《かりほ》に　安く寝むかも　(四三四八)

上総国国造丁日下部《くさかべの》使主《おみ》三中《みなか》

乳臭さもいいところで、国造の子なので大切に育てられ、毎夜母の懐の中で寝ていたのか。あまりの幼さに父親も心配し、

家にして　恋ひつつあらずは　汝《な》が佩《は》ける　大刀《たち》になりても　斎《いは》ひてしかも　(四三四七)

上総国国造丁日下部使主三中が父

と、悲嘆にくれたのである。『美濃国戸籍』に一九歳の兵士がいるように、さらに年少の防人もいたように思われるのであるが。

阿川弘之『雲の墓標《ぼひょう》』の主人公吉野次郎は、大学で『万葉集』を学び、海軍予備学生として土浦航空隊に配属された。一〇代の予科練の号令演習の声を聞きながら、

かれらはそのあとすぐ寝るのである。幼い夢を見て眠るのであろう。万葉集のなかの、乳の匂いのする防人たちの歌をおもいうかべて、自分は胸のせまる感じがする。（阿川弘之『雲の墓標《ぼひょう》』）

と、日記に書く。吉野は稲麻呂や乎刀良、三中の歌を思い出していたのだ。徴兵年齢は二一歳からだったが、太平洋戦争末期では、一七歳までに引き下げられ、予科練は一四歳以上だった。美濃国の一九歳の防人、一四歳の予科練、沖縄戦の一〇代半ばの護郷隊、必要とあれば、草莽の民を覆う権力組織は法律を無視するのだ。

皇軍精神教育

律令制地方軍団組織

愛する家族に別れ家を出た防人たちは、直接国府に集結したわけではない。例えば武蔵国など、現在の東京都と埼玉県と神奈川県の一部からなる大国だから、国府の在った現在の中央自動車道の通る府中《ふちゅう》市まで、かなり遠い地域もある。国府などに行ったことのない里人もいるだろうから、先ず郡衙《ぐんが》に集合し、国府に向かったのであろう。

幸いなことに、現在の東京都北区滝野川に武蔵国豊島郡の郡衙の跡が発見されている。

赤駒《あかごま》を　山野《やまの》に放《はが》し　捕《と》りかにて　多摩の横山　徒歩《かし》ゆか遣《や》らむ　（四四一七）

武蔵国豊島郡上丁椋椅部荒虫《くらはしべのあらむし》が妻、宇遅部黒女《うじべのくろめ》

と歌った宇遅部黒女さんの夫豊島郡の上丁椋椅部荒虫《くらはしべのあらむし》は後述するように神田駿河台辺に住んでいたから、ここから同郡の防人と共に、滝野川の郡衙に先ず行き、国府の在る府中市に行ったのだろう。

国府の長は国守だから、徴兵された農民たちは、文官の国守の部下になったわけだ。文官の配下に？ここで律令制軍団の地方組織について知っておく必要がある。

大臣をトップとする行政機関の太政官の組織の中に兵部《ひょうぶ》省が置かれ、全国の軍事行政のすべてを統括している。今の防衛省だ。

地方の軍事行政を統括するのが国司で、国守の職掌として「兵士《ひょうじ》、器仗《きじょう》、鼓吹《くすい》、烽候《ぶうこ》、城牧、公私馬牛」などが含まれていることは、先にも述べた。それだから地方軍事行政の幹部は、守・介・掾《じょう》・目《さかん》という文官で、防人引率責任者の部領使《ことりづかい》にも、このポストの官僚がなる。

例えば国司のすべての名の明らかな越中国の一時期では、

守　大伴宿禰家持
介　内蔵忌寸《くらのいみき》縄麻呂
掾《じょう》　大伴宿禰池主　久米朝臣広縄（池主の後任）
大目《だいさかん》　秦忌寸《はたのいみき》八千島《やちしま》
少目《しょうさかん》　秦忌寸石竹《いわたけ》
史生《ししょう》　土師《はにし》宿禰道良
　尾張少咋《おくい》

が国司の幹部だが、いずれも万葉歌人としては優れていても、軍団掌握に適任だったのだろうか。『万葉集』巻一七、一八の守家持と掾池主の歌のやりとりを見るならば、武人の面影とは程遠く、作歌を楽しむ地方行政官のイメージしか浮かび上がらない。

もっとも、守家持は武人の家の人であり、兵部省の役人を務め、晩年には征東将軍になり、最前線の陸

兵士人数	指揮官職名
五人	伍長《ごちょう》
一〇人	火長《かちょう》
五〇人	隊正《たいせい》
一〇〇人	旅帥《りょすい》
二〇〇人	校尉《こうい》
一〇〇〇人	少毅《しょうき》二名 大毅《たいき》一名

奥に派遣されている。池主は橘奈良麻呂の乱に加わり戦ってはいるが。だが、史生尾張少咋などは色事でスキャンダルを起こした有名人。家持の強烈な咎めを受けた人物だ。

文官統制、今の言葉で言うなら文民統制の典型的な形が律令軍制だが、それなら実際に戦う軍事組織はどうなっているのか。この文民統制下に、軍団が置かれている。

トップの大毅《たいき》というと偉そうに思われるが、相当する官位は定められていず、「軍防令」によると、六位以下で無職の者、一二等級まである勲位で七等から一二等までの者、庶民の中から武芸の秀でた者を任命するとある（一三条）。つまり、階級社会で最低の者か庶民ということだ。さらに校尉《こうい》・旅帥《りょすい》・隊正《たいせい》は庶民で弓馬に優れたものを充てるという。

これが戦士たちであり職業軍人だ。庶民の中から抜擢されて大勢の部下が与えられれば嬉しかろう。武芸に励んで入団する者もいただろうか。軍人は律令制下において、下積みの下積みだった。さらにその下に兵役の義務で徴兵された兵士や防人がいたのだ。

彼ら戦士たちは身分は低く、農民上がりの職業軍人もいるので、冷たい目で見られていた。天長《てんちょう》三年（八二六）十一月三日の太政官符の中にある大宰府奏状には、「兵士は役夫《えきふ》（労務者）に異ならない。困窮の状態は人々の憂いることとである」と言い、

兵士の賤しきこと奴僕《どぼく》に異なることなく、一人兵士に徴兵されるとその家は滅びる。軍毅《ぐんき》、主帳《しゅちょう》、校

尉、旅帥は各々虎狼《とらおおかみ》となる。

（『類聚三代格《るいじゅうさんだいきゃく》』巻一八）

と訴えている。大宰府奏上だから、軍団の兵士だけではなく、防人も含まれている。この平安防人の評が、天平の防人には当てはまらないとは言えないだろう。

階層化される防人

旧軍隊にも自衛隊にも階級があるように、防人にも階級があった。国府に集結した農民たちは、国守により階級が与えられ組織化され正式な防人になる。

防人の階級は正確にはわからないのだが、『万葉集』防人歌の作者肩書から推測すると、

国造丁——助丁——主帳丁——帳丁《ふみひとのよぼろ》——火長丁《かちょうのよぼろ》——上丁——防人

のようである。

上丁・防人合わせて一〇人のグループを一火《か》といい、その長が火長丁である。軍団の階級組織とは別に、防人だけの別体系階級組織があったのだ。

このような防人軍団内部の階級付けは、出身郷里における農民社会での階層化と連動していたのではないか。「軍防令」は、防人に指名された百姓を貧富により上中下の三階級に分けよと規定し（一四条）、東国防人停止以後の宝亀十一年（七八〇）三月条には「殷富《いんぷ》の百姓にして、才、弓馬に堪える者」などの記述もあり、農村の階層化を進めた貧富の格差が、防人軍団内部の階級付けに連動していたと思われる。

防人軍団内部の階層化が、帰郷してからの村落において、全く影響なかっただろうか。校尉・旅帥・隊正になった防人はいなくても、上丁、助丁、火長などに任じられた男たちはいた。帰郷した防人や各国軍団に一時徴兵され、上級兵士に任じられていた者は、里長《さとおさ》などに指名された可能性が考えられるのだ。

防人であること、筑紫派遣も理解

彼らは自分が「防人」と称される兵士であることを知っていた。防人に指名した里長に「ふたほがみ悪しけ人なり」と悪態をついた男もまた然り。だから歌の中に「防人」と歌い込んだのである。

ふたほがみ　悪しけ人なり　あた病《ゆまひ》　わがする時に　防人にさす　（四三八二）
下野《しもつけ》国那須郡上丁大伴部広成

女でさえも知っていた。

防人に　行くは誰《た》が背《せ》と　問ふ人を　見るが羨《とも》しさ　物思《もひ》もせず　（四四二五）
昔年の防人の歌

派遣先が筑紫であることも理解していた。

家《いは》ろには　葦火《あしふ》焚《た》けども　住み好《よ》けを　筑紫に到りて　恋《こふ》しけもはも　（四四一九）
武蔵国橘樹《たちばな》郡上丁物部真根《もののべのまね》

方言丸出しの歌を作るこの男も、出発前から兵舎が筑紫にあることを知っていて我が家と比べている。妻も夫が筑紫に派遣されることを知っていた。

わが背《せ》なを　筑紫は遣《や》りて　愛《うつく》しみ　帯《えひ》は解かなな　あやにかも寝む　（四四二八）

昔年の防人の歌「筑紫は」は「筑紫へ」の訛り。夫の出征中は「帯も解かずに、落ち着かない気持ちで寝るのか」と嘆く妻。旅立ちに際して夫婦互いに紐を結び合ったことは、前に話したが、帯もまた紐と同じ働きを持つ。その妻が「夫を筑紫にやって」と歌う。彼女は防人である夫の行く先を知っているのである。

派遣先には大宰府の管轄下にある壱岐・対馬あるいは博多湾に浮かぶ能古島《のこのしま》なども含まれることを知っている者もいた。下野国《しもつけ》の火長は、

天地《あめつち》の　神を祈りて　征矢貫《さつやぬ》き　筑紫の島を　さして行《ゆ》くわれは　（四三七四）

下野国火長大田部荒耳《あらみみ》

と、明確に「筑紫の島」と言うではないか。

常陸国の防人は筑紫への道順さえ知っていた。

足柄《あしがら》の　御坂《みさか》たまはり　顧《かへり》みず　我《あれ》は越《く》え行く　荒《あら》し男《を》も　立《た》しや憚《はばか》る　不破《ふは》の関　越《く》えて我《わ》は行《ゆ》く　馬の蹄《つめ》　筑紫の崎に　留《ちま》り居て　我《あれ》は斎《いは》はむ　諸《もろもろ》は　幸《さけ》くと申す　帰り来《く》までに　（四三七二）

常陸国倭文部《しとりべの》可良麻呂《からまろ》

防人歌の中では唯一の長歌で、常陸国を出発して足柄峠を越え、不破の関を超えて、筑紫に到るというコースを詠み込む道行になっている。「不破の関」には「勇敢な男も行きかねる」など修飾文を、「筑紫」には、馬が歩いて蹄が「尽きる」のツキの音《おん》からツクシを引き出す枕詞とし、音を生かすだけではなく意味も生かし、「馬の蹄尽くす」には東海道を遠くまで馬を歩かせて来たことを言い、馬の蹄を筑紫に進め、その崎に留まるのだと手の込んだ歌い方をしている。

　これだけの長歌を作る可良麻呂はかなりの知識人であるが、上丁ではなくヒラの防人だ。国司によるランク付けだろうが、貧富の差によるのか、どのような基準によるかはわからないが、知識人でありながらヒラの兵卒というと、戦中派の私は学徒兵を想起してしまうのである。『きけわだつみのこえ』を残した学生や阿川弘之『雲の墓標』の『万葉集』を学んだ学生たちのような。

　その筑紫国はどのような国であったのか。防人の別れを悲しむ様を見て心傷め長歌を詠んだ防人担当兵部少輔《ひょうぶのしょう》大伴家持は、「筑紫の国は　敵《あた》守る　鎮《おさへ》の城《き》」（四三三一）という。白村江敗戦による朝鮮半島有事対処のために、対馬・壱岐・筑紫に防人を置き、烽火《のろし》を設置、大宰府周辺に水城《みずき》を築いたことを言うのだ。防人もその家族も筑紫が「敵守る鎮の城」であることを知っていた。

　召集されて国府に集合した男たちは、出発前に派遣先、防人心得などを国府幹部職員や上級職業軍人により教えられたのだろう。

　諸国に詔《みことの》りして、陣法を習わせた。（『天武紀』十二年十一月四日条）

陣法博士等を遣わして、諸国に教え習わせた。（『持統紀』七年十二月二十一日条）

が、それを示す。陣法は戦術で具体的なことは記されていないが、大宰府で吉備真備《きびのまきび》が教えていた諸葛孔明《しょうかっこうめい》の八陣《はちじん》、孫子《そんし》の九地《きゅうち》（『続日本紀』天平宝字四年十一月十日条）などの戦法かと言われている。

その教育の中で、最も重要なのが皇軍意識教育だった。

皇軍意識

さ百合《ゆる》の花のような妻を昼床でまで抱いた大舎人部千文《おおとねりべのちふみ》は、鹿島《かしま》の神に祈りつつ皇御軍《すめらみくさ》に参加したという。「皇御軍」という言葉を、川田順は戦中軍隊を讃え崇高化する手段として乱使用された「皇軍《こうぐん》」と訳している。千文は皇軍を意識している。この「皇軍」意識は農民出身の防人個人の自発的意識ではなかろう。「皇軍」を意味する「皇師《みいくさ》」「皇師兵《みいくさつわもの》」という言葉は、『日本書紀』の神武東征に初めて出ている。『日本書紀』の編纂された天武朝には、既に皇軍意識は体制側に明確に意識されていたのだ。天皇の命令により海の彼方の夷敵《いてき》と戦う防人はまさに皇軍であった。

天武朝は皇軍思想を形成する土壌が醸し出された時代だ。皇軍思想の根底には天皇を神と讃える意識があるのだが、天皇を神に昇格させて「明神《あらみかみ》」と讃える思想の胚胎は天武朝で、『大宝令』公式令《くしきりょう》には天皇を「明神」としていることから察すると、天武朝にできた『浄御原令《きよみはらりょう》』には既に盛り込まれていたのかもしれない。

天皇の称号の初出は天武六年（六七七）、それ以前には見られないので天武のアイデアだろう。天皇の称号は、国土や人民を統一する意味の和語スベル、スメルから生じたスメラミコトを、中国の天皇・地皇・

人皇の三皇の中の天皇を当てたのだ。国土・人民をスベルのだから正しくは「人皇」のはずだが。人皇などとんでもない、宇内《うだい》を統一する身だから天帝に等しくそれは天皇だと、スメラミコトを神に昇格させる天武・持統の所為の一つだ。

辞典類は、神武天皇以後の天皇を人皇と言うことがあるとするが、その例があるのだろうか。私が知る例は、ぐっと下がって江戸の歌舞伎狂言作者初代桜田治助が、明和五年（一七六八）に創った江戸長唄「教草《おしえぐさ》吉原雀」（吉原雀）の唄い出しである。

〽凡そ生けるを放つ事、人皇《じんのう》四十四代の帝、光正《こうしよう》天皇の御宇《みよ》かとよ。養老四年の末の秋、宇佐八幡の
託宣にて、諸国に始まる放生会《ほうじようえ》

光正天皇は実在せず、養老四年（七二〇）は四四代元正天皇で、放生会を養老四年とするのは正しい。「人皇」としたので韜晦《とうかい》のために架空の天皇名を創作したのか。浄瑠璃『仮名手本忠臣蔵』で大石蔵之助を大星由良助としたように。

更に天皇神格化に一役買い、宣伝役を買って出ていたのが宮廷歌人と呼ばれる柿本人麻呂。

大君は　神にし座《ま》せば　天雲《あまぐも》の　雷《いかづち》の上に　廬《いほ》りせるかも（巻三・二三五）

雷の丘則ち雷神の上に宿りする持統を讃嘆し、神に押し上げている。
天武と結び付けて神風をＰＲしたのも人麻呂だ。壬申の乱で天武を助けたのが、伊勢から吹いてきた神風で、近江方を吹き惑わし、勝利に導いたと「渡会《わたらひ》の　斎宮《いつきのみや》ゆ　神風に　い吹き惑はし」（巻二・一九九）

と歌う。「斎宮」は伊勢神宮で、「伊勢神宮の方から吹いて来た神風が賊近江軍を吹き飛ばし」と、戦い―伊勢神宮―神風―勝利というあの忌まわしい図形を作り上げたのだ。昭和の大戦では神に祈願しても神風は吹かず、人工的神風の特攻機はあえなく潰え、敗戦に終わったのだが。

人麻呂は歌というメディアを活用した神国日本構築のプロパガンダ役だった。防人や各地の軍団兵士に対して行われた皇軍教育の根底には、このような思想があったのである。

皇軍精神教育

「大君の命畏み」の「大君」意識も、「命畏み」もできすぎで、東国農民の持つ思想を超える。集結した国府の教育で、上官から「お前たちは大君の御命令を畏み受けたのだ」と訓示を受けたのだろう。それだから「大君の命畏み」と多くの防人が歌ったのだ。

防人歌提出年度の二年後の天平宝字元年（七五七）閏八月二十七日、大宰府政庁の防人司《つかさ》は管轄下に入った西海道の兵士に「五教」を習わせたとある（『続日本紀』）。

五教というのは中国古典の『管子《かんし》』兵法篇にある五種類の武術・戦術のテクニックで、戦闘において各兵士が心得べき目・身・足・手・心の在り方を説き、これを習得して勇士になれるのだという。

その第五に「その心を教えるに、賞罰の誡を以てす」と、精神教育法が盛られている。天平元年（七二九）八月五日に聖武は勅を下し、兵士たちを勇猛の程度により三階級に分けて「進退法の如きと、敵に臨みて威を振るふと、万死《ばんし》に向き冒《おか》して一生を顧みぬと」などの個人状況報告を求め、讃うべき人の名を奏聞《そうもん》させている。軍功上聞《じょうぶん》に達し、忝くも感状を賜うということだが、敵に臨みて威を振るう、死をものともせずということを五教教育で教え、その「心」を体得させるのに賞罰の誡で教えたという。これは兵術のテクニックというよりは軍人精神を叩き込む精神教育だ。

なお、「進退法の如き」は『管子』の兵法五教の一教である。詳しいことは別の規則集にありと言うから、かなり具体的な教育法が書かれていたのであろう。

聖武勅の「敵に臨みて威を振るふ、万死に向き冐して一生を顧みぬ」などは、何やら明治十五年（一八八二）に明治天皇が全軍に下した『軍人勅諭』の五箇条の中の、

一、軍人は忠節を尽くすを本分《ほんぶん》とすべし

一、軍人は武勇を尊ぶべし

が亡霊のように浮かび上がりやしないだろうか。

このような精神教育が行われなければ、農民上がりの兵士たちが、命を賭して戦う精神を体得するはずがない。皇軍意識、大君への忠誠、防人の任務などを徹底的に叩き込まれた。防人は無知の農民集団ではなかったのだ。

承詔必謹

「大君の命畏み」「障へなへぬ命」という絶対に拒否できない天皇の命令ということの表現に底流するのは、聖徳太子「十七条憲法」にある「承詔必謹《しょうしょひっきん》」（詔勅を承けたならば、必ず謹め）の精神だ。

天皇の詔勅を承ったならば、必ず謹め。君臣の間というものは、君は天であり、臣は地のようなもの

である。天は覆い、地は載せる。四時の順行は穏やかに巡り、万事自ずから通ずるを得る。地が天を覆わんと欲すれば、崩壊に至る。故に君が言を発すれば、臣は謹んで承り、君が実践すれば、臣はこれに従う。故に詔勅を承ったならば必ず慎め。謹まざれば自ずから敗れるであろう。

この精神は『軍人勅諭』の「下級の者は、上官の命《めい》を承ること実《まこと》は直《ただ》ちに朕《ちん》が命を承る義と心得よ」に継承され、これに続く「上級の者は下級の者に向かひ、いささかも軽侮《けいぶ》驕傲《きょうごう》（相手を軽く見て侮り、驕《おご》り高ぶる）の振舞ひあるべからず」は無視され、軍人精神涵養《かんよう》、軍紀慣熟の美名の下に、古参兵が部下を軍人《ぐんじん》精神注入棒《せいしんちゅうにゅうぼう》という棍棒で立ち上がれないほど殴打した理不尽な凄惨なリンチをする口実と化した。防人軍団においては、このようなリンチのなかったことを祈る。

彼ら農民は、自己の生命を平然と軽々しく、天皇のために捨て去る精神など持ち合わせていないことは、

父母《ちちはは》が　頭《かしら》かき撫《な》で　幸《さ》くあれて　言ひし言葉《けとば》ぜ　忘れかねつる　（四三四六）　駿河国丈部稲麻呂

などが示している。皇軍精神教習、それがあってこそ、一身を顧みず尽忠報国に生きようとする一見勇武な防人も生まれたのだ。

今日よりは顧みなくて

高揚する火長

その勇ましい張り切り男は、下野国防人軍団の中の火長《かちょう》であった。彼は部下を鼓舞するように歌った、

今日《けふ》よりは　顧《かへり》みなくて　大君の　醜《しこ》の御楯《みたて》と　出《い》で立つ吾は（四三七三）

下野国火長今奉部与曽布《いままつりべのよそふ》

と。皇軍教育を受けていなければ「醜の御楯」などという思わず膝を打ちたくなる類例のない洒落《しゃれ》た表現を、農民上がりの防人が思い付くはずがない。ましてや、今奉部与曽布は新羅系の渡来人とする説においておやである。

下野国は今の栃木県だが、どこの郡であるかは書かれていない。この歌を「愛国百人一首」の編集委員であり著名な歌人である佐佐木信綱は、こう評した。

事実に於《お》いて微役《びやく》を勤めていた作者が、自ら貶《おと》しめて醜の御楯と称したのであるが、堂々たる格調の益良雄《ますらお》ぶりは、つつましく謙遜《けんそん》しつつも、一面に大君の御楯たる光栄を担う武夫《ますらお》であるという自覚と

誇とを表わしてをり、高朗豪邁《こうろうごうまい》の快《こころよ》い響がある。微賤な一兵士の作にもこの忠勇の至情《しじょう》あるは、まことに我が上代国民の誇である。

（佐佐木信綱『評釈万葉集』）

確かにこの歌一首のみを摘出すれば、このとおりである。「一旦緩急《いったんかんきゅう》アレバ義勇公ニ奉ジ」、小学生の頃暗記させられた「教育勅語」の一節だ。「国家存亡の危機ともなれば、正義を守ろうという勇気を持って、国家に奉仕せよ」と諭す。朝鮮半島危急に怯えた政府が、一旦緩急、存立危機事態と位置付けて、防人を徴兵したのであり、「教育勅語」の見本、皇軍教育の優等生が今奉部与曽布である。彼は天平元年八月の聖武の勅「敵に臨みて威を振るひ、万死《ばんし》に向き冒《おか》して一生を顧みぬ」精神を、皇軍教育で叩き込まれ、それを素直に歌い挙げた。それだから太平洋戦争開戦の夜の内閣情報局次長が与曽布の歌を高らかに唱えたのだ。

「顧みなくて」こそ大夫《もののふ》精神の表象だった。武門の家の家持は「大君の　辺《へ》にこそ死なめ　顧みはせじ」（四〇九四）と歌い、倭文部可良麻呂《しとりべのからまろ》は長歌の中で、故郷を振り捨てて「足柄の　み坂たまはり　顧みず我は越え行く」（四三七二）と歌った。我が身も故郷も家族も顧みず行くのが大夫である。与曽布は典型的な模範的大夫であり、佐佐木信綱の評「大君の御楯たる光栄を担う武夫《ますらお》であるという自覚と誇とを表わしており」（『評釈』）は、疑いなき確かな読み方であった。

だが、防人歌全体の中に位置させると、極めて異常な発想の歌であることは明らかである。他にはこれ程このように正義感に溢れ士気の高揚した歌は、『万葉集』の防人の歌八七首、父の歌一首、妻の歌一〇首、合計九八首中、与曽布の歌と次項で挙げる荒耳の歌（四三七四）の僅か二首に過ぎない。

なぜ、与曽布は戦意高揚歌を歌ったのか。

火長だった今奉部与曽布

彼はヒラの防人ではない。火長という一〇人の部下を持つ最下層の管理職にある。旧陸軍の最下部組織である内務班《ないむはん》の兵（上等兵・一等兵・二等兵）を束ねる下士官（曹長《そうちょう》・軍曹）クラスである。彼ら二等兵から叩き上げの下士官たちは「鬼軍曹」と揶揄《やゆ》的な言葉で呼ばれ、「畏くも天皇陛下の御為に」「上官の命令は天皇の命令」を悪用して「兵」に君臨し、初年兵を虐待する狂信的な戦意高揚心の持ち主もいた。鉄拳制裁など息詰まる内務班の情景を描いた野間宏の『真空地帯《しんくう》』を思い出す人もいるだろう。

火長今奉部与曽布も成り上がりの管理者であり、部下を持てば、皇軍教育に忠実に忠君の精神に燃え立つことも否定できない。自分の号令により部下一〇人は行動し、朝鮮半島侵攻ともなれば死地へも飛び込むのだ。娑婆《しゃば》においては、ヒラの防人たちとさして変わらない農民という社会的地位と軍隊組織内での地位の落差がもたらした高揚心であった。

もう一人戦意高揚の歌を作った防人がいる。下野国の引率者の配慮か、兵部省の担当官意思か、実に訳《わけ》ありの計らいをしたもので、与曽布の「今日よりは」の歌に続いて、もう一人の戦意高揚防人の歌を置いている。作者の名は其の名も「荒耳《あらみみ》」。しかもこの二首が下野国《しもつけ》防人歌群一一首の冒頭に置かれている。

天地《あめつち》の　神を祈りて　征矢《さつや》貫《ぬ》き　筑紫の島を　さして行《ゆ》くわれは　（四三七四）

下野国火長大田部荒耳《あらみみ》

防人歌は難波に集結したときに提出されたのであるから、乗船前の心意気を歌ったのだ。矢を靫《ゆぎ》に貫くように差し、部下を鼓舞するが如く颯爽《さっそう》と軍船の舳《へさき》に立ち、まなじりを上げて朝鮮半島を睨《にら》む荒耳さん、玄界灘の荒海を越えて壱岐・対馬を目指す己の雄姿を想像しているのだ。天地の神に祈ったのは島への無事到着か、武運長久もしくは無事帰還か。この歌も戦意高揚、国民精神総動員に適うと評価され「愛国百人一首」に採録された。「凜然《りんぜん》たる英気にみちた雄健（勇健）の作」（佐佐木信綱『評釈万葉集』）は確かだ。

荒耳は「醜の御楯」と歌った与曽布と地位も同じ火長で、しかも同国、皇軍思想も共通とすると、同郷の友人と考えたくなるが、彼らの郷名は書かれていない。

歌の採択された下野国の防人一一人の階級内訳は、火長三人、上丁八人でヒラの防人はいない。「ふたほがみ悪《あ》しけ人なり」（四三八二）と赤紙配りの役人に悪態をついた同国の大伴部広成も上丁だ。部領使が家持に進呈した下野の歌は一八首、採択されなかった七首は「拙劣歌」とあるが、ヒラの防人の歌がすべて下手であったことになるが、そうだろうか。他の国々を見ると多数ヒラの防人の歌があるではないか。火長・上丁のみ採択し、しかも同国の防人歌冒頭の火長三人のみ郷名未記載というのも、不自然だ。何か階級オンリーの軍隊意識を考えてしまうのだが。

皇御軍に　われは来にしを

もう一首、「愛国百人一首」に選択された防人の歌がある。常陸国の防人で、階級は火長より下、ヒラの防人の上に位置する上丁である。

霰《あられ》降り　鹿島《かしま》の神を　祈りつつ　皇御軍《すめらみくさ》に　われは来《き》にしを　（四三七〇）

常陸《ひたち》国那賀《なか》郡上丁大舎人部千文《おおとねりべのちふみ》

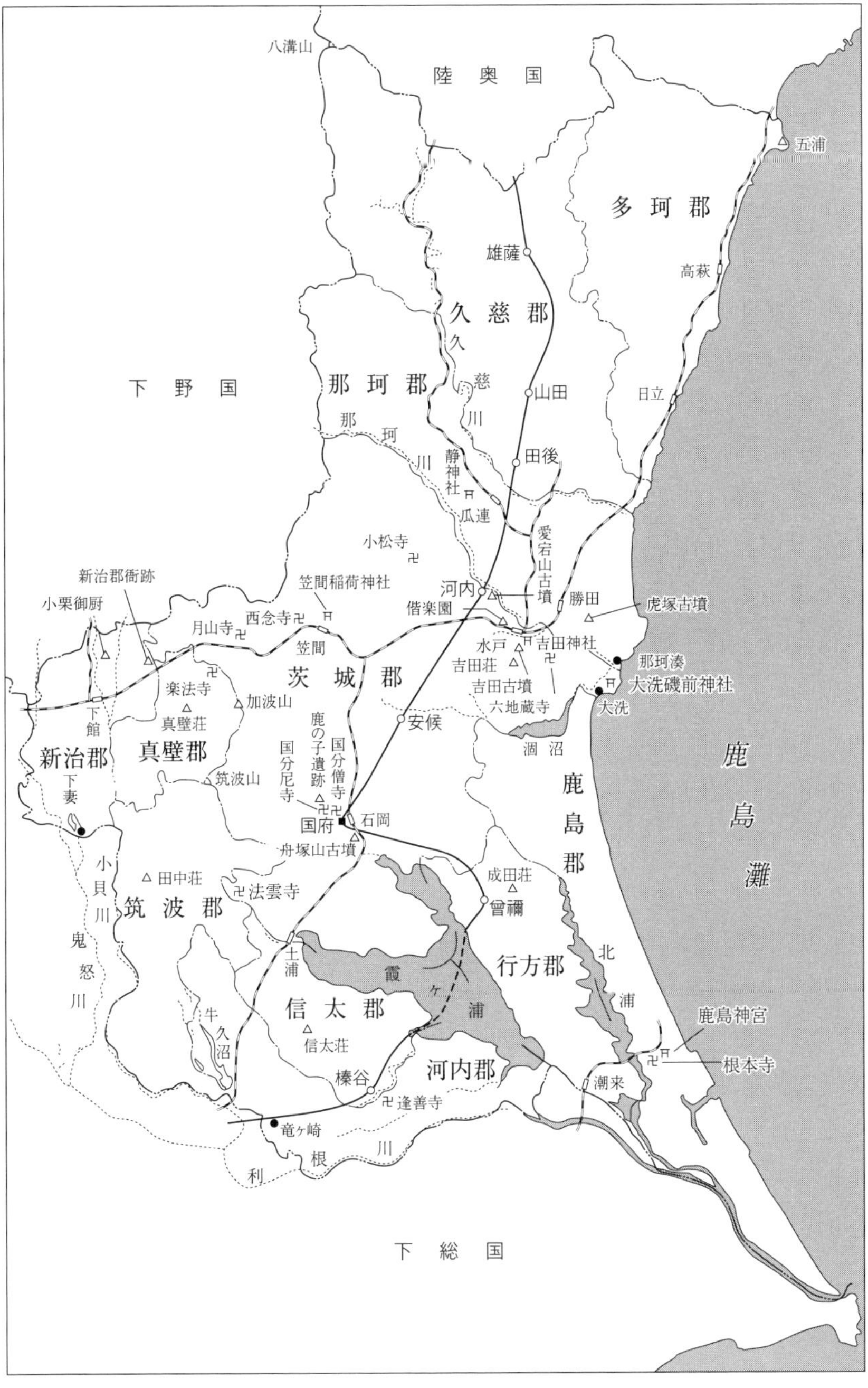

八溝山
陸奥国
五浦
多珂郡
雄薩
高萩
久慈郡
久慈川
下野国
那珂郡
山田
日立
那珂川
静神社
田後
瓜連
愛宕山古墳
小松寺
新治郡衙跡
笠間稲荷神社
小栗御厨
河内
勝田
虎塚古墳
偕楽園
西念寺
月山寺
水戸
吉田神社
那珂湊
笠間
吉田荘
大洗磯前神社
茨城郡
楽法寺
加波山
吉田古墳
六地蔵寺
大洗
下館
真壁荘
安候
鹿の子遺跡
国分僧寺
国分尼寺
新治郡
真壁郡
涸沼
鹿島灘
鹿島郡
下妻
筑波山
国府
石岡
舟塚山古墳
小貝川
田中荘
成田荘
法雲寺
曽禰
筑波郡
鬼怒川
北浦
土浦
霞ヶ浦
行方郡
信太郡
鹿島神宮
牛久沼
信太荘
根本寺
河内郡
潮来
榛谷
逢善寺
竜ヶ崎
利根川
下総国

常陸国図

毎年春に鹿島神宮（茨城県鹿嶋市）で開催されている祭頭祭（さいとうさい）

「愛国百人一首」に選択されたことからは、「醜の御楯」（四三七三）「征矢貫き」（四三七四）の歌と同類に解釈されたのだろう。鹿島神宮の祭神が武神武甕槌命《たけみかづち》であることもそのように解釈する原因となった。選者の一人川田順は、次のように評している。

軍神《ぐんしん》武甕槌命に武運長久を祈り、そうして、勇躍して、皇軍《こうぐん》の末に列なったのであった。「吾は来にしを」は、われは来たのであるものを、なんで逡巡《しゅんじゅん》するものか、しっかりお勤めを果たすぞ、の決意が籠められている。

（川田順『愛国百人一首評釈』）

国府に集結した常陸国の防人は、鹿島神宮に参詣したらしい。今でも春に鹿島神宮で行われている祭頭《さいとう》祭《さい》は、防人が任地に赴く際の旅立ちと無事帰還の様子にちなむと言われている。旅立ち、門出を意味する言葉「鹿島立ち」も防人が旅立つ際に、道中の無事を鹿島神宮に祈願したことに由来という説もある。

防人千文も鹿島の神に祈願し、この歌を詠んだのだが、どうして「なんで逡巡《しゅんじゅん》するものか」となるのか。「しっかりお勤めを果たすぞ、の決意」はどこから出てくるのか。

千文はもう一首残している。先に挙げた出発の前日、妻と歓娯を尽くす歌がそれだ。

筑波嶺《つくはね》の　さ百合《ゆる》の花の　夜床《ゆとこ》にも　愛《かな》しけ妹《いも》そ　昼も愛《かな》しけ　（四三六九）

常陸国那賀郡上丁大舎人部千文

「霰降り鹿島の神を」の歌は、この愛欲に満ちた百合の花の歌の次に置かれている。昼も夜も愛撫して飽くことなき妻、それを残して筑紫へ、無事に帰還して可愛い妻を再び愛撫したい、無事帰還をと、鹿島の神に祈ったのではないか。「霰降り鹿島の神を」の歌は決して武人の覚悟もしくは決意を表明する歌ではない。

これは何処《どこ》迄も自分が無事に帰れるように故郷の神様にお願いしておるのであります。

（山田孝雄『万葉集考叢』）

に軍配を挙げたい。千文は防人の上位に位置していても、戦意高揚一点張りの防人ではなかったのだ。『万葉集』に収められている防人及び妻などの歌は全九八首、その中で戦意高揚の歌は「醜の御楯」（四三七三）「征矢貫き」（四三七四）の歌の僅か二首に過ぎない。その僅か二首が国民精神総動員・戦意高揚等の合言葉に適合する歌として、過剰《かじょう》なまでに利用・喧伝《けんでん》され、あたかも全防人の精神であるかのように、拡大解釈されたのだ。

筑波嶺の甘い思い

「筑波嶺のさ百合の花の夜床」（四三六九）という筑波嶺に寄せる甘ったるい思い、茨城郡の占部小竜《うらべのこたつ》は、

我《あ》が面《も》の　忘れも時《しだ》は　筑波嶺を　振り放《さ》け見つつ　妹は偲《しぬ》はね　（四三六七）

常陸国茨城郡占部小竜《うらべのこたつ》

と、「俺の顔を忘れたならば、妹よ、筑波山を見て偲んでくれよ、なあ」と歌う。

常陸国の人にとって、筑波山は甘い思いがあった。それは高橋虫麻呂も歌った筑波山の嬥歌会《かがい》だ。嬥歌会は歌垣《かがい》とも。男女が集まり歌の掛け合いをする行事で、歌はもちろんラブソング、歌いながら恋人を見つけるのだ。虫麻呂は嬥歌会の様を、

人妻に　吾《われ》も交《まじ》らむ　わが妻に　他《ひと》も言問《ことと》へ　この山を領《うしは》く神の　昔より　禁《いさ》めぬ行事《わざ》ぞ　（巻九・一七五九）

と、筑波の神も禁止しない乱交パーティを描く。筑波山イコール恋の山、そうすると、

橘《たちばな》の　下《した》吹く風の　香ぐはしき　筑波の山を　恋ひずあらめかも　（四三七一）

常陸国助丁占部《うらべ》広方

も、単に橘の花咲く下を吹く風の香しい筑波の山を恋しく思うだけではなく、そこには嬥歌会で恋を語らい夫婦となった妹の姿が幻影となって、広方には見えているのではないか。筑波山は橘の実る最北端の地で、小さいが皮の香りのよい蜜柑が今でも採れる。それも広方は思い出しているのだろう。

万葉歌に詠まれた「橘」は、「橘は実《み》さへ花さへその葉さへ」（巻六・一〇〇九）のように、多くは橘の花・実であり、香は多くはない。それが平安和歌になると、

五月《さつき》待つ　花橘《はなたちばな》の　香をかげば　昔の人の　袖の香ぞする　よみ人しらず　（『古今集』夏）

と、「その香をかいだ瞬間、衣に橘の香を焚《た》き染《し》めていたあの恋人を思い出した」と、橘の香と恋は密接な関係で把握されている。橘の香―筑波の嬥歌会―妹という脈絡のうかがわれるこの防人歌は、東国の農民による歌でありながら、平安和歌の先駆的役割を務めていることを知らなければならない。

筑波の歌は恋の歌だ。だから、

筑波嶺《つくばね》の　峰より落つる　男女川《みなのかは》　恋ぞ積もりて　淵となりぬる　陽成院　（『後撰和歌集』「百人一首」）

も作られる。

千文も小竜も広方も、その甘い思い出を筑波の嶺には持っているのだ。「筑波嶺を振り放け見つつ」（四三六七）と歌った小竜は茨城郡で今の新治《にいはり》村だから、これは筑波山に近い。だが、「昼も愛しけ」（四三六九）の千文は現在の東海村近くの那珂町に住んでいたから、筑波山からはかなり遠いが、もちろん歌垣《かがい》に参加しただろう。百合の花を思わせる妻はそこでの出会いと想像したくなる。もう一人筑波山を「橘の下吹く風」（四三七一）と詠んだ広方の所属郡は書かれていない。

Ⅲ　旅は苦しと

装備・食料を担いで

四〇キロ担いで三〇キロの行軍

各国の国府に集合した防人軍団は、責任者に引率されて集結地の難波への行軍が始まる。責任者の公式名称は「防人部領使《ことりづかい》」というが、コトリは事執《と》りの意か。国司が当たるが、国司には、トップの守《かみ》、部長クラスの介《すけ》、課長の掾《じょう》、係長の目《さかん》などが中央から派遣されている役人で、部領使は守のこともあり下っ端の目に任せる国もある。

国司や税を運ぶ農民が上京するときの日数は、法律で定められており、東国で最も都から遠い安房国《あわ》(千葉県房総半島)で三四日、比較的近い遠江国《とおとうみ》(静岡)からは一五日である。防人は難波までだから、数日プラスされる。

その間の食料として、乾飯《ほしいい》六斗《と》、塩二升《しょう》を各人担いで行けと「軍防令」六条と五六条は定める。安房国の防人は全六斗、現在の量で二斗六升以上を引っ担いて一カ月歩くのだ。一升を一・五キロとすると、全約四〇キロにもなる。乾飯《ほしいい》は日々減少するが、出発時には装備と食料四〇キロ以上を担ぐ。一日歩く距離は五〇里と定められており、一里六町で六四八メートルとすると、一日に三二キロ歩くのだ。

旧陸軍の演習の行軍では、兵士は小銃、軽機関銃に銃剣、弾薬、背嚢《はいのう》など二〇〜三〇キロを身につけるという説もあり、火野葦平『土と兵隊』には、上陸演習の完全装備で八貫六〇〇匁とあるから、三〇数キロだが、これを背負って、一日に三〇キロ以上歩くことになっていた。防人はそれにほぼ等しいか、それ以上の苦悩に耐えねばならなかったのだ。

「軍防令」によると、防人は牛馬を連れて行くことは許されていた（五五条）。馬の歩く一日の距離は七〇里で徒歩よりも速い。車は三〇里と規定されているのは牛車か。

馬で行けなかった防人

三〇キロから四〇キロの荷物を担いで、一カ月以上歩くのだから、牛馬携行許可は助かる。ところが放牧した馬を捉えることができずに、徒歩で行かねばならない防人がいた。武蔵国豊島郡に住んでいた椋椅《くらはし》部荒虫《べのあらむし》だ。

赤駒《あかごま》を　山野《やまの》に放《はが》し　捕《と》りかにて　多摩の横山　徒歩《かし》ゆか遣《や》らむ　（四四一七）

武蔵国豊島郡上丁椋椅部荒虫が妻、宇遅部黒女《うじべのくろめ》

東京都『豊島区史』には調査の結果、「椋椅部《くらはしべ》」は白方《しらかた》郷に属する人たちで、白方郷は現在の神田駿河台方面と推定とある。また妻の名は宇遅部黒女《うじべのくろめ》だが、武蔵国国分寺跡から「荒墓郷戸主宇遅部結女」とヘラ

武蔵国豊島郡衙の正倉（御殿前遺跡・七社神社前遺跡・復元／北区飛鳥博物館蔵）

書きされた瓦が出土し、「荒墓《あらはか》」は台東区上野公園周辺であることがわかっている。駿河台と上野公園ではかなり離れていて、通い婚は考えられず、荒虫は黒女さんと同居していたのだろう。

もう一つ夫婦同居と思われる東国人の例を挙げよう。「家《いは》ろには葦火《あしふ》焚《た》けども」（四四一九）と歌った物部真根は橘樹《たちばな》郡とあるから神奈川県川崎市と横浜市の辺りだが、

草枕　旅の丸寝《まるね》の　紐《ひも》絶えば　あが手と着けろ　これの針《はる》
持《も》し　（四四二〇）

と詠んだ妻の椋椅部弟女《くらはしべのおとめ》さんは椋椅部のいる白方郷で、荒虫と同じ現在の神田駿河台方面と思われるから、さらに遠距離だ。この夫婦も同居だろう。山上憶良が「貧窮問答歌」で「父母は枕の方に　妻子どもは足の方に　囲み居て」（巻五・八九二）と描く親子妻子同居は珍しいことではなかったのだ。

豊島郡の荒虫は、現在の東京都上中里《かみなかざと》から王子に掛けて存在した豊島郡衙《ぐんが》に集合し、東京都も西の端に近い今の府中《ふちゅう》市に在った武蔵国国庁に向かったのだろう。国庁近くにある一宮の大国魂《おおくにたま》神社に参詣、多摩川を渡り、多摩ニュータウンの西側の尾根幹線道路に沿う「多摩丘陵の背骨」ともいわれる尾根筋を通り相模国津久井《つくい》郡の三沢《みさわ》峠を結ぶ全長二四キロの道を歩く。これが多摩の横山の道だ。途中多摩パークに

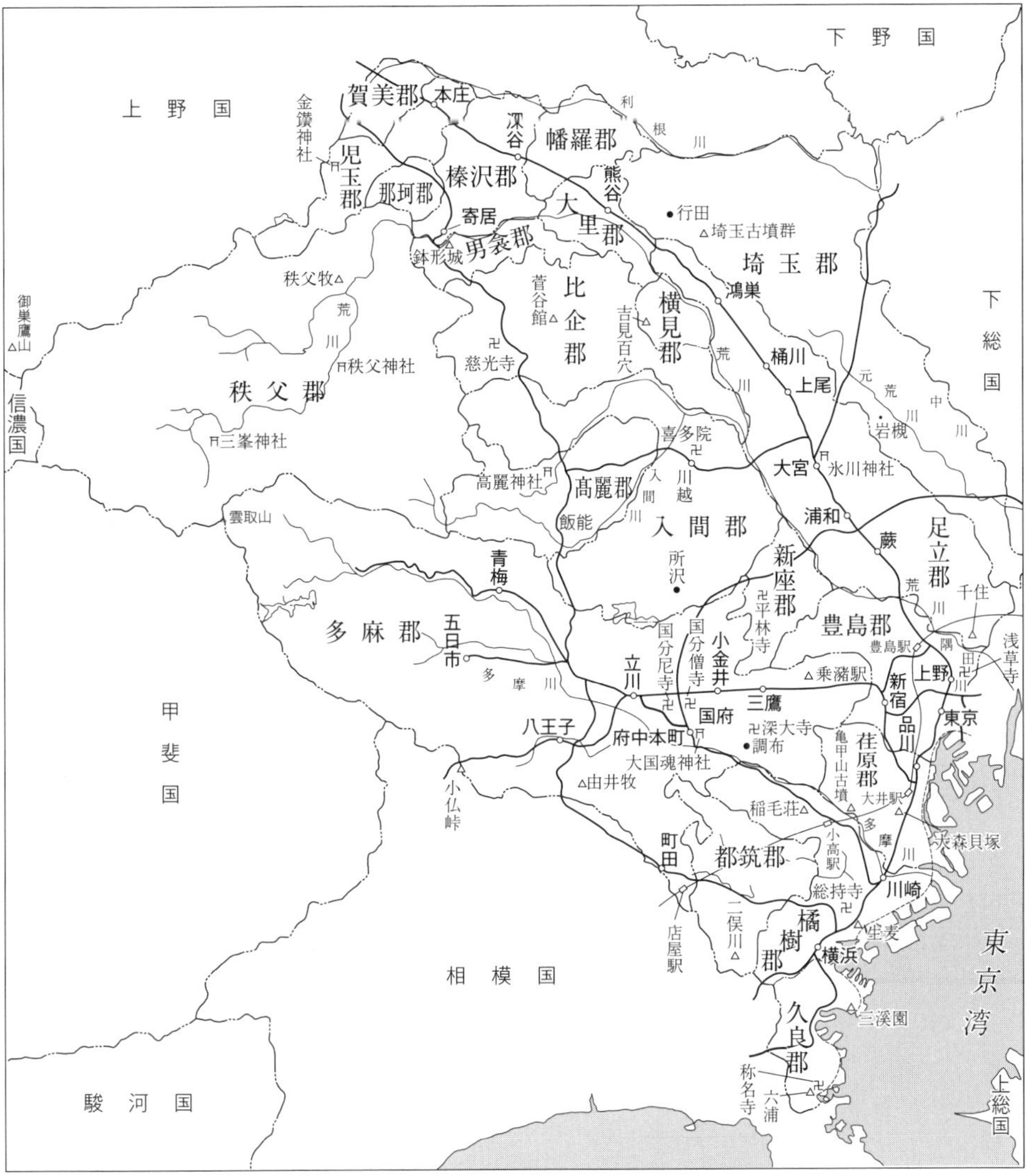
下野国
上野国
賀美郡
本庄
金鑚神社
深谷
幡羅郡
利根川
児玉郡
榛沢郡
那珂郡
熊谷
大里郡
寄居
行田
埼玉古墳群
鉢形城
男衾郡
埼玉郡
秩父牧
菅谷館
比企郡
横見郡
鴻巣
下総国
御巣鷹山
荒川
吉見百穴
慈光寺
桶川
秩父神社
秩父郡
上尾
元荒川
中川
岩槻
信濃国
三峯神社
喜多院
大宮
氷川神社
高麗神社
高麗郡
入間川
川越
雲取山
飯能
入間郡
浦和
蕨
足立郡
所沢
新座郡
青梅
千住
平林寺
豊島郡
多麻郡
五日市
国分尼寺
国分僧寺
小金井
豊島駅
隅田川
浅草寺
乗潴駅
上野
多摩川
立川
三鷹
新宿
甲斐国
国府
東京
八王子
府中本町
深大寺
亀甲山古墳
品川
荏原郡
調布
大国魂神社
由井牧
小仏峠
大井駅
稲毛荘
小高駅
大森貝塚
町田
都筑郡
総持寺
川崎
二俣川
橘樹郡
生麦
店屋駅
東京湾
横浜
相模国
三溪園
久良郡
称名寺
六浦
上総国
駿河国

武蔵国図

西は高尾山麓から東は町田市の神奈川県境辺りまでにかけて広がる都内最大の丘陵地帯である多摩丘陵で「多摩の横山」

は「防人見返りの峠」があり、防人たちが故郷を振り返り、手を振って最後の別れを惜しんだ峠だそうだ。黒女さんの歌の歌碑もあり、東京都調布市に在る深大寺境内の店では、この歌にちなんだ麦藁性の赤駒を売っている。

　黒女さんは「夫を馬で行かせようと思っていたら、放牧していた馬が捕まらないので、多摩丘陵を徒歩で越えさせることになったわ」と、嘆く。

　確かにそういうことだろうと思うが、ただ疑念がないわけではない。この赤駒は荒虫・黒女夫婦の飼っている私有の馬だが、馬に関する法律の「厩牧《きゅうもく》令」によると、官有はもとより私有の馬牛も「百姓馬牛帳」に記載し太政官に送り、それを兵部省に下し兵馬司《つかさ》が管掌する。私有の馬牛も政府登録するのは、管掌部局が兵馬司であることが語るように、戦時徴発の予備軍馬だからだと、「職員令」の兵馬司条についての平安時代の注釈はいう。防人馬携行許可は、労せずして戦時軍馬徴発になるのだ。

『政事要略《せいじようりやく》』交替雑事《こうたいざつじ》にも、兵士が軍団に入隊するときに個人的に準備した戎具《じゅうぐ》は、これを官物とするという規則がある。そうすると防人携行の馬は私物ではなく官物になるのだ。

　防人が除隊になり帰郷するとき、馬は再び私物になるのだろうか。そのまま官物として大宰府に留め置かれる可能性が大きいのではないか。
「厩牧《きゆうもく》令」は「十一月上旬から厩で枯れ草を与え、四月上旬から放牧せよ」という。これが官馬の規則であっても、放牧に適した季節は官馬も私馬も変わろうはずはなく、四月から十月の間だ。黒女さんもこの間、住居のある駿河台地辺りに放牧していたのだ。防人の徴兵は一月から二月にかけてだから、椋椅部荒虫・宇遅部黒女夫婦は前年十月までの放牧が終わり、厩舎に連れ帰ろうと探したら、いなかったというのか。

当時の馬一匹の値段は、『正倉院文書』によると天平宝字六年（七六二）に一〇五〇文と八〇〇文の例がある。同年の人夫一日の賃金は一〇文から一六文だから、約三か月分の値段で安くはない。それが政府に徴発されることを考えると、荒虫・黒女夫婦の馬が捕まらなかったということは、夫婦にとってむしろ幸せだったのではないか。意識的に逃がしたとは言わないまでも。

深大寺（調布市）の赤駒。素朴な藁細工の馬は，宇遅部黒女の歌にちなんだ郷土玩具

　何やら曰くありげなドラマチックな歌に思われるが、堀辰雄もそのように感じてか、それを「出帆」というタイトルで小説を構想した。主人公は上総国防人で「わが母の袖もち撫でて」（四三五六）と歌った物部乎刀良《もののべのおとら》と黒女さんで、冒頭に黒女さんの歌が置かれている。創作ノートだけで完成しなかったのだが。

　それにしても、長旅を歩かせるなんて、馬で行く人もいるのにと、黒女の胸は痛んだに違いない。防人ではないが、夫を山城道で歩かせる嘆きの妻の歌がある。

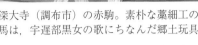

つぎねふ　山城道《やましろぢ》を　他夫《ひとづま》の　馬より行《ゆ》くに　己夫《おのづま》し　歩《かち》より行けば　見るごとに　哭《ね》のみし泣《な》かゆ
そこ思《も》ふに　心し痛し　（巻一三・三三一四）

黒女も同じ思い。防人制度はあらゆるところに悲しみをもたらしたのだ。

東歌に次のような馬に乗って旅立をする人の歌がある。

赤駒が　門出《かどで》をしつつ　出《い》でかてに　せしを見立てし　家の児らはも　（巻一四・三五三四）

「わたしは赤駒に乗って出発しようとしているのだが、赤駒は門出をためらっていて歩もうとしない。それを門に立ってじっと見送る妻であったなあ」。馬は夫婦の別れの辛さに敏感に反応し、歩もうとしない。それを見つめる妻。これもドラマチックだ。夫は防人として出立つのだろうか。

厳寒に耐えて

季節は一月から二月、馬を逃がしてしまった荒虫も、装備と四〇キロの食料を担いで多摩丘陵を越え、冬の寒さの中を道端に寝転んで草を枕に寝る日々が一カ月も続く。

東国から難波へ行くには、どこかで峠を越えなければならないが、雪は降り積もり、氷結もしていただろう。真冬にも花が咲く温暖の房総地域の防人は、耐えられただろうか。荷を担ぎ寒さに凍えながら足柄峠を越える望陀《まぐた》郡（君津市）の玉作部国忍《くにおし》、天羽《あまは》郡（君津市）の丈部《はせつかべ》鳥、朝夷《あさひな》郡（南房総市・鴨川市）の丸子連大歳《まるこのむらじおおとし》、長狭《ながさ》郡（鴨川市）の丈部与呂麻呂《よろまろ》、種淮《すえ》郡（君津市・富津市）の物部竜《もののべのたつ》の苦渋に満ちた顔が、浮かぶのだ。

冬の夜の寒さに震える望陀郡の玉作部国忍は、

旅衣《たびごろも》　八重《やへ》着重ねて　寝《い》のれども　なほ肌《はだ》寒し　妹にしあらねば　（四三五一）

上総国《かみつふさ》望陀郡上丁玉作部国忍

と、歌っているではないか。

国忍は衣を八枚も重ね着しているように歌うが、そんなに沢山替え着を持参するはずはなく、一、二枚程度だろう。寒い、寒い、ガタガタ震え寝つけぬままに、口をついて出てきたのだと、同情して見てあげたい。

藤原不比等の子で従三位参議にまで至った麻呂《まろ》は、大伴郎女《いらつめ》に「暖かい柔らかな夜具に包まって寝ても、貴女の肌の暖かさには及ばない」と、

蒸被《むしぶすま》　柔《なご》やが下《した》に　臥せれども　妹とし　宿《ね》ねば　肌し寒しも　（巻四・五二四）

と送った歌もあり、国忍の歌も上層貴族の歌に劣らない出来と思うのだが、研究者の批評は手厳しい。麻呂の歌と七チーフが似ているし、他の防人も、

小竹《ささ》か葉の　さやく霜夜《しもよ》に　七重《ななへ》着《か》る　衣《ころも》に益《ま》せる　子ろが肌はも　（四四三一）　昔年の防人の歌

と、重ね着七枚よりも妻の暖かい肌がはるかに勝るという歌もあり、その結果国忍の歌は、

防人らしい趣が少ない。
内容は類型的で、独特のところはない。
独寝の膚寒さに妹を思うという感傷は類型的。

と、散々の批評である。酷評する人たちは季節や作者の出身地などを全く考慮していない。それこそ類型的批評と逆に投げ返してやりたい。

八枚重ね着した男も七枚の男も、東国の農民であり、常時歌の世界に生きている都の貴族とは違う。歌を作らねばならないときに、たとえ同じ発想の歌を思い出して作った結果、類歌になっても、とがめることが正しい批評だろうか。むしろ、都の貴人の歌と同発想であることを褒め讃えたくなるではないか。

防人たちは寒夜に膝を抱きながら「妻の肌が恋しいよ」と語り合ったのであり、彼ら共通の感情だったのである。藤原麻呂は柔らかい暖かな布団でさえも女の肌には及ばないと歌うが、防人たちは麻呂のように暖かい夜具に包まれて寝ているのではないのだ。

女の肌に触れるなど肉感的な表現は、平安時代和歌では曽根好忠《そねのよしただ》など一風変わった歌人の歌以外は見られない。『万葉集』でも四首ほどだが、その半数が防人の歌。寒さと妹恋しさにきれいごとなど言う余裕もなく、率直に歌うのである。与謝野晶子の名歌を借用するならば、「柔肌《やわはだ》の熱き血潮に触れもみで悲しからずや防人の君」だ。

衣食欠乏

持参の食料も尽き、街道沿いの畑から農作物を失敬したり、冬場で作物のないときは農家に押し入り喝《かつ》

上《あ》げしたりする輩《やから》もでたらしい。「軍防令」は「行軍中の規律」として、

　大宰府と故郷の間を往還するときには、途上で、落伍して留まり、百姓の業を妨げたり、田苗を損害し、桑や漆《うるし》の木を伐採させてはならない。（二〇条）

と掲げていることが、その事を物語っている。桑や漆《うるし》の木を伐採したのは、暖をとる薪としてであろうか。前に挙げた大宰府奏上の「軍毅《ぐんき》、主帳《しゅちょう》、校尉《こうい》、旅帥《りょすい》は各々虎狼となる」を思い合わせるのだ。

着ている衣も垢《あか》だらけだろう。下総国の占部《うらべ》虫麻呂は衣をつくづくと見つめ、

　旅と言《へ》ど　真旅《またび》になりぬ　家の妹《も》が　着せし衣《ころも》に　垢《あか》つきにかり　（四三八八）　下総国占部虫麻呂

「ちょっくらとした旅と言っていたが、何とまあ、長旅になっちまってよう。あいつが着せてくれた衣は垢だらけだあね」とため息をつく。末尾の「かり」は「けり」の東国訛り。

　衣が垢《あか》だらけになるのは、まだいい。ほとんど着替えの無い着た切り雀だろうから、すり切れるだろう。

　風の音《と》の　遠き吾妹《わぎも》が　着せし衣《きぬ》　手本《たもと》のくだり　紕《まよ》ひ来《き》にけり　（巻一四・三四五三）

「手本のくだり」は袂《たもと》の縦の線、「紕《まよ》ひ」は迷いで、糸の乱れ、ほつれのことである。「風の音のように遙か遠くにいる妻が着せてくれた衣の袂が、ほつれてきたよ」と言うのだ。

　着物がほつれるほど旅をするこの男は、何者なのか。巻一四「東歌」の中の一首で作者についての記載はないのだが、都に庸・調を運ぶ運脚か、都で警備に当たる衛士か、はたまた防人か、断定しかねるが、

難渋の旅を続ける防人が最もふさわしく思われるのだが。この歌が防人の作ではなくても、防人も同様であったことは確かだろう。

占部《うらべ》虫麻呂の故郷下総国から都まで、上りは房総諸国と同じ三〇日と規定する。防人部領使なら駅《うまや》の屋根の下で泊まるのだが、二〇〇〇人程と思われる大量の防人は露営以外に方法はない。雨に打たれ泥にまみれ、「垢つきにかり」も袂のほつれも当然のことだ。

峠越えの心境

島崎藤村の『夜明け前』の冒頭「木曽路《きそじ》はすべて山の中である」的にいうならば、「東国はすべて山に囲まれている」である。北側には奥羽地方と境をなす那須高原、その南東の群馬・新潟の県境にある三国《みくに》山脈、それに続き関東平野の西側にあり中部地方と隔てている秩父山地とその南の丹沢山地に囲まれている。それ程高くはないが、多摩の丘陵もある。

それだから防人軍団が西に向かうには、どこかで峠を越えなければならない。「足柄《あしがら》の　御坂《みさか》たまはり　顧《かへり》みず　我《あれ》は越《く》え行く」（四三七二）と長歌を作った常陸国倭文部《しとりべ》可良麻呂や武蔵国埼玉《さきたま》郡藤原部等母麻呂は足柄峠を越えて東海道を行った。東山《とうさん》道を行く上野国他田部子磐前《おさたべのこいわさき》は碓氷《うすい》峠、「韓衣裾に取り付き泣く子らを」（四四〇一）と悲痛に叫んだ信濃国他田舎人大島や神人部子忍男《かむとべのこおしお》は保福寺《ほふくじ》峠と神坂《みさか》峠を越えるのだ。

峠に立つ一般の多くの旅人は、峠の行く先にある新しい世界に入ることを夢見、期待で胸をワクワクさせ、通り過ぎて来た世界と決別し、光輝く幻想の未来へ入ることを想い、峠に立って来《こ》し方を振り返りながら、行く手に希望を託して旅を続けたことであろう。「山のあなたの空遠く、幸い住むと人は言う……」。

しかし、防人にとっての峠は、己と故郷、父母、妻子とを隔てる壁であった。峠に立ち振り返る彼方《かなた》の地は極楽、峠の此方《こなた》は地獄。悲惨な旅、苦悩の勤務のみの世界であった。

　碓氷峠を越える上野国の他田部子磐前は、

　日《ひ》な曇《くも》り　碓氷《うすひ》の坂を　越えしだに　妹《いも》が恋しく　忘らえぬかも　（四四〇七）上野《かみつけ》国他田部子《おさたべのこ》磐前《いわさき》

と、彼方の極楽との別れを歌う。巻一四の「東歌」にある防人の作と思われる歌も、

　日の暮《くれ》に　碓氷の山を　越ゆる日は　背なのが袖も　清《さや》に振らしつ　（巻一四・三四〇二）

と、峠を「夕暮れの薄日の中に」越えるとある。

　碓氷峠は現在の碓氷峠ではなく、これより二、三キロメートル南の、いま碓氷バイパスの走る入山《いりやま》峠だそうだ。この辺りから、峠の神に無事通過を願って奉納した多数の鏡や剣を模した石製祭器が発掘されたことによって、この入山峠が古く東山道の碓氷峠であったことが確かめられた。

　入山峠の標高は一〇三五メートルもあり、そこを「日の暮れに」越えることは考えられず、「日の暮」は、夕暮れの弱い日の光を薄日《うすび》ということから同音の地名「碓氷《うすひ》」にかかる枕詞とする説もあり、

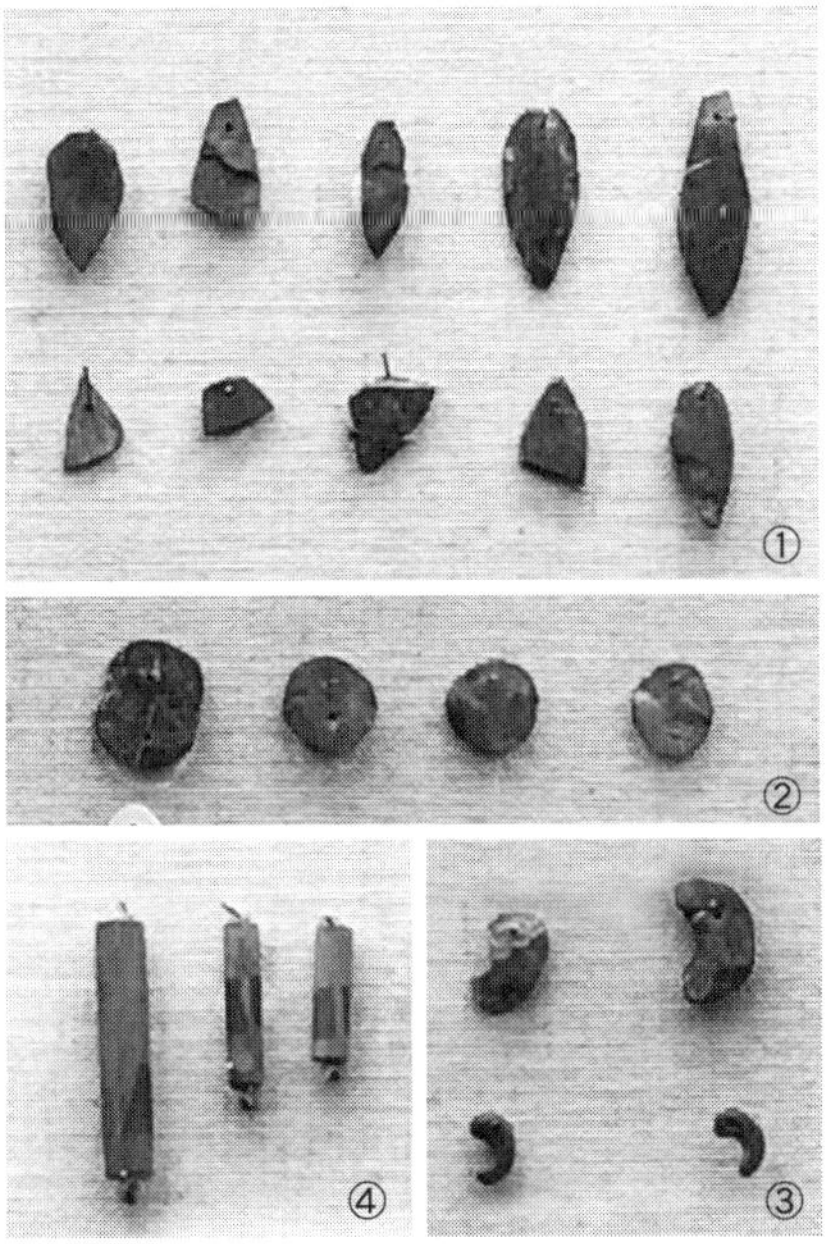

入山峠祭祀遺跡出土品
①剣形模造品②有孔円板③勾玉④管玉
（軽井沢町歴史民俗資料館提供）

「日な曇り」も枕詞のようにも思われる。

それに対して、そうでなくても心の落ち込んでいるところに、さらに拍車をかけるように憂鬱な冬の曇りの日、ますます妹が恋しくなる心境が浮かび上がるから、「日の暮に」は実景だとする説もある。私はこの説に加担したい。子磐前も東歌の作者も真冬の夕暮れ、薄ら日の中を越えたのだ。

子磐前が「妹が恋しく」（四四〇七）と歌うのは、足柄峠を越える上総《かみつふさ》国の玉作部国忍《たまつくりべのくにおし》が「なほ肌《はだ》寒し妹にしあらねば」（四三五一）と歌ったのと、同じ感覚かもしれない。

旅は苦し

上野《かみつけ》国の防人は、ついに音《ね》を上げた、

わが家ろ《いは》に　行《ゆ》かも人もが　草枕　旅は苦しと　告げ遣《や》らまくも　（四四〇六）　上野国大伴部節麻呂《ふしまろ》

と。私は大同四年（八〇九）の「雑徭《ぞうよう》の中では、兵士になるのがもっとも苦しい」（『類聚三代格《るいじゅうさんだいきゃく》』同年六月十一日）とある官符を、民衆側から訴えているように思われるのである。

彼は上野国（群馬県）出身だから碓氷峠越えだ。「我が家に行ってくれる人が欲しい。草を枕にしての旅は苦しいと告げてくれないかなあ」と、節麻呂は除隊して帰郷する旧防人、税を都に運ぶ仕事を終えて故郷に向う運脚《うんきゃく》、あるいは政府の通信手段の駅馬に乗る親切なお役人と出会うことを期待しているのだ。それ以外には故郷の家族に音信をする手段はないから。

私は帰郷する人に出会わないことを密かに祈る。街道を行く夫や子が苦しいと告げたなら、家族の悲痛はいかばかり。かつての戦中の軍事郵便で、「拝啓御無沙汰しましたが、僕もますます元気です」と、実態とは正反対の手紙を出すのも、検閲を免れるためではあるが、銃後の家族に心配を掛けたくない配慮もあったのだろう。

弱音を吐いた節麻呂は、無事に難波に到着しただろうか。それとも途中で倒れてしまったのだろうか。「軍防令」には路上で病気になり、それ以上進めない場合の規定もある。

防人が任地の大宰府に向かうとき、及び、(防人としての)当番から帰郷するときに、路上で病気にかかって、それ以上進んで行くのに耐えられないことがあったならば、すぐに側近くの国郡に預けて、食料ならびに医薬を給付して救命治療すること。行程に耐えるほど治るのを待って、本籍地及び前にいたところへ移すこと。死亡したならば、状況に応じて棺を給付して焼き埋葬すること。もし私物があれば、兵部省に申し送って、本人の家へ持って帰らせること。(六一条)

節麻呂は病気により本国送還されたか、棺に納められて無言の凱旋をしたのだろうか。

まつとし聞かば今帰り来む

防人軍団は東海道の松並木の中を歩く。寒々とした冬景色の中に、枝を交わし幹を寄せ合うように立つ松の木。防人には、その松があるいは身を寄せあって生きる家族に見え、あるいは枝を交わす姿は夫婦の睦み合いに見えただろうか。いや、並び立ち尽くす姿は、立ちすくみ身じろぎもせず並んで見送ってくれた家族のイメージが最もふさわしかった。

天平の丘公園（下野市国分寺）内にある「防人街道」

松の木《け》の　並《な》みたる見れば　家人《いはびと》の
われを見送ると　立たりしもころ
（四三七五）　　下野国火長物部真島《ましま》

「もころ」は「〜の如く」という意。ごつごつした樹皮、曲がりくねった枝の松の木を見て家族を思い出すなんて、戦意高揚張り切り火長とは違ってユーモアある火長さんと言いたくなる。まさか、愛妻の面影に似ているとは言わないまでも。

だが、防人の目が涙で潤んでいるのを知らないか。田畑の仕事に働きづめで手足は節くれだち、腰は曲がった老父母、松の樹皮のように荒れた手の妻、次々と瞼に浮かぶ。真島は松の木から目をそらすようにして、重い足を引きずりながら東山道を歩くのである。

巻一四東歌に次の相模国の歌がある。

薪《たきぎ》樵《こ》る　鎌倉山の　木《こ》垂《だ》る木を　まつと汝《な》が言はば　恋ひつつやあらむ　　相模国歌
（巻一四・三四三三）

下《しも》の句に相手に伝えたい作者の思いがある。「お前が待ってくれると言うのなら、私はこんなに恋に苦しんでいようか」というような意だが、「待つ」に「松」を懸け、その松を言うために「薪を伐る鎌倉山の枝の垂れた木の松」と歌う。「松」に「待つ」、東国人も都の歌人が用いそうな懸け言葉を知っていたのだ。そうだとすると、物部真島の「松の木の」の歌にも「無事帰還を待って並び立つ家族の姿」をイメージさせているのかもしれない。

あるいは、『古今集』離別の巻頭に置かれている在原行平《ゆきひら》が因幡国（鳥取県）に赴任する時の歌、

立ち別れ　因幡《いなば》の山の　峰に生ふる　まつとし聞かば　今帰り来む　（『古今集』三六五）

「あなたが待っていると聞いたならば、因幡の山に生えている松にちなんで、すぐにでも帰ってきましょう」が、私の頭の中にこびり付いているゆえの深読みかもしれないが。

この火長さんは休憩の時には松の下に憩い、眠るときも松の下に横になり、帰京を待ち焦がれている家族の夢でも見たのだろうか。露営の夢を。

この歌を耳にした防人たちは、一層家族への思いを増したに違いない。

どこまで続く泥濘ぞ

おいらはどこまで行くんだ

旧暦二月の寒い中を、一ヶ月程歩く。風雨にみぞれや雪の日もある。衣服を乾かす手立てもなかろう。乾飯《ほしいい》を道端の泥水で軟らかくして、一菜もなく流し込んだのだろうか。その乾飯も尽きたのではないだろうか。道はドロドロのぬかるみ、足は冷たかろう。草鞋《わらじ》の代えはあっただろうか。日中戦争で中国大陸を行く兵士の苦悩を、こう歌っていた、「どこまで続く泥濘《ぬかるみ》ぞ　三日二夜を食も無く」（「討匪行《とうひこう》」）と。

いったい、いつまで続く旅なのか、おいらはどこへ連れていかれるのか。しまった！　こんな長旅になると知っていたら、親に十分に別れの言葉を言って来るのだった。

旅行《ゆ》きに　行《ゆ》くと知らずて　母父《あもしし》に　言《こと》申さずて　今ぞ悔《くや》しけ　（四三七六）

下野国寒川《さむかわ》郡上丁河上臣老《かわかみのおみおゆ》

防人歌でこれほど事情のわからない歌は余りない。この防人の姓《かばね》は「臣」で家柄も悪くはなく、防人としての階級はヒラの防人ではなく、上丁である。防人についての知識も十分持ち合わせていると思われるが、その男が「旅行きに行くと知らずて」すなわち「旅をしてこんなに遠くまで行くとは知らないで」と言うのだ。ついちょっくら旅行して、すぐに帰ってくると思っていたのか。

衣《ころも》が垢《あか》だらけになったのを嘆いた占部《うらべ》虫麻呂も、

旅と言《へ》ど　真旅《またび》になりぬ　家の妹《も》が　着せし衣《ころも》に　垢《あか》つきにかり　（四三八八）　下総国占部虫麻呂

「真旅《またび》」とは珍しい言葉だが、本当の旅、長旅という意味だろう。ちょっとした旅かと思ったら、本当の長旅になってしまった。妻が着せてくれた衣も垢まみれ。

この防人もちょっとした旅と思っていたらしいことは、河上臣老と同じだ。いったい、俺はどこへ何しに行くのだろう？

植竹《うゑだけ》の　本《もと》さへ響《とよ》み　出《い》でて去《い》なば　何方《いづし》向きてか　妹が嘆かむ　（巻一四・三四七四）

防人歌とは書かれていないが、「植竹の本《もと》さへ響《とよ》み」と竹の根元まで揺るがすような大騒ぎをして旅に出るという表現は、防人歌にある。この歌も防人歌だ。大騒ぎをして、妻ともろくろく別れの言葉を交わすことなく出てきてしまったら、俺の行く方角を妻はわからず、どちらを向いて妻は嘆くのだろうか。妻は夫の旅行く先も方向もわからないのだろうか。

防人は大宰府までの遠距離旅行、しかも勤務は三年間、往復の時間を含めれば、四年から五年の長旅というもの。律令の「軍防令」には「辺を守る者は防人」（一二条）とあり、己《おのれ》の歌の中に「防人」と詠み込む防人もいたし、筑紫へ行くことを詠み込んでいる防人もいたことは、先に話した。

それでも「こんな長旅とは思わなかった」などと嘆き、夫の行く方角がわからないと歌うのは、この防人には具体的なことは教えられていなかったのだろうか。徴発の役人や引率の防人部領使は、どんな説明

前殿が当時の姿に復元された下野国国庁跡（栃木市田村町・宮ノ辺）

をしていたのだろうか。巧みな甘言で誘い、行先も何をしにゆくかも知らせず、騙して一方的に徴発したとさえ思われてくるではないか。国府での皇軍教育をサボっていたのか。

中日戦争や太平洋戦争では、軍事機密ということで、行く先も知らされず兵士たちは輸送船に乗せられた。防人の場合は行く先は難波、難波から筑紫へと定まり、軍事機密でも何でもない。それにもかかわらず、この声が出るのはどうしたことか。法学者瀧川政次郎は「東国人はホッテントットではありません。弓矢を持たせられれば、いくさをさせられるんだということは、子供にだってわかるはずです」（『万葉律令考』）と言う。確かにそうだ。しかし何人もの防人がこんな長旅だとは思わなかったと仰天しているところを見ると、別の理由がありそうだ。

彼らは弓矢を以て郡衙そして国府に集合するのだから、所属国の軍団兵士にでもなると思ったのではないか。あるいは里長の「軍団兵士だから」などという口車に載せられてか。

「旅行きに行くと知らずて」（四三七六）と歌った河上臣老は下野国寒川郡の人、老がどこに住んでいたかわからないが、下野国府は現在の栃木市に在り、寒川郡の郡衙は栃木市の南に隣接した小山《おやま》市千駄《せんだ》塚と推定され、その間約一五キロである。小山市の郡衙に行こうと栃木市の国府に行こうと、ちょっとした旅と思うだろう。

「旅と言《へ》ど　真旅《またび》になりぬ」（四三八八）の占部《うらべ》虫麻呂は下総《しもつふさ》国とあるだけで郡名は書かれていない。他の下総の防人は全員郡名がある所から見ると、四三八七歌の大田部足人と同郡の千葉郡だろう。下総国府は現在の市原《いちはら》市国府台《こうのだい》、千葉郡衙の所在地は不明である。

「何方向きてか妹が嘆かむ」（三四七四）も理解できる。男は庸・調などを納めに郡衙やときには国庁に出向くだろうが、女がそのような所に行くことはまずないだろう。郡衙に集合するのだと夫に言われても、方角はわからないだろうから。

千切れるほどに振った袖

防人たちは峠に立ち、最後の別れを故郷に告げる、手を振りながら。

足柄《あしがら》の　御坂《みさか》に立《た》して　袖振らば　家《いは》なる妹《いも》は　清《さや》に見もかも　（四四二三）

武蔵国埼玉《さきたま》郡上丁藤原部等母麻呂《ともまろ》

「足柄峠に立って袖を振ったら、家にいる妻よ、お前には見えるかなあ」と夫、妻は答えて歌う、

色深く　背なが衣《ころも》は　染めましを　御坂賜らば《みさかたば》　ま清《さや》かに見む　（四四二四）　妻、物部刀自女《とじめ》

「お前さん、そんなら着物をもっと濃い色で染めるんだったねえ。そうすれば坂を越えるときに、はっきりとあたしにも見えるかもね」。「賜らば」は、神の許可を賜って峠を越えるのだ。

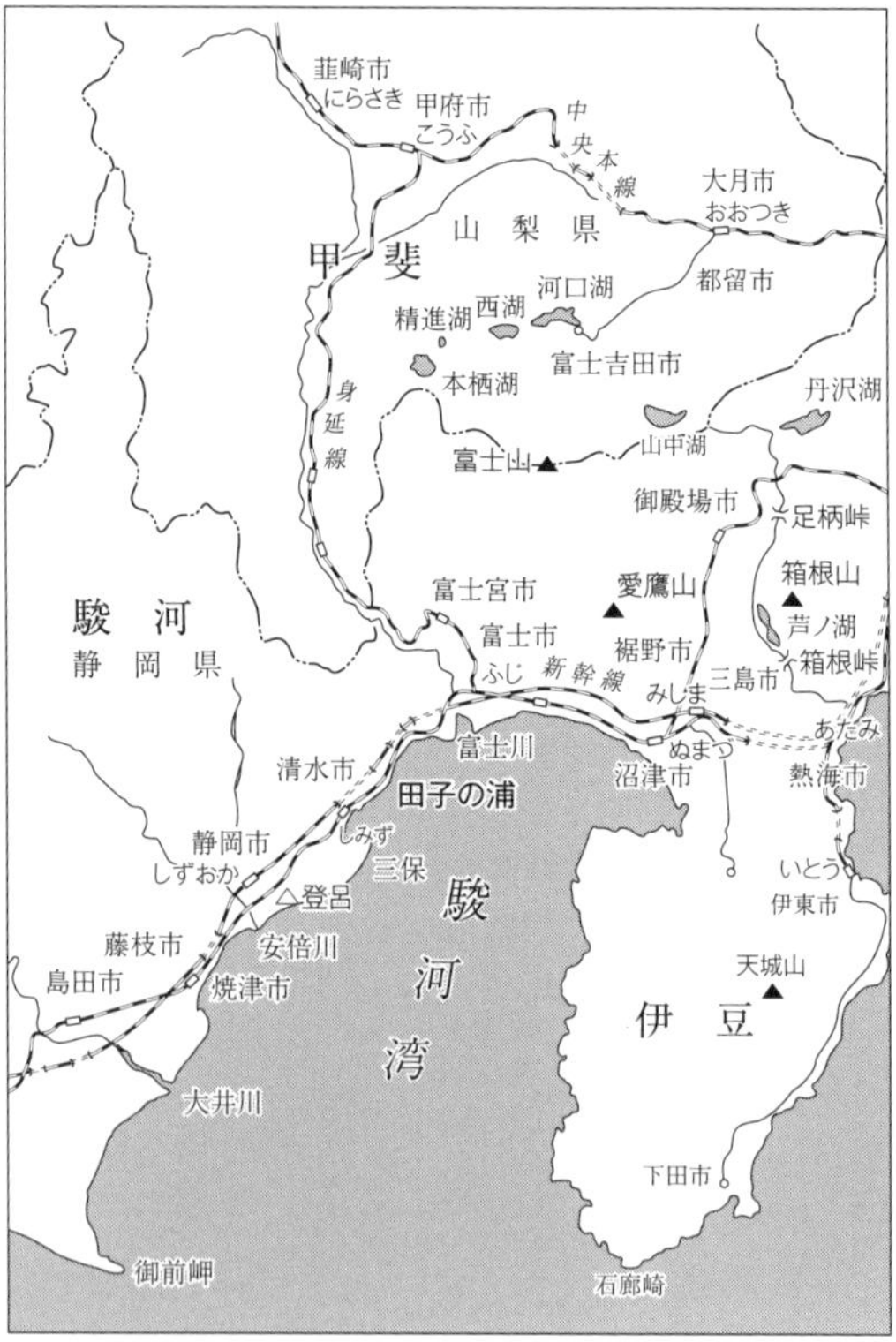

駿河国略図

神奈川県と静岡県の県境にある足柄山で手を振っても、幾ら濃い色で着物を染めたって、約一〇〇キロも離れた埼玉県の家にいる妻に見えるわけがない。二人が住んでいたのは埼玉県行田《ぎょうだ》市だそうだから。濃い色といっても庶民の着物の色は鮮やかな紅色などではなく、クヌギの実で染めた「橡《つるばみ》染め」で、黒色。鉄媒染《てつばいせん》で鉄分が少なかったので薄色になってしまったのか。濃かろうと薄かろうと、樹木の間に溶け込んでしまう色だ。

見えないことはわかっていながらも袖を振る、この袖振りには、呪術《じゅじゅつ》的な意味があった。人が死ぬと肉体から遊離する魂を、袖を振って呼びもどす招魂《しょうこん》という儀式があった。また、衰えようとする魂を揺り動かすことにより魂に活気を与える魂振《たまふ》りの信仰もあり、奈良県の石上《いそのかみ》神社が現在も行っている神事が有名である。

「振る」というのはこのような意味があり、旅に出て行く人を見送る時、手を振り、袖を振り、体の一部を振ることによって、魂振りの呪力が相手に及び、健康であり無事帰郷することを祈るのである。

袖振りには恋しい人の魂を呼び寄せる力もあると信じられ、広く長い袖を大きく振ると、その力や効果も大であると考えられた。結婚すると相手の魂を呼び寄せるために袖を振る必要がなくなるので、長袖を留めたから留め袖と言い、ゆえに結婚後は振り袖を着ないそうだ。

このような呪術とは別に、単純に見られることを望んでの行為もあった。物部刀自女《とじめ》は「もっと濃い色に染めたらはっきりと見えるかも」と言うのだから。見えるはずもないのにこの歌の遣り取り、落語に出てくる夫婦のような問答を笑いながらも、不可能なことに望みを託さなければならない境遇にほろりとしないだろうか。

他にも別れの袖を振る防人はいた。

白波の　寄《よ》そる浜辺《はまへ》に　別れなば　いとも術《すべ》なみ　八度《やたび》袖振る　（四三七九）

下野国足利《あしかが》郡上丁大舎人部禰麻呂《おおとねりべのねまろ》

「白波の寄せる難波の浜辺から出港したら、もうどうしょうもない。せめて袖を振って最後の別れを」と歌う禰麻呂は下野国出身だから、碓氷峠で遙か彼方の故郷栃木県足利に向って袖を振ったのだ。

足利から碓氷峠まで直線距離で七〇キロ、我が家は見えなくても、あの彼方が我が家ぐらいはわかっただろう。八度というから数回振ったのだ。手が千切れるほどに。昭和の戦いでは、夫の乗る列車に向って妻は手柄頼むと「千切れるほどに振った旗」（「暁に祈る」）で、夫は車窓から身を乗り出し手を振った。防人は手を振って留守中の妻の無事を祈ったのだ。

日の暮に　碓氷の山を　越ゆる日は　背なのが袖も　清《さや》に振らしつ　（巻一四・三四〇二）

先にも挙げた歌で、東歌の中にある防人の妻の歌と思われる。「あの人は峠の神に幣を捧げて峠を無事に越えられるように、旅先が安全であるように、大きく大きくはっきりあたしに見えるように手を振ったに違いないわ」。

この東歌の防人がどこの出身かわからないが、どこであるにせよ、日の暮れに遠いしかも険しい峠で袖を振っても妻に見えるわけはない。峠で手を振ることを約束したに違いなく、それで妻は確かなものと信じて歌ったのだ。

それから一二〇〇年後、特攻戦に投げ込まれた海軍予備学生たちは、最後の別れに特攻機の窓から手を振った。

前部の偵察席から立ち上がったりするのは、十三期の先輩、慶応、早稲田、東大出身の連中らしい。（中略）電信席から手の先だけ出して、前後にはげしく振っているのが、小さく遠くすぐ見えなくなる。胸をつかれる。

（阿川弘之『雲の墓標』）

極限状況に置かれた予備学生たちは、どのような思いをあるいは祈りを込めて手を振ったのだろうか。合掌。

行軍ラッパ

故郷を振り返り振り返り、峠では手を振り、神に祈りなどしていては、スローな旅に思われるが、そうではない。最も遠い房総国でも都までは三〇日と規定されていて、それに遅れた場合は引率責任者が始末書を取られることになっている。急げ、急げで一斉に起床し、身支度を整え、集合し、行進開始、この集団行動をリードするのが、旧軍隊なら号令とラッパ。律令軍団では号令と鼓・角（笛）であった。

それを定めた『貞観儀式《じょうがんぎしき》』の鼓吹司《こすいのつかさ》等儀では、

起床の号令は「覚《さめよ》」　大角《はらのふえ》を一節吹く。

身支度の号令は「装束《よそおえ》」　大角を一節吹く。

集合の号令は「集《あつまれ》」　大角・少角《くだのふえ》を共に一節吹き、鼓を三節打つ。


と定めている。ラッパに相当する楽器が大角・少角で、「大角」は銅または貝で作った笛、「少角」は竹笛のこと。防人軍団も号令や鼓・笛に促されて、四〇キロの戎具《じゅうぐ》を担ぎ一日三二キロ歩いたのだ。

戦中の起床ラッパや就寝ラッパが聞こえないだろうか。

起きろや起きろ皆起きろォ～　起きないと隊長さんに叱られるゥ～
新兵さんは可愛いやねェ～　また寝て泣くのかよォ～

戦いの時にも鼓を叩き、笛を吹き鳴らしたことは、壬申の乱の様を歌った柿本人麻呂の長歌、

斉《ととの》ふる　鼓《つづみ》の音《おと》は　雷《いかづち》の　声《おと》と聞くまで　吹き響《な》せる　小角《くだ》の音《おと》も　敵見《あた》たる　虎か吼《ほ》ゆると　諸人《もろびと》の　おびゆるまでに
（巻二・一九九「高市《たけち》皇子の殯宮《あらきのみや》の時の歌」）

が示している。進軍の時にも勇ましく鼓を打ち、笛を吹いたのだ。防人軍団には、まだ進軍ラッパは必要ない。行軍ラッパが「トテチテタ〜」と響くのだ。

二月という寒さの中を、部領使の号令にどやされ、ラッパの音に追い立てられ、苦難の旅を一か月ほど続けて、最後の峠越をする。

最後の峠越え

東海道あるいは東山道を遙々やって来た防人軍団は、後で挙げる神社忌寸老麻呂《かみこそのいみきおゆまろ》の歌から察すると、都の在る大和国を通って摂津国に入ったのかと思われる。難波へ行くには大和国と河内国を隔てる山々を越えなければならない。最後の峠越えである。幾つかの峠があるが、草香《くさか》山越えが奈良から真西に難波へ直結していたので、直越《ただこ》えと称され、古くから利用されていたことは、神武東征紀で難波から大和へ侵攻のルートとして、出てくることでもわかる。

直越《ただこ》えの　この道にして　押し照るや　難波の海と　名付けけらしも　（巻六・九七七）

神社忌寸老麻呂の歌だ。題詞には「草香山を越えし時に」とあり、「奈良の都から生駒の山並みを真っ直ぐに越えて峠に立つと眼前が開け、日が力強く海面に照り輝く所なので、押し照るや難波の海と名付けたのであろう」と言うのである。

防人たちも此の難波への最短距離である草香峠を越えたと思うのだが、実はこの歌の作者老麻呂も防人ではないかと想像する。根拠は、老麻呂が峠を越えたのは天平五年（七三三）と題詞にあり、この年こそ天平二年に停止した東国防人派遣を復活した年かと先に推定したからであった。

老麻呂はもう一首詠んでいる。

難波潟《なにはがた》　潮干《しほひ》の余波《なごり》　よくも見む　家なる妹が　待ち問はむため　（巻六・九七六）

「家で俺の帰りを待っている妻への話の種に、干潟に段々と潮が満ちてきて日に輝き、干潟が少なくなっていく姿をよく見ておこう」。防人たちが故郷に残してきた妹を忍んで多くの歌を詠んでいることは、後の章で取り上げるが、この歌もその類で、老麻呂が防人であっても全く矛盾はしない。

Ⅳ　あゝ堂々の輸送船

難波集結

思えば遠くへ来たもんだ

まさに難行苦行《なんこうくこう》の果て、ホッテントットならぬ防人たちは、着の身着のままようやく集結地の難波に着いた。駿河国出身春日部麻呂《かすがべのまろ》は難波の海を眺めながら、故郷の波打ち寄せる浜やそこにそそり立つ富士の山を思い描いていた。「あの富士の山は、いつも妻と一緒に眺めていた山、あゝ、駿河の海とあの山が恋しいよ」、

吾妹子《わぎめこ》と　二人わが見し　打ち寄《え》する　駿河の嶺《ね》らは　恋《くふ》しくめあるか　（四三四五）

駿河国春日部麻呂《かすがべのまろ》

かなり東国訛りの多い歌なので、どのように原文は書かれているのか、記して置こう。

和伎米故等　不多利和我見之　宇知江須流　〃〃河乃彌良波　苦不志久米阿流可

富士の山の歌としては、「天地《あめつち》の　分かれし時ゆ　神さびて　高く貴き」（巻三・三一七）で始まり尊厳な山だと崇敬する山部赤人の歌、「なまよみの　甲斐《かひ》の国　うち寄する駿河の国」と歌い始め「日の本の大和の国の　鎮《しづめ》とも　座《いま》す神かも」（巻三・三一九）と讃える高橋虫麻呂の歌が有名だ。律令官僚である彼らは、律令国家を意識して富士山を詠み、農村出身防人は日常生活のなかに溶け込んだ富士山を歌う。

富士の前に寄り添う天平の男女、「墨絵の筆に夜の富士」（清元《きよもと》「道行旅路《みちゆきたびじ》の花聟《はなむこ》」）と富士を見上げ寄り添う「仮名手本忠臣蔵《かなてほんちゅうしんぐら》」のお軽勘平《かんぺい》、どちらも絵のようなイメージで、太宰治流に言うならば「富士には恋人がよく似合う」。

難波の海を見て駿河の富士を回想している場合ではない。これで旅は終わったわけではなく、まだ船旅が続くのだ。

百隈《ももくま》の　道は来《き》にしを　また更《さら》に　八十島《やそしま》過ぎて　別れか行《ゆ》かむ　（四三四九）

上総《かみつふさ》国助丁《すけのよぼろ》刑部直《おさかべのあたい》三野《みの》

この防人は家柄の尊卑を表す姓《かばね》は、地方の国造クラスに与えられた直であるから、地方では名門の家である。そのせいかヒラの防人ではなく、国造丁に次ぐ助丁である。地方ではお偉いさんも、音《ね》を上げた。幾曲がりもの道を歩いて歩いてここまで来たのに、亦更に瀬戸内海の多くの島の間を通って行くのか。「思えば遠くへ来たもんだ　故郷離れて一か月　思えば遠くへ来たもんだ　この先　どこまで行くのやら」。

あゝ堂々の輸送船

刑部直三野の「まだまだこの先船で行くのかよう」（四三四九）の言葉のとおり、防人たちは難波に集結した。

そこには東国の潮船とは比べようもないほどの大きな船が浮かんでいた。当時の大きな船としては遣唐使船を思い浮かべるが、遣唐使船は長さが三〇メートル、幅七～九メートル、排水量約三〇〇トン、帆柱は二本である。遣唐使船並みに、一隻に一〇〇人程度が乗るとすると、集結した防人二〇〇〇人で全二〇隻。まさに堂々たる輸送船団ではないか。

防人歌を収集した大伴家持は難波で、「伊豆手舟《いづてぶね》」という船を歌っている。この船が防人を西国へ輸送するために、両舷の上縁に板（棚とよぶ）を取りつけて舷を高くし、屋形などを構造物として附加した大型船だという意見が強い。

しかし、家持は伊豆手舟は難波の堀江を漕ぐ舟と歌う。

防人の　堀江漕ぎ出《づ》る　伊豆手舟　楫《かぢ》取る間なく　恋は繁《しげ》けむ　（四三三六）

この伊豆手舟が大型構造船であるはずがない。防人を乗せる大型船を家持は「大船に　真櫂繁貫《まかいしじぬ》き」（四三三一）と歌って伊豆手舟と区別する。伊豆手舟は防人を乗せて浜辺と沖に停泊する大型船との間を往復する艀《はしけ》で、伊豆国で造る手漕ぎの船がメーカー品か。

艀のような小舟が、彼らが故郷で使用していた舟だったのだろう。島根県松江市の美保《みほ》神社の祭に使われる諸手船《もろたぶね》などを想起する。船首は尖っていず、竜骨や肋材《ろくざい》もない型である。八名の漕ぎ手が両手で櫂を握る。

とにかく、伊豆手舟や諸手船風の小舟に比べると、防人船は驚くべき大型だ。漕ぎ手も数人ではない。

難波津《なにはつ》に　御船《みふね》下《お》ろ据《す》ゑ　八十楫貫《やそかぬ》き　今は漕ぎぬと　妹《いも》に告げこそ　（四三六三）

常陸《ひたち》国若舎人部広足《わかとねりべのひろたり》

防人の乗る船は大君の賜った官船だから「御船」だ。普段は陸揚げしてあるのを下して海に据える。その御船は「八十楫貫《やそかぬ》き」で、八十は多いということ、多数の楫《かじ》を両舷から差出している大型船。大宰府の官僚機構に「主船司《ふねのつかさ》」が糸島水道に置かれ、船舵の修理の職務を担当し、官船を繋留した。主船司《しゅせんし》が後に周船寺《すせんじ》という地名となる。

難波出港に備えて防人船は艤装《ぎそう》もされた。

押照《おして》るや　難波の津ゆり　船艤《ふなよそ》ひ　我《あれ》は漕ぎぬと　妹に告ぎこそ　（四三六五）

常陸国　物部道足《もののべのみちたり》

陸地には難波宮や倉庫が並び建ち、海には大きな官船、東国出の男たちにはまさに照り輝く難波の港、「押照るや」という枕詞は、そのようなイメージから生まれたのだろう。この枕詞は、大和盆地から生駒山系の峠を越えた途端に、太陽の光で照り輝く難波の海が眼前に広がるので難波に冠せられたとか、潮の引いた干潟が日の光で輝くことから作られたなどの説もあるが。

大和男児の晴れの旅

光輝《こうき》溌剌《はつらつ》たる港に浮かぶ官船、その船は照り輝く港に更に輝きを添えるような飾り船、今の言葉で言うなら満艦飾《まんかんしょく》だ。東国の農民たちには、まさに「あゝ堂々の輸送船」(「暁に祈る」)だ。

「軍防令」には前述した「軍団には各鼓二面、大角《はらのふえ》二口、少角《くだのふえ》四口置け」(三九条)がある。防人輸送船にも軍楽隊が乗り、鼓を叩き、笛を吹きならし、旗幟《はたのぼり》を風に翩翻《へんぽん》と翻《ひるがえ》しただろう。

八十国《やそくに》は　難波に集《つど》ひ　船飾り　あがせむ日ろを　見も人もがも　(四三二九)

相模国《さがみ》　足下郡《あしがらのしも》上丁丹比部《たじひべ》国人

「東国の多くの国から難波に集り、船飾りをする、そんな日の私の晴れ姿を見てくれる人がいたらなあ」。

津の国の　海の渚《なぎさ》に　船装《よそ》ひ　立《た》し出《で》も時に　母《あも》が目もがも　(四三八三)

下野国塩屋《しおのや》郡上丁丈部足人《たりひと》

この晴れ姿を母親に見せたいというのか。一見同じような歌を丸子連《むらじおお》多麻呂は作るが、微妙にニュアンスは違うようだ。

難波津に　装《よそ》ひ装《よそ》ひて　今日の日や　出《い》でて罷《まか》らむ　見る母《はは》なしに　(四三三〇)

相模国鎌倉郡上丁丸子連多麻呂

見送ってくれる母もなく、今日こそ俺は出発するのか。「旗幟がはためき、楽の音が賑やかな様」を上句に歌い、そのような「今日の日や」で下句「出《い》でて罷《まか》らむ見る母なしに」のトーンの落ちた歌い振りからは、絶望感が感じられないだろうか。喧騒《けんそう》の中の孤独感か。

装いするのは船だけではない。乗船する防人も、長の旅で垢だらけの身体にぼろぼろになった衣を着、敗れかけた菅笠を被った浮浪者同然の姿も、改めただろう。満艦飾の船に乗り、軍楽隊の奏する楽も勇ましく、出立つ男の晴れ姿だ。

晴れ姿を見てくれる人があったらと歌う防人のほとんどが、上丁であることも、成程とうなずけるではないか。

もっとも同じ下野国《しもつけ》上丁でも、諦めに落ち入る防人もいた。

国々の　防人集《つど》ひ　船乗りて　別るを見れば　いともすべなし（四三八一）

下野国河内郡上丁神麻績部《かむおみべ》島麻呂

「各国から集まって来た防人が船に乗り、別れて行くのを見ると、もう、どうしようもないのだなあ」。

ここまで来たからには、もう、くよくよしても仕方ない。諦めようよ。

いったい、あの筑紫へ向かう船は、いつ除隊になった旧防人を乗せて、故郷の方へ舳先《へさき》を向けて戻ってくるのだろうか。

筑紫辺《へ》に　舳《へ》向かる船の　いつしかも　仕へ奉《まつ》りて　本郷《くに》に舳向かも（四三五九）

上総国長柄《ながら》郡上丁若麻績部羊《わかおみべのひつじ》

俺の乗る船もまた、いつ舳先をくるりと向きを変えて、ここに戻ってくるのかなあ。

さらば祖国よ　栄えあれ

政府高官の激励訓示

「軍防令」は征討軍団と並んで防人難波出発に際して、勅使を派遣し激励の訓示を垂れることを定めている。

征討《せいとう》に際しては、兵士三千人以上ならば、兵馬出発の日に侍従《じじゅう》を派遣して勅を伝え勅慰《ちょくい》して出発させよ。防人は一千人以上あらば、内舎人《うどねり》を遣はして出発させよ。（一九条）

防人の集結した難波にも勅使が派遣された。「軍防令」にいう派遣される侍従も内舎人も、宮廷の政務を担当する中務《なかつかさ》省所属の官僚である。侍従は定員八名で従五位下、内舎人は四位・五位の者の子弟の中から性識儀容《せいしきぎよう》の優れたもの九〇名、位は無位である。侍従も内舎人も身分は高くはないが、天皇側近の臣であるがために、名誉な職であった。彼らは天皇の代理として派遣されて勅を伝え、慰労の言葉を述べるのである。

毎年の防人交替要員は二〇〇〇人程だから、内舎人でよいはずだが、防人歌を提出した天平勝宝七歳度の防人には、異例にも従五位下の侍従より更に上位の従四位上の高官安倍沙美麻呂《あべのさみまろ》を防人検校《けんぎょう》勅使として遣わしているのだ。

安倍沙美麻呂は孝謙女帝の下に権力を振るった藤原仲麻呂（恵美《えみ》押勝）の寵臣《ちょうしん》である。難波派遣時の肩書は「勅使紫微大弼《しびのだいひつ》」とあるが、紫微は仲麻呂が設置した紫微中台《しびちゅうだい》のことで、太政官を凌駕するような行政機構である。仲麻呂自ら長官の紫微令《りょう》になり、その後、軍事権を持ち大臣相当の紫微内相《ないしょう》を設置、自らを任命する。沙美麻呂はその紫微中台の紫微令《りょう》に次ぐポストの大弼であった。なぜ、今回はわざわざ高官の大弼を難波に派遣、防人に勅を伝え激励したのか。

これは天平勝宝七歳度の防人が、他の年度の防人とは懸隔の重要な任務を帯びていたからだ。重要な任務、それは言うまでもない、朝鮮半島危急による武力攻撃予測事態に備えての出動待機を課せられていたからだ。

雷の如くに動きて

沙美麻呂はどのような勅を代読し、激励の挨拶をしたのだろうか。白村江の戦に際して斉明女帝は、

将軍に分かち命《おほ》せて、百道《もものみち》より倶《とも》に前《すす》むべし。雲の如くに会ひ、雷の如くに動きて、倶《とも》に沙喙《さたく》に集まらば、彼の鯨鯢《あたき》を翦《き》りて、彼《そ》の倒懸《せまれる》を紓《の》べてむ。有司《つかさ》、具《つぶさ》に為《そなへ》与《あた》へて、礼《ことわり》を以て発《た》て遣《つか》はせ。

（『日本書紀』斉明六年十月条）

と勅を将兵に賜った。「将軍たちにはそれぞれ命令を下し、多くの道を前進させよ。雲のように集まり、雷のように激しく素早く移動して皆新羅に集結して、巨大な悪魚の如き敵を斬り倒して、百済の窮迫を和らげなさい。各官司は、在日している百済の王子のために十分な用意をし、礼を尽くして出発させるように」と、渡海の兵士を励ます。

渡海の最前線将軍は上毛野君稚子《かみつけののきみわかこ》という東国人と考えられる人物であるから、配下の兵士には東国人がいたであろう。「沙喙《さたく》」は新羅の地、「鯨鯢《あた》」は巨大な悪魚で敵のことで、この一文を含む斉明勅は漢籍に見える漢語をちりばめて作られている。

聖武は天平元年（七二九）八月五日に改元を寿《ことほ》いで、臣下に対する様々の恩恵を施すが、武芸優秀の兵士表彰の条件として「敵に臨みて威を振るひ、万死《ばんし》に向き冒《をか》して一生を顧みぬ」とするが、これも防人への勅にはふさわしい文であろう。

聖武はまた東国兵士を「東人《あづまひと》は額《ひたひ》に箭《や》は立つとも背には箭は立たじ」と鼓舞激励したらしく、この聖武勅を子の称徳女帝は引用する。

（聖武曰く）「朕（聖武）が東人に刀授けて侍らしむることは、汝（孝謙・称徳）の近き護りとして護らしめよと念《おも》ひてなも在る。是の東人は常に云はく、『額に箭は立つとも背には箭は立たじ』と云ひて君を一つ心を以て護る物ぞ。此の心を知りて汝使へ」と勅《の》りたまひし御命《おほみこと》を忘れず。此の状《さま》悟りて諸《もろもろ》の東国の人等謹《つつ》しまり奉《つか》へ侍れ。

東国兵士の武勇を称揚する意識は、聖武から孝謙（称徳）へと継承された。安倍沙美麻呂が勅使として派遣され訓示を垂れた防人は、孝謙朝の防人である。新羅との主戦派藤原仲麻呂と親密な関係にある孝謙の勅が、女々しいはずはない。父帝聖武の遺勅を引用し「諸の東国の人等謹しまり奉へ侍れ」と命じたに違いない。

錨を揚げて

「錨《いかり》を上げて」は、軍艦出港の時のアメリカ海軍公式軍歌。日本の海上自衛隊でも演奏される。太平洋戦争での日本海軍の艦船出港には、軍艦行進曲か。防人乗船出港にも鼓や笛が奏でられたことは、先に記した。難波は今、桜が真っ盛り。散る桜の花びらを浴びながらの出港か。錨を上げていよいよ外敵防備の最前線の筑紫を目指す。本州の山々は遠くなり、振り返り見れば生駒山には雲が棚引く。

難波門《なにはと》を　漕《こ》ぎ出《で》て見れば　神さぶる　生駒高嶺《いこまたかね》に　雲そたなびく　(四三八〇)

下野国梁田《やなだ》郡上丁大田部三成《おおたべのみなり》

本州はそんなに遠くはないはずなのに、神々しい生駒山は雲の彼方。防人たちは最後に草香《くさか》山峠で生駒山脈を越えて来た。難波津を漕ぎ出してみると、その生駒山には雲がたなびいている。故郷を出て幾つかの峠を越えるごとに故郷は遠くなった。故郷を隔てる最後の山並みがあの生駒山。それも雲で霞んでいる。この歌は難波津を船出した後の詠のように読み取れるが、防人歌は難波で提出されたのであるから、この歌は、正式な出発ではなく、難波堀江の小舟などに乗っての詠であろうか。あるいは瀬戸内海を行くシーンを想像しての作だろうか。

ましてや難波潟など生駒山より遙かに近く、雲居彼方ではないのに。遙か遠くのものと見ながら出て行くのか。

外《よそ》にのみ　見てや渡らも　難波潟　雲居《くもゐ》に見ゆる　島ならなくに　（四三五五）

上総国武射《むざ》郡上丁丈部山代《やましろ》

（兵隊たちは）誰に向ってともなく、もうすっかり見えなくなった人々に対してではなく、遠ざかってゆく故国の山河に向ってであったが、既に力の抜けた手振りで日の丸の旗を振りながら、いつまでも甲板から降りようとはしなかった。（火野葦平『土と兵隊』）

防人たちも、船上に鈴なりに群がり、次第に遠ざかっていく故郷を遙かに眺めながら、手を振っただろうか。

波よ、大きく立ってくれるなよ、大波により船が沈没したら元も子もなくなるぞ。銃後《じゅうご》には妻と子を置いて来たのだからな。

行《ゆ》こ先に　波なとゑらひ　後方《しるへ》には　子をと妻をと　置きてとも来《き》ぬ　（四三八五）

下総国葛飾《かずしか》郡　私部石島《きさきべのいそしま》

「とゑらひ」の意味が正確にはわからない。「撓《とえ》らひ」で、波が大きく撓《たわ》むように押し寄せることだろうか。「船の行く先に大波よ押し寄せるなよ」と願うのだ。「後方」は故郷のことだが、戦中には「銃後」という言葉があった。戦陣訓は「後顧の憂いを絶ちて」というが、この防人は後顧の憂いに苛《さいな》まれているのだ。

これから先、我々はどうなるのか。律令制以前は地方の豪族であった国造家の血を引き、直《あたい》の姓《かばね》を持つ他田《おさだの》日《ひ》奉《まつりの》直《あたい》得《とこ》大《た》理《り》でさえも不安に駆られ、「どうしていいかわからない」と落ち込むのである。

暁《あかしき》の　かはたれ時に　島蔭《しまかぎ》を　漕ぎにし船の　たづき知らずも　（四三八四）
下総国助丁海上《うなかみ》郡海上国造他田日奉直得大理

「かはたれ時」というのは、暁に薄暗くてぼんやりと見える人を「彼《か》は誰《たれ》」と言わなければならない時刻。夕闇は「誰《た》そ彼《かれ》」で「たそがれ」黄昏《たそがれ》。夜明けの暗闇の中を、島隠れに漕ぎ去り消えて行く船が心細いように、私も行く先のことを思うと心細くて」。「たづき」は方法・手段の意であるから、「たづき知らずも」は「どうしようもない」という諦念だ。

防人たちがこれから目指す大宰府に観世音寺《かんぜおんじ》があるが、そこの別当沙弥満誓《さみまんぜい》は、

世間《よのなか》を　何に譬《たと》へむ　朝開《あさびら》き　漕ぎ去《い》にし船の　跡なきがごと　（巻三・三五一）

と、「世間無常であることは、朝早く港を漕ぎ出て行った船の航跡が、何も残っていないようなものだ」と歌った。得大理も防人の己が身に、生きることの無常を感じていたのだ。観世音寺別当と同じ境地に達している防人を、東夷《あずまえびす》、無知識人、ホッテントットと蔑《さげす》む浅薄な認識は改めねばならないだろう。思想とい

い表現といい、抜群の出来だ。さすが国造だけある。

防人たちの様々な思いを乗せて、船は出て行く。堂々と輸送船団を組んで。昭和の兵士たちは輸送船の甲板から手を振り歌った、「あ、堂々の輸送船　さらば祖国よ　栄えあれ」（「暁に祈る」）と。

輸送船団は筑紫の港に向って出港した。その後の防人の動静・心のうちはわからない。防人歌は難波で進上されてピリオドを打ったからだ。筑紫での有様は、防人歌以外の史料から、後に探ることとして、防人制度のもたらした心の傷を探ってみよう。それは「心の泥濘《ぬかるみ》」というべきか。

Ⅴ　心の泥濘

いかにいます父母

忘らむと思へど

老父一人を橘の美袁利《みおり》の里に残して来た駿河国 丈部足麻呂《はせつかべのたりまろ》（四三四一）の家庭は、崩壊に近い。働き手を奪われた農家も、出発前に後事を憂いたように、これも崩壊寸前だ。父母と涙の別れをした防人の家も、精神的絆《きずな》を失い、ばらばらの状態。後顧の憂いを抱きながら危地に向かう防人の心はいかばかり。出発に際して頭を掻き撫で涙を流した父母の面影も重く脳中にのしかかっていた。「いかにいます父母、あゝ吾が父母如何におわす」と。親のことを考えれば考える程、心は滅入り、足は重くなる。

昭和の防人も同じだった。

大君に命《いのち》捧げし身なれども　老いゆく父母を案じつつ征く　　檀上康典（『将兵万葉集』）

エイッ、それならもう親のことを忘れるために、思考力をただ野山を力一杯歩くことにのみ注ごうか。

忘らむて　野行《ゆ》き山行《ゆ》き　我来《われく》れど　わが父母《ちちはは》は　忘れせのかも　（四三四四）駿河国商長首麻呂《あきのおさのおびとまろ》

商長首麻呂は呟いた「忘らむて野行き山行き我来」と。「忘れよう、忘れようと俺は野山を懸命にやってきた」と歌ったものの、どうしても父母の事を払拭《ふっしょく》できず、「我来れど」と逆接的表現になるのを留めえず、口をついて出てきた言葉は「わが父母は忘れせのかも」であった。「忘れせのかも」は「忘れせぬかも」で「忘れることができないなあ」とため息をつくのだ。

忘れよう忘れようとすればするほど、ますます苦悩はインプットされる。人間のはかない性《さが》だ。思考力を体力消耗に振り替えようとしても消し去ることはできない、故郷の父母への思慕を振り切ることができない。これも切ない心打つ歌だ。この悩みを三年も四年も抱き続けるのかと、足取りは重くなるばかり。

父母を忘れろとは、骨肉の愛情を断ち切るということ。「戦陣訓」のいう「後顧の憂いを絶ちて」だ。太平洋戦争敗戦の三週間前に瀬戸内海の艦上で戦死した予備学生出身の井上長は日誌に書き残した、

> 父母に対する愛着と父母の恩をしみじみ思うのが今日此の頃である。しかし、骨肉の愛は我々兵士の解決すべき最大の問題である。（『きけわだつみのこえ』）

と。井上は二三歳で死んだ。商長首麻呂も同じ年頃だろうか。

父母よ、花や玉であれ

「軍防令」は家族の同伴を許さない（五五条）。年老いた親を連れてでは、長の旅は黄泉路《よみじ》をたどると同じこと、危地で親を抱えていては、第一線での防備の勤務もできないから当然だ。それでも連れて行きたい。父母が花であったらと願う防人もいた。

父母《ちちはは》も　花にもがもや　草枕　旅は行《ゆ》くとも　捧《ささ》ごて行《ゆ》かむ　（四三二五）

遠江《とおとうみ》国佐野《さや》郡丈部黒当《くろまさ》

「お父さん、お母さんが花でいらっしゃったら、摘み取り捧げて旅をするものをなあ」。若々しい妻を表現する言葉「花妻」は東歌にもあるが、花父、花母という言葉があったら、思わず吹き出してしまうだろう。息子が防人に徴発される年齢の親だから、その顔はどう見ても花に譬えるには程遠いだろう。もっとも姥桜《うばざくら》という「年をとっても美しさの残る艶っぽい女性」という意の言葉はあるが。平安末期の歌謡では、「（女は）三十四、五にもなりぬれば、紅葉の下葉に異ならず」と歌われているのだが。それなのに防人たちは花であったならと願う。それを笑うどころか、子の心情に心打たれるではないか。

現実には不可能な願い。それならばせめて母という名の花があれば、それを捧げて行こうものを。四季折々の多くの花があるのにどうして母という名の花はないのか。

時時《ときどき》の　花は咲けども　何すれそ　母《はは》とふ花の　咲き出来《でこ》ずけむ　（四三二三）

遠江国防人山名《やまな》郡丈部真麻呂《ままろ》

何と母思いの子なのだろう。東国の野辺や畦道に咲く花は何々ぞ。東歌から拾うならば、目立たずひっそりと咲くウケラガ花か、紫《むらさき》草も根は評判でも花は小さく目立たない。今の桔梗《ききょう》かといわれている朝顔や、昼顔かという貌花《かおばな》なら清楚な感じだが、花の命は短い。ネッコ草は花が白髪のようになり靡《なび》くので別名翁草《おきなぐさ》、親が翁草になっては困る。苗代に生える雑草の子水葱《こなぎ》の花は、東国農民たちが春ごとに見た花だろうが、「子」という名であるゆえに、乙女の譬《たとえ》として歌われ、親が子水葱の花であったならとは歌わないだろう。どの花をイメージしていたのだろうか。何の花であろうと、全くあり得ない事への絶望的な、はかない思考だった。

丈部真麻呂と丈部黒当は郡こそ違え、同国人である。道中おしゃべりで二人の花の歌は生まれたのだろう。しかし、この親思いを伝えるすべがない。彼らは今遠江の白羽《しるは》の磯を通過している。彼らの故郷とことの間には海が隔てており、対岸には贄《にえ》の浦があり、その浦は故郷と続いている。もし、白羽の磯と贄の浦が地続ならば、親を思う気持ちを伝えることができるのになあと嘆くのは、丈部真麻呂と同郡の丈部川相《かわい》だ。

遠江《とへたほみ》　白羽の磯と　贄《にへ》の浦と　合ひてしあらば　言《こと》も通《かゆ》はむ　（四三二四）

同じ郡の丈部川相

二つの地名の原文は「志留波」「尓閇」で正確には今のどこかわからない。諸説に従って、仮に「白羽」「贄」を宛てた。

俺の母親は花よりももっと美しい。霊力のある玉なんだぞと、歌うのは下野国の防人だ。

母刀自《あもとじ》も　玉にもがもや　戴《いただ》きて　角髪《みづら》の中に　合《あ》へ纏《ま》かまくも　（四三七七）

下野国津守《つもり》宿禰小黒栖《おぐるす》

津守というから港管理者の家か。宿禰の姓を持つのも並みの家ではないことを思わせる。他の防人たちは丈部真麻呂のように、母親のことを「母」と称しているのに、小黒栖は「刀自《とじ》」と表現する。刀自というのは、家の内を取り仕切る主婦の尊称で、垂乳根《たらちね》よりもしっかりした立派な母親の感じがするし、農民などは使わない婦人の敬称だ。一般の農民とは家の格が違うのだ。

だから玉を思い浮かべたのだが、あるいは母刀自は玉の飾りを身に着けていたのかもしれない。しかし小黒栖《おぐるす》が願ったのは身に着けていた玉ではなく、母親自身が玉に化すことだ。

いい家に生まれた小黒栖は教養人か。それだから、振田向宿禰《ふるのたむけ》が筑紫国に下った時の歌にある「妻よ釧《くしろ》であってくれ。そうすれば手に巻いて行くのだが」という歌、

吾妹子《わぎもこ》は　釧《くしろ》にあらなむ　左手《ひだりて》の　我が奥の手に　纏《ま》きて去《い》なましを　（巻九・一七六六）

や、一時上京する越中守大伴家持が、留守役に送った歌、

わが背子《せこ》は　玉にもがもな　手に巻きて　見つつ行《ゆ》かむを　置きて行《い》かば惜し　（巻一七・三九九〇）

の「玉であってくれたら手に巻いて」という表現などを知っていたかもしれない。

親が花のように美しくとも、玉のように色白で輝いていても、花や玉そのものに化することはない。神話では、アマテラスとスサノオの誓約《うけい》生みで、各々の玉や剣を神に化したり、オオモノヌシは矢に化して美女の件器を突く話などがある。しかし、それは神話・伝承の世界の事。親を花や玉に化すことなど現実的にはあり得ないことは知っているであろう。そのようなあり得ない願望を抱くほど、防人が究極の精神状態に陥していているのだ。

花にも玉にもできない。思い浮かべるのは玉のように美しく端正だった親の姿。

月日《つくひ》やは　過《す》ぐは行《ゆ》けども　母父《あもしし》が　玉の姿は　忘れせなふも　（四三七八）

下野国都賀《つが》郡上丁《かみつよぼろ》中臣部足国《なかとみべのたりくに》

「月日」は原文では「都久比」でツキヒの東国訛《なま》り、「過ぐ（須具）」はスギ、「母父（阿母志々）」はオモチチのそれぞれ東国訛り、第五句の「なふ」は「無い」を意味する東国特有の言葉だ。防人たちは東国訛りそのまま丸出しに、彼ら特有の言葉を使用して、懸命に思いを表現しようとしている。本音の告白には彼ら自身の言葉でなければならなかったのだ。

どうということのない平凡な父母だった。だが、今離れてみると崇高な尊敬すべき玉のような親、俺が帰郷するまで、元気でいてくれればいいが。父母のことを「忘らむて野行き山行き我来《く》れど」（四三四四）と同じ嘆きを歌ったのは駿河《するが》国商長首麻呂《あきのおさのおびとまろ》だった。父よ母よ、私が帰るまでお変わりなくね。

父母《ちちはは》が　殿《との》の後方《しりへ》の　百代草《ももよぐさ》　百代《ももよ》いでませ　わが来《き》たるまで　（四三二六）

遠江《とおとうみ》国佐野《さや》郡生玉部足国《いくたまべのたりくに》

父母の住む建物の裏に、百代草が咲いていた。それを思い出し「百代草の名のように百歳まで長生きして私の帰るのを待っていてくださいね」と歌った。百歳とは大げさな。防人の期間は三年だが、とうていそれでは終わらないことを感じていたのだろうか。

百代草は今の何の花かよくわからない。一年草のツユクサ科の植物との説もあるが、一年草では百代にそぐわない。いやヤナギヨモギの別称だ、そうではないキク科の多年草だ、これなら百代に相応しいが、奈良時代に菊はなかったはずだと論を交わしても、結局はわからない。

足国は草の名を「百代」の枕詞にしているが、他に使用例のない独自の枕詞を用いているところに、彼の並ではない詠歌力を感じる。

母よ、面変りせず

どの草にしても百年はもたない。それなら何時までももつ丈夫で立派な柱のある建物であったならと、駿河国防人は歌う。

真木《まけ》柱《はしら》　讃《ほ》めて造れる　殿《との》の如　いませ母刀自《ははとじ》　面変《おめ》りせず　（四三四二）　駿河国坂田部首《おびと》麻《ま》呂《ろ》

この防人の親は身分ある人で、竪穴式住居ではない「殿」に住んでいる。彼は「真木柱」を歌頭に置くが、真木《まけ》は真木《まき》の東国訛《なま》りで、檜など立派な木のことである。立派な柱を持つ高床の檜造りの建物なのだろうか。

「讃《ほ》めて造れる殿《との》」というのは、室寿《むろほ》ぎの祭祀を行い、いつまでも真木柱が大黒柱として建物を支えてくれることの呪言を唱えたのだ。父が雄略天皇に殺され、後に即位した顕宗《けんそう》天皇の室寿《むろほ》ぎの呪言が残されている。天皇は「築《つ》き立つる柱は、此の家長《いへのきみ》の御心の鎮《しづめ》なり。取り挙《あ》ぐる棟梁《むねうつはり》は、此の家長《いへのきみ》の御心の林なり。云々《うんぬん》」と唱えた。現在も建前《たてまえ》式や棟上《むねあ》げ式を行って神主が祝詞を捧げる。これが「真木柱讃めて造れる殿」

である。竪穴式住居ではまず行わないだろうから、建前式を行ったこの防人の家は立派な家なのだ。身分ある人なのだろうから、母親に対する言葉遣いも「母」ではなく「母刀自」と尊称を用いている。

この男は願った、「お母様、末永く頑丈で家を支えてくれと呪言を唱えて建てたこの大黒柱のように、いつまでもお丈夫でいてくださいね。私のことを心配するとストレスから、皺も増え老けたお顔になりますよ。どうか心配なさらず、私が帰ってくるまで、若々しいお顔でいてくださいね」。

お母様はしっかと息子を抱きしめ、その優しい言葉に号泣したに違いない。三年あるいは四年後、この防人は無事帰郷し、面変わりしない母親と抱き合い嬉し涙を流しただろうか。

この歌は「愛国百人一首」に採用されている。戦時中どのように理解させられていたかを川田順『愛国百人一首評釈』を見よう。

わたくしは只今から、応召の一兵士として、九州防衛のため彼地へ向います。遠征のことでありますから、いつ帰って参りますか、さりながら母さまよ、あなたは、立派な木で柱を立てて造った家屋の如く、どうぞ御丈夫でいて下さいませ。いつまでも御様子変らず、只今のとおりの御健康で。幸に君国のためのお勤めを無事果たしまして、帰郷できました場合には、なつかしいそのお顔を再び拝しましょう。

「君国《くんこく》」は天皇の国、母の健康長寿を祈る歌なのに、「幸に君国のためのお勤めを無事果たしまして」など忠君愛国の精神を盛り込むことを忘れない。

長い道中を「いかにいます父母」とつぶやきながら歩く防人。「お母さんは、今頃仕事をしていらっしゃるだろうか」。

わが門《かづ》の　五本柳《いつもとやなぎ》　何時も何時も　母《おも》が恋ひすす　業《な》りましつしも　（四三八六）

下総国結城《ゆうき》郡矢作部真長《やはぎべのまなが》

「おいらの家の門の前には、柳の木が五本立っていたっけ。五本はイツモト、お母さんはそのイツモトではないが、イツモイツモおいらを恋い続けながら、仕事をなさっているのだろうかなあ」。第五句最後の「つしも」の意味はわからない。

「五本柳」は宋の陶淵明《とうえんめい》の「宅辺《たくへん》に五柳樹《ごりゅうじゅ》有り　因て以て号と爲す」の「五柳《ごりゅう》先生伝」に基づくかとの見解もあるし、東国農民にその様な知識がと、否定論もある。一本柳《ひともとやなぎ》や柳並木なら素直に理解できるが、五本という数が気になる。後に挙げるように、前漢蘇武の雁の便りも歌われていたし、国府での皇軍教育などを勘案すると、「五柳先生伝」の知識も否定できないだろうか。

君恋し思いは乱れて

妄想肉布団

かつての大戦の敗戦二五日前にフィリピンのマニラ近くで戦病死した学徒兵宮崎竜夫は、ノートに書き残している。

君の健在と父母の健在とを祈る熱き祈りをつづける他に、術を知らなかった。……

（『きけわだつみのこえ』）

健在を祈った「君」は妻。妻と父母という配列順は、父母への思い以上に妻を思う心の表れだ。妻恋し、夕暮れに碓氷峠《うすいとうげ》を越えた上野国《かみつけのくに》他田部子磐前《おさたべのこいわさき》も、「妹《いも》が恋しく忘らえぬかも」（四四〇七）と歌った。二月の峠越えは寒く身が震える。子磐前は温かい妹の肌を偲んでいたのだ。寒い長旅、思い出すのは妻の顔だけではなく、寒い夜に寄り添ってくれた妻の肌。玉作部国忍《たまつくりべのくにおし》は、重ね着して寝ても「なほ肌《はだ》寒し妹にしあらねば」（四三五一）とため息をついていたではないか。

防人たちは寒夜に己《おのれ》の膝を抱きながら「妻の肌が恋しいよ」と語り合ったのであり、彼ら共通の感情だったのだ。同衾する女を布団に見たてた『肉布団《にくぶとん》』という小説が中国清代に書かれたが、寒さに震える防人たちは、温かい妹の肉布団を妄想しているのだ。

今の千葉市辺り出身の大田部足人《たりひと》は、故郷の山野を遙かに思いながら、そこに生えていた児手柏《このてかしわ》の蕾《つぼみ》のふくらんだような、ふっくらとした肉付きのいい女の姿態を払拭できない。

千葉《ちば》の野《ぬ》の　児手柏《このてかしは》の　含《ほほ》まれど　あやに愛《かな》しみ　置きて誰《た》か来ぬ　（四三八七）

下総国千葉郡大田部足人

「児手柏」は、檜《ひのき》の枝葉を立てならべたような形をしていて、直立する枝が子供の手を上げる様子に似ているから、または葉が幼児の掌に似ていることからコノテガシワの名があるという。その児手柏の「含まれど」という状態は、蕾の膨らんだ様と解されている。それに譬えられている女は、未成熟ではあるが蕾のように柔らかなふっくらとした初々しい女なのか。

足人は「あいつは里に生えていた児手柏の蕾のように、大人にはなりきっていなかったが、ふっくらと丸みを帯びた肉感的ないい体をしていて、本当に可愛かったのに」とつぶやきため息をつく。「そんな女を里に残し置いて、誰がこんな苦しい旅をするんだ、他《ほか》でもない、俺なんだ」と。「置きて」は「しかたなく」「どうにもならず」のニュアンスを含むと言われているが、この歌はそのニュアンスを生かして把握すべき最適の例ではないか。

「置きて」を「起きて」と読み、「思ひきって、起き出して来たのは誰だ」としたのは折口信夫。出発前夜の同衾から起きだしたと男と解釈したのだ。ここまでは納得できるが、続いて「その気強い男は、おれではないか。其れに今更、恋しく思ふといふことがあるものか」と、忠君愛国戦意高揚ハリキリ防人に仕立てたのは頂けない。戦前なら止むを得ぬ解釈か。

未成熟な蕾に視点を置いて「若くてあどけない様子が、何とも痛々しくて、手も触れずに遙々やって来た」という処女崇拝的な解釈もある。だが、防人歌で使われている「おきて」は、どれも親・妹・子など親しい人を後に残す「置きて」だ。

足人は「千葉の野の……」と、その故郷の山野を遙かに思い望みつつ、肉付きのいい若妻の女体を瞼に思い描き、その妻を故郷に残し置いてやって来たみじめな馬鹿な己を憐れみ、嘲笑し、そのような状態に陥れた権力を恨み呪っているのだ。

妹の柔肌《やわはだ》を欲し率直に歌う防人もいれば、ソフトに都の貴族風に歌う防人もいた。

葦《あし》の葉に　夕霧立ちて　鴨《かも》が音《ね》の　寒き夕《ゆふへ》し　汝《な》をは思《しの》はむ　防人の歌　（巻一四・三五七〇）

賀茂真淵は「東《あづま》にも、かくよむ人もありけり」（『万葉考』）といたく感心している。真淵も、おそらくまたこの歌を読む人は誰でもが、志貴《しき》皇子が難波宮で詠んだ歌、

葦辺《あしへ》行く　鴨の羽がひに　霜降りて　寒き夕は　大和し思ほゆ　（巻一・六四）

を想起するだろう。東歌にしてはスマートすぎるので、官僚の手を経た作だとする注もある。

志貴皇子の歌は慶雲三年（七〇四）に作られ、「葦の葉に」の防人歌はいつの作かわからないが、防人歌が収集された天平勝宝七歳（七五五）頃であろうから、あるいは志貴皇子の歌を下敷きにして防人は作ったとも推測されるが、そうだとすると、志貴皇子の歌を知る教養ある東国人のいたことになるのだが。志貴皇子は東歌と同じく「寒き夕」と歌う。皇子も内心妹の肉布団を偲んでいるのかもしれない。

煤けても愛しい女

家《いは》ろには　葦火《あしふ》焚《た》けども　住み好《よ》けを　筑紫に到りて　恋《こふ》しけもはも　（四四一九）

武蔵国橘樹《たちばな》郡上丁物部真根《まね》

真根の橘樹里の家は半地下式の竪穴で、藁《わら》か藁の上に土を乗せた屋根、窓はない。料理のための煮炊き

以外に、家の中を乾燥させ、害虫駆除のためには、一年中昼夜囲炉裏《いろり》で葦などを燃すので家内は煙が充満、煤《すす》が出る。山上憶良の「貧窮問答歌」のような曲廬《まげいお》の伏廬《ふせいお》程ではないにしても、自慢できる家ではない。東京都国分寺《こくぶんじ》市にある武蔵国分寺跡から「橘」と書かれた瓦が出土している。真根も国分寺造営に駆り出されただろうか。

しかし、その貧しい家でも煤けた家でも住みよかった。筑紫に行ったら恋しくなるだろうなあと歌うのだ。筑紫には我家とは比較のできぬほど立派な家が立ち並ぶ。そんな家よりも煤けた我が家は住みよかった。「おらの家が恋しいよお」。

今更ながら故郷の家の味を懐かしむのだが、「家」と歌っても煤けた家という建物のみを懐かしんでいるのではない。その中の生活を、さらにはそこにいる妻を恋しく思っているのだ。私がそう読み取るのは、この夫の歌の次には「この針でね」と針を差し出す姿には媚態《びたい》さえ感じさせる妻椋椅部弟女《くらはしべのおとめ》の歌が置かれているからだ。

草枕　旅の丸寝《まるね》の　紐絶えば　あが手と着けろ　これの針持《はるも》し　（四四二〇）　妻、椋椅部弟女《くらはしべのおとめ》

また、葦火焚《あしひた》く屋を歌った、

難波人《なにはひと》　葦火焚く屋の　煤《す》してあれど　己《おの》が妻《つま》こそ　常愛《つねめ》ずらしき　（巻一一・二六五一）

の影響からだろうか。真根の妻も煤けた顔だが、いざ遠く離れてみると可愛くてかわいくて、いい女だった。

痩せ細る妻よ

「ちょっくらそこらの旅かと思ったら、真旅《またび》になってしまった。おいらはもう諦め我慢もしようが、後に残してきた妻はどうしているかなあ。田畑の仕事もあるし、乳飲み子を抱え痩せ細っているだろうなあ。妻を思うと悲しくて、悲しくて」。

吾《わ》ろ旅は　旅と思《おめ》ほど　家《いひ》にして　子持《め》ち痩《や》すらむ　わが妻《み》かなしも　（四三四三）

駿河国玉作部広目《たまつくりべのひろめ》

東国方言を綴り合せて、精一杯己の気持ちを表現する広目、ホッテントットも目に涙をためた。万葉学者武田祐吉の評「これほど切実に、家なる妻を描いているのは稀《まれ》である。夫の留守をまもる妻の生活苦が、まさしくも歌われているのである」（『全註釈』）に耳傾けよう。

「恋い慕っているのはおいらだけではないかも。妻もおいらのことを偲んでいるのだ。だから、手のひらで掬った水の中に妻の顔が浮かんでいるでねえかよう」。

わが妻《つま》は　いたく恋ひらし　飲む水に　影《かご》さへ見えて　世に忘られず　（四三二二）

遠江国主帳丁《しゅちょうのよぼろ》麁玉《あらたま》郡若倭部《わかやまとべの》身麻呂《むまろ》

水の中にゆらゆらと揺らぐ身麻呂自身の顔が、妻の顔に見えたのか。それでは余りにも狂言「鏡男《かがみおとこ》」や落語「松山鏡《まつやまかがみ》」に似て身麻呂が哀れだ。そうではなく、水の揺らめきが妻の幻影となって見えたのだ。

雁の使いは無きものか

常陸《ひたち》さし　行《ゆ》かむ雁《かり》もが　あが恋を　記《しる》して付けて　妹に知らせむ　（四三六六）

常陸国信太《しだ》郡物部道足《みちたり》

時は二月、雁は北へ帰っていく時節。北方には故郷常陸国がある。「常陸を指して飛んで行く雁はいないか」と、道足は空を見上げる。「もしいるならば、『おまえが恋しいよ』と書いた文を雁の脚に結び付けて、妻に届けたいのによ」。

雁に託す手紙、これは有名な前漢蘇武《そぶ》の故事である。匈奴《きょうど》討伐目的で、西方の大月氏《だいげっし》国との軍事同盟締結のために派遣された蘇武、出発前夜、「歓娯今夕《かんごこんせき》に在り　嬿婉《えんえん》良時《りょうじ》に及ばん」と妻を抱擁したあの蘇武だ。

危地を通った蘇武は、匈奴に捕らえられた。蘇武は手紙を南に向かう雁の脚に結び付けて放ったというエピソードが中国の史書『漢書《かんじょ》』蘇武伝にある。「雁の使い」「雁書」の名を残す。

ということは、「東路《あづまぢ》の道の果てよりも、なほ奥つ方」（『更級日記』）の常陸国のこの男は、蘇武の故事を知っていたということだ。東男だから無学かと思ったらとんだ間違いで、ホッテントットではなかった。

道足は上丁ではなく、ヒラの兵士だから、故郷においても一般農民だろう。里長クラスなら調《ちょう》・庸《よう》の荷札を書いたり、戸籍の作成などもあるだろうから、文字も書けある程度の知識を持っていただろうことは想像できるが、一般農民が蘇武の故事を基に望郷歌を作ったということに、東国人の知識の高さに驚くではないか。

彼らは国府に集結したときに、皇軍精神教育を受けていた。大宰府に着任してからも『行軍式』などにより教育を受けた。防人制度は教育機関でもあったのだ。

道足は二首詠み、この雁の歌の前に、既に挙げた

押照《おして》るや　難波の津ゆり　船艤《ふなよそ》ひ　我《あれ》は漕ぎぬと　妹に告《つ》ぎこそ　（四三六五）

がある。そうすると、雁の歌は難波で作られたらしいが、目の前には満艦飾の大船が浮かぶ。それはまさに「今出発するよ。おまえが恋しいと告げたいのだが」と危地に赴いた蘇武と同じ心境ではないか。

蘇武は一九年間も危地をさまよい、帰国したら母は既に死亡し、「生きては当《まさ》に復来《また》たり帰るべし　死せば当に長く相思ふべし」と誓いを交わした妻は、蘇武死亡とのフェイクニュースに騙され、再婚していたではないか。俺の母は、そして妻は……。道足の心は乱れるのみであった。俺の健在であることを何とかして知らせたいのだがなあ……。

雁は北へ飛び、風は家のある北から吹いて来る。風の便りとはいうが、北風のみ毎日毎日吹き荒ぶけれど、妻の消息を持ってきてくれる人はいない。北風の中にたたずむ男は、上総国の防人丸子連大歳《まるこのむらじおおとし》だ。

家風《いへかぜ》は　日《ひ》に日《ひ》に吹けど　吾妹子《わぎもこ》が　家言《いへごと》持ちて　来《く》る人もなし　（四三五三）

上総国朝夷《あさひな》郡丸子連大歳

都と上総国を往還するのは赴任する防人や旧防人だけではない。庸・調を運ぶ運脚《うんきゃく》、中央官庁で雑役に従事する仕丁《しちょう》、都の警備に当たる衛士《えじ》など、多くの人が往還した。「俺《おれ》より後に朝夷《あさひな》郡を出発し、先を急ぐ里人と出会うかもしれない。そうすれば妻の消息も」とはかない望みを抱いているのかもしれない。当てにならないはかない風の便りを。

朝夷郡は房総半島突端の現在の千倉《ちくら》町で、防人の中では難波から最も遠い所に住む。上総国府の在る市原市まで七〇キロから一〇〇キロはある。途中で「道の辺の茨の末に這ほ豆の」（四三五二）と歌った天羽郡（君津市）の丈部《はせつかべの》鳥と同道しただろうか。一人だけが旧阿波国防人だ。

昭和の兵士も防人歌ほど露わな表現ではないが、君恋しを、

戦友の寝てしまひたる夜の更《ふ》けを　一人目覚めて妻をしのぶも　加藤実雄　（『将兵万葉集』）

と歌うのである。

ほどけた紐

旅立つとき、夫婦は互いの紐を結び合い、夫は妻の魂を、妻は夫の魂を各自の紐に結び込め、帰るまで決して解かないと、固い固い誓いを交わした。

わが妹子《いもこ》が　偲《しぬ》ひにせよと　着けし紐　糸になるとも　吾《わ》は解《と》かじとよ（四四〇五）

上野《かみつけ》国朝倉益人《ますひと》

二人して　結びし紐を　一人して　われは解き見じ　直《ただ》に逢ふまでは　（巻一二・二九一九）

しかし長の旅ともなれば、解けることもあれば、切れることもあろう。

難波道《なにはぢ》を　行きて来《く》までと　吾妹子《わぎもこ》が　着《つ》けし紐が緒《を》　絶えにけるかも　（四四〇四）
上野国助丁上毛野牛甘《すけのよぼろかみつけののうしかい》

誓いの紐が切れたらどう判断するか。これが難しい。楽観的に、

家《いは》の妹《いも》ろ　吾《わ》を偲《しの》ふらし　真結《まゆす》ひに　結《ゆす》ひし紐の　解《と》くらく思《も》へば　（四四二七）　昔年の防人歌

と「あいつは俺のことを恋い慕っているのだ。固く結んだはずの紐が自然に解けるのは」と、脂下《やにさ》がる者もいる。「真結《まゆす》ひ」は「本結び」のことで紐の端と端とをU字形にして絡み合わせる結び方である。

作者のわからない歌だが、旅に出た男も、

吾妹子《わぎもこ》し　吾《あ》を偲《しの》ふらし　草枕　旅の丸寝《まろね》に　下紐《したひも》解けぬ　（巻一二・三一四五）

と、にニヤニヤする。そうすると解けていない場合は、「あいつは俺を慕っていないのかな?」

紐を解かずに待っても、

高麗錦《こま》　紐の結びも　解き放《さ》けず　斎《いは》ひて待てど　しるし無きかも（巻一二・二九七五）

「舶来の錦の紐を約束通り固く結び解くこともなく身を謹んで待っているのに、あのお方はお出でなさらないわ。効果はサッパリだわ」と某女は歌う。

それなら自然に解けるのを待たず自分で解いてしまえと、不埒《ふらち》な者も出てくる。

人に見ゆる　表《うへ》は結びて　人の見ぬ　裏紐《したひも》開《あ》けて　恋ふる日ぞ多き（巻一二・二八五一）

「人の見る上着の紐はきちんと結んで、人の見ない下着の紐はほどいて、あの人が来ないかと恋い焦がれている日が多いのよ」。某女の歌だが、恋人が来る前兆として紐が解ける、それなら紐を解けば恋人が来るという理屈を考え出したのだ。

いったい、「裏紐《したひも》開けて恋ふる日ぞ多き」（二八五一）や「吾妹子《わぎもこ》し吾《あ》を偲《しの》ふらし」（三一四五）のように、紐が解けるとあの人が俺を慕っていたり、来たりするのか。それとも「解《と》き放《さ》けず斎《いは》ひて待てど」（二九七五）のように、紐を解かないと恋人が来るのか、どちらなんだろう。紐を解いても解かなくても、恋人は来たり来なかったり!?

旅立ちに互いに紐を結ぶのは、守護霊を身に封じ込めるのだと民俗学的に解釈するのだが、下紐を解くなど、どうも禁欲や性の解放というリアルな意味をも持っていたと思われる節もあるのだが。後世の歌だが、

人知るや　下裳《したも》の紐を　解き初《そ》めて　君と契りを　結ぶ夜半《よは》とは　慈円《じえん》（『拾玉集《しゅうぎょくしゅう》』）

などは、まさにそれだろう。

下紐を結ぶというのは貞操帯的役割を課せられていたようだ。貞操帯は女に課せられたのが本来らしいが、日本古代においては男も課せられたということか。

陸奥から筑紫へ行く男、陸奥は防人派遣地域ではないので、この男は防人ではなく、商売で筑紫に下ったのだろう。故郷の香取《かとり》で契りを交わしていた少女には、「大きな船が珍しい品物を持って遠くからやってくる筑紫の港へ行って、稼いでくるからね」などとでも言っただろうか。少女は「この紐を解いてはダメよ」と、契りの紐を固く結び、男も「決して解かないよ」と誓っただろう。上野国防人朝倉益人が故郷を出発する前に、

わが妹子《いもこ》が　偲《しぬ》ひにせよと　着けし紐　糸になるとも　吾《わ》は解かじとよ　（四四〇五）

と誓ったように。

だが、艶《あで》やかな筑紫女にぞっこん惚《ほ》れ込んでしまった陸奥男は、稼いだ金もその女に貢ぎ、下紐を解き情交に及んだ。田舎娘を捨てた、心の中でわびながら。

筑紫なる　匂《にほ》ふ子ゆゑに　陸奥《みちのく》の　香取乙女《かとりをとめ》の　結《ゆ》ひし紐解く　（巻一四・三四二七）

この男は故郷に帰り、香取乙女と再び睦び合っただろうか。あるいは……!?

田舎じみた妻よりは艶やかな女をと、情欲の赴くままに、自分の意思で紐を解くのなら、まだ自己満足の充足した気分に浸り救われる。救われないのは、紐が自然に擦り切れてしまった時だ。「吾妹子《わぎもこ》が着《つ》けし紐が緒《を》絶えにけるかも」（四四〇四）と、上野国の防人上毛野牛甘《うしかい》の紐は切れてしまった。夫婦の愛の誓

いの紐が。

旅の丸寝を重ねるうちに、まだ難波に着かない前に擦り切れたのだ。牛甘は道々の女に心移したわけではない。どうして切れた？　まさか妻がと思うが、不吉がよぎる。

独り寝て　絶えにし紐を　忌忌《ゆゆ》しみと　為《せ》む術《すべ》知らに　音《ね》のみしそ泣く　（巻四・五一五）

と歌ったのは、阿倍女郎《いらつめ》に恋していた中臣朝臣東人《あずまひと》。阿倍女郎はなかなかの情熱的な女で、恋のためには火の中水の中にも飛び込もうと歌う。東人以外にも大伴家持との関係もあった。東人は「紐が切れたのは忌々しいこと、さてはあの女め、心変わりしたのか。俺はどうしていいかわからずただ、声を上げて泣くのみ」。

銃後の妻の不安

しかし、紐は擦り切れる物。着替えも少なく、着た切り雀で丸寝の長《なが》の旅を続ければ、切れるのも当たり前。出発前に夫物部真根《もののべのまね》の紐を固く結んだ妻椋椅部弟女《くらはしべのおとめ》は、針と糸を手渡し歌った。

草枕　旅の丸寝《まるね》の　紐絶えば　あが手と着けろ　これの針持《はるも》し　（四四二〇）

妻《め》、椋椅部弟女《くらはしべのおとめ》

妻の弟女さんの歌の前には、先にも挙げた夫真根《まね》の歌が置かれている。

家《いは》ろには　葦火《あしふ》焚《た》けども　住み好《よ》けを　筑紫に到りて　恋《こふ》しけもはも　（四四一九）

武蔵国橘樹《たちばな》郡上丁物部真根

夫婦の会話を切り取ってきたような歌。「吾が手と付けろ」など弟女さんは夫だからとて畏まった言い方ではなく、いささか命令調であるのも、弟女さんの惚れようを表しているようだ。弟女は言う「丸寝を続けていて紐が切れたら、ご自分の手で縫い付けるのよ。この針で」と。夫にしな垂れかかり、甘えた目で夫を見上げながら。「吾が手と付けろ」と歌ったのは、すべての注釈書で「私がいないので」と解している。だが、そうだろうか。紐が切れるということにマジック的なことを感じ取っていた妻は、夫と旅先の女との情交を恐れたのだ。「紐が切れたら、道々の女の手ではなく、ご自分の手で着けるのよ。ねえ、あんた」と。

今年行く　新島守《にひしまもり》が　麻衣《あさごろも》　肩の紕《まよひ》は　誰《たれ》か取り見む　（巻七・一二六五）

「古歌集に出づ」と左注にある歌だが、「島守」とあるから、壱岐・対馬に派遣される防人を送り出す妻の歌だ。「新島守」は交代要員のこと。「紕」は原文の「肩之間乱者」がよくわかる。織糸が弱り、糸が乱れて片寄り隙間ができる意である。「防人として島に派遣される貴方の着て行かれる麻衣の肩のほつれは、どなた様が繕われるのでしょうね」。妻の夫に対する心配りであるが、その奥には、ほつれを繕う女の幻像を見ている不安を読み取ることは、うがちすぎだろうか。

不倫妄想

銃後の妻

雁の文も風の便りも期待できない防人にとって、妻の動静をマジック的に感知する手が紐の結びだった。お呪《まじな》いと笑い飛ばすかもしれないが、戦中疎開していた私も、東京に空襲がある度に、父親や兄の安否を知る方法として、「コックリさん、コックリさん、どうぞおいでください。もしおいでになられましたら『はい』へお進みください」と真剣に占った、実に真剣に。救われ難い立場に置かれた人間は、紐のマジックにもコックリさんの占いにもすがってしまうのだ。

だから紐が切れた時の心の動揺は大きい。「吾妹子《わぎもこ》が着けし紐が緒絶えにけるかも」（四四〇四）と切れた紐を手に「まさかあいつが」と考え込む上野国の牛甘の話は前にした。

もちろん、夫の留守中紐を解かずに貞節を守る妻もいる。

わが背なを　筑紫へ遣《や》りて　愛《うつく》しみ　帯《おび》は解かなな　あやにかも寝も　（四四二二）　妻、服部呰女《はとりべのあさめ》

「筑紫への旅を続ける夫は紐解かずに寝るのだわ。それならあたしも夫が愛《いと》しいので、帯を解かないで旅の仮寝をするような奇妙な姿で寝るわ」。「あやに」はアヤシの類語。夫の服部部於田《はとりべのうえだ》には、先にも登場してもらった。

わが行《ゆ》きの　息衝《いきづ》くしかば　足柄《あしがら》の　峰延《みねは》ほ雲を　見とと思《しの》はね（四四二一）

武蔵国都筑《つつき》郡上丁服部部於田《うえだ》

服部呰女の歌は、この返歌である。

武蔵国主帳《しゅちょう》荏原《えばら》郡物部歳徳《もののべのとしとこ》の妻の歌、

草枕　旅行く夫《せ》なが　丸寝《まるね》せば　家《いは》なるわれは　紐解かず寝む（四四一六）　妻、椋椅部刀自売《くらはしべのとじめ》

も、同様の主旨だ。

土に落ちるか俺の椿は

妻の心変わりなどあるはずはないと信じているが、不図、心に不安のよぎることもある。

己妻《おの》を　人《ひと》の里に置き　おほほしく　見つつそ来《き》ぬる　この道の間《あひだ》　防人の歌（巻一四・三五七一）

「おほほしく」は「おぼつかなく」「不安で」の意だが、「人の里」というのは、作者の里ではなく他の村落か。妻の家のある里などか。この歌の防人がどこに住んでいたかわからないが、飼っていた馬を逃がしてしまって、徒歩で多摩の横山を越える羽目になった椋椅部荒虫《くらはしべのあらむし》・宇遅部黒女《うじべのくろめ》夫婦（四四一七）は神田駿河台辺りに住み、黒女さんの実家は上野公園辺りだからかなり離れていた。この防人の歌も離れた実家に

帰す不安か。自分が不在で周囲には他人ばかりの里ということか。「置く」というのは、先にも述べたように、「しかたなく放置したままに」「どうにもならずそのままにして」というニュアンスを含む。他人ばかりの村に俺の妻を放置しておき、心晴れぬ覚束ない不安な暗い気持ちで、この防人は歩く。「己妻」と「人の里」との組み合わせは、留守中に俺の妻に言い寄る男を予想する不安感がうかがわれるではないか。

物部広足《ひろたり》もその一人でさらに深刻だ。夫婦の片一方の身を残す状態を「片山椿」と歌った。

わが門《かど》の　片山椿《かたやまつばき》　まこと汝《なれ》　わが手触《ふ》れなな　土に落ちもかも　（四四一八）

武蔵国荏原《えばら》郡上丁物部広足

広足は故郷の妻への不安感を消すことができなかった。「俺が暫く留守をして、お前に触れないうちに、お前は他の男の手にポトンと落ちるのでは……。椿に手を触れないのに花がポトンと落ちるように」。そんなことはない、しっかりと固《かた》めてきた妻の心だから。下総国の刑部志加麻呂《おさかべのしかまろ》も歌っているではないか。

群玉《むらたま》の　枢《くる》に釘刺《くぎさ》し　固めとし　妹が心は　揺《あよ》くなめかも　（四三九〇）下総国猨島《さしま》郡　刑部志加麻呂《おさかべのしかまろ》

と。「群玉」は沢山の玉がクルクル廻ることから枢の枕詞として置かれている。枢はくるる戸でドア。竪穴住居の出入り口はドア方式だった。「ドアに釘を差し込んでしっかり固めるように、他の男によろめくことのないように固めた妻の心だが、動揺しているだろうか」。「なめかも」は「なむかも」の東国訛り。猨島郡は現在の茨城県猿島《さしま》郡だが、当時はこの辺りも千葉県北部と一緒に下総国だった。
銃後での孤閨《こけい》を強いられる妻の不倫の問題が突き付けられる。

和姦罪は徒刑二年

律令制度は、庶民に田を分け与え耕作させ、収穫の一部を税として治めさせることで国の経営が成り立っているから、田を分ける、つまり班田《はんでん》のためには一家を構成する人数の正確な把握が必要である。そのために戸籍が作られ、そこには夫、妻、妾《しょう》などの肩書で人名が記されている。有夫・有妻は法律的に明確である。

そこで有夫が他の男と、有妻が他の女とそれぞれ密通した場合に姦通罪が生じる。『養老律』雑律の姦条は、庶民の男と女が合意の上での姦通を和姦《わかん》とし、男女同罪で徒《ず》刑二年としている。二年間獄に拘禁して、強制的に労役に服させる刑で、今日の懲役刑だ。

律令政府は官僚には厳しく、他人の妻妾《さいしょう》を姦した場合、官位剥奪つまりクビにし、三年後に位を二等下して授ける規定である。位はもらっても、職が有るかどうかは別。人が余っている時代だから、破廉恥罪の前科者の再就職は難しかろう。五位以上は、職がなくても位相当のサラリーがあるからまだしも、無位だと職がなければ全くの無給料。

上級貴族や家柄がよいと救われる。故藤原宇合《うまかい》の妻で女官であった久米若売《わかめ》との姦通罪に問われて土佐国に流罪になった従四位下・左大弁の石上乙麻呂《いそのかみのおとまろ》（巻六・一〇一九～一〇二三）は、免罪されて最終官位は中納言従三位兼中務《なかつかさ》卿に至った例もある。

戦国諸大名の家法ではさらに厳しく、密夫・密婦殺害が法文化されている。武士階級が密通を極刑にしたのは、武士である夫の面目《めんぼく》を潰すという感情的な問題以外に、夫の権利増大、お家の血筋大切、そして妻を残し戦いに行く不安などからの処置であろう。

妻を残し戦いに行く不安、昭和の戦時中の手に触れて落ちた椿は、三浦綾子の小説『氷点』に描かれている。母は生死を彷徨《さまよ》う娘にとりすがって「あなたは戦時中に夫を戦地に送り出した銃後の妻が不倫してできた子供」と詫びる。

旧民法では、姦通罪は親告罪であり、被害者の告訴を必要とするが、被害者の夫は戦地におり、前線の兵士にそんなことはできない。そこで司法は、出征兵士の妻の姦夫に、妻の同意があっても、住居侵入罪を適応した。妻と合意の上で家に上がり込みながら、住居侵入罪というのは腑《ふ》に落ちない。法律の解釈・運用が国の政策に大きく影響を受けることをよく示している。一旦緩急ある時は、司法と雖も権力の犬に化すのだ。

あれこれ考え呆然《ぼうぜん》となって、うつろな心でいる広足。いや、妻に限って地に落ちることはない。紐の擦り切れた牛甘も、人の里に己妻を置いてきた防人も、広足も迷い心を振り切るように、しかし重い足取りで道を辿るのであった。

白村江《はくすきのえ》の敗戦後、中国と朝鮮が九州を攻略するという武力攻撃発生事態は避けられたが、仮想敵国の幻影におびえる政府は、防人派遣を止めようとはしない。それが続く限り、民の心は荒廃して背徳に走り、家族は崩壊に向かうのだ。

「どこまで続く泥濘《ぬかるみ》ぞ」と声張り上げて歌うが、泥濘は行軍を続ける悪路の具体的な描写であるばかりではない。奈良時代の防人の、昭和の防人の心の中の状態でもあったのだ。

今はもう神頼み

神坂峠の神に

強権の前に、何ができようか。神仏への祈願のみ。ただひたすら祈るしかない無力な民の切なくも悲しい行為だ。家族は戦地の父、夫、息子の命あることを神に祈り、戦地の兵士は銃後の家族の無事を祈る。

汝《な》を思ひ泣かぬ一日《ひとひ》もなしといふ　ははそはを神よ守らせ給へ　藤川忠治（『将兵万葉集』）

危地に赴く防人たちもすべてが神頼みだった。後に残るお母様、お父様、どうかご無事でいらっしゃいね！

ちはやふる　神の御坂《みさか》に　幣奉《ぬさまつ》り　斎《いは》ふ命《いのち》は　母父《おもちち》がため　（四四〇二）

信濃《しなの》国主帳《しゆちよう》埴科《はにしな》郡神人部子忍男《かむとべのこおしお》

子忍男は、着物の裾に取り付き泣く子を残して出立した他田舎人大島（四四〇一）と同じ信濃防人軍団の一人。後に残す父母が無事で過ごしてくれるように、峠の神に丁寧に幣を奉って祈願するのだ。

峠には神がいますので、どの峠でも「御」を付けて「御坂」と言う。なお、当時は峠という言葉はなく、

「坂」である。

神人部子忍男の着いた神の御坂は、長野県下伊那《しもいな》郡阿智《あち》村と岐阜県中津川《なかつがわ》市との間にある神坂峠《みさかとうげ》のこととされている。故郷の埴科《はにしな》郡を旅立ってすでに一五〇キロ歩いたのだ。

この峠は標高が一五六九メートルもあるので山道が険しく、尾根伝いの狭い道が長く続き、そのため尾根から落ちる者、途中で行き倒れになる者、暗い山道で足が止まり、これ幸いと盗賊に襲われる者など、危険極まりない東山道最大の難所であった。後に伝教大師最澄《さいちょう》は旅人救済のために、峠を挟んで両側に広《こう》済院《さいいん》と広拯院《こうじょういん》というお助け小屋を設置した。

南北を木曽山脈の恵那山と神坂山に挟まれた神坂峠は難所として知られる

峠の険峻さを示す有名なエピソードが『今昔物語集』にある。帰京する信濃守藤原陳忠《のぶただ》が尾根道から谷底に落ちたという話だ。もっとも、この話を有名にしたのは守ともあろう者が谷底に落ちたからではなく、救出されたときに、ヒラタケを抱えて生還し、「受領は倒るるところに土をつかめ」と言ったからで、国司のガメツサを露骨に示したからだ。
子忍男は「ちはやふる」と歌い始めるが、「ちはやふる」は「逸速《いつはや》ぶる」で神威を表す枕詞だ。峠にいまして旅人を難渋させる神坂峠の神は、この枕詞が相応しいまさに荒ぶる勢いの神であった。それゆえに捧げものをして神の御心を和らげ、無事に越えることができるように祈るのだ。
神坂峠の頂上近くにある神坂峠遺跡からは、祭祀で使用された滑石《かっせき》で作った鏡、刀子《とうす》、剣、本物の勾玉《まがたま》、臼玉《うすだま》、管玉《くだたま》、棗玉《なつめだま》などや須恵器《すえき》、土師器《はじき》、灰釉《かいゆう》陶器、鏡、刀子などが出土すること、碓氷峠と同じだ。これらが神に捧げた幣物《ぬさもの》である。

子忍男もこのような幣物を捧げ祈ったのだ、「峠の荒ぶる神様、贈り物を捧げますので、どうか私の命をお守りください。それは私自身のためではなく、命を全うして無事帰郷し、父母を安心させるためにです」。祈りながら子忍男は思ったに違いない、いかにいます父母、あゝ吾が父母如何におわすと。

阿須波の神に

神には天神もいれば地神もおり、合わせて八百万《やおよろず》の神という。霊験あらたかな神はどの神なのだろう。「どの神に手を合わせれば、聞き届けて、慕わしい母に再会し、話ができるのだろうか」と迷うのは大伴部麻与佐《まよさ》。その名も「迷さ」とは。

天地《あめつし》の　いづれの神を　祈らばか　愛《うつく》し母《はは》に　また言問《ことと》はむ　（四三九二）

下総国埴生《はにゅう》郡大伴部麻与佐

若麻績部諸人《わかおみべのもろひと》は防人書記を務めるだけあって、故郷の家は庭を構える住居らしい。庭には阿須波《あすは》の神を祀る祠があった。

庭中《にはなか》の　阿須波《あすは》の神に　小柴さし　あれは斎《いは》はむ　帰り来《く》までに　（四三五〇）

上総国　帳丁《ふみひとのよぼろ》若麻績部諸人

武の神である鹿島の神、香取の神なら馴染みがあるが、阿須波の神を知る人は少ない。元々は、宮中で坐摩巫《いかすりのみかんなぎ》によって祀られていた五神の中の一神である。「坐摩」という妙な言葉のイカスリはイカシリ（居《い》処領《かしり》）で、分解すると「坐《いか》」は居る処を意味し、「摩《すり》」は領《しり》の当字だそうだ。つまり坐摩《いかすり》と称される巫覡《ふげき》（男巫・女巫）によって祀られる阿須波の神は、足場、踏み場、土台、基盤など大地を守る神だ。

ついでに宮中五神というのは、生井《いくい》神（生き生きした井）・福井《さくい》神（栄える井）・綱長井《つながい》神（生命の長い井）・波比祇《はひき》神（境界）そして阿須波神（基盤）で、大地に密着し生活に関わる神々だ。神話によると、阿須波神の兄弟姉妹は九人で、いずれも竈《かまど》、屋敷、庭、農地など農業神で、東国の農民が祀る神に相応しい。

阿須波神に祈った若麻績部諸人の出身は上総国で今の千葉県。千葉県市原《いちはら》市市原に今でも祠のような阿須波神社がある。その辺りは、市原台地（阿須波台地）と呼ばれ、JR内房《うちぼう》線八幡宿《やわたじゅく》駅の南東二キロ程の距離、台地の西側の縁に阿須波神社はある。神社の下から西方東京湾方向に古代道路の跡が延びており、また神社の南東一キロ程のところには上総国の国府跡推定地、神社の南約二キロのところには国分寺跡がある。

東国防人の出身地は国郡まではわかっても、それ以上は把握できない中に、若麻績部諸人だけは特定できる稀有の存在だ。阿須波神社に手を合わせ、阿須波台地から眺めると、同じように眺めて故郷の冬気色を頭に刻み付けている諸人の幻像が浮かび上がってくるのだ。

諸人は何を祈ったのだろう。留守中の親や妻の健康安全か、それとも自身の武運長久か。

国巡《めぐ》る　獦子鳥《あとり》鴨鳧《かまけり》　行き巡り　帰《かひ》り来《く》までに　斎《いは》ひて待たね　（四三三九）　駿河国刑部《おさかべ》虫麻呂

阿須波（あすわ）神社の社（千葉県市原市）

第二句原文「阿等利加麻気利」に「獦子鳥鴨鳬」と難しい漢字を充てたが、鳥・鴨などから推察できよう。獦子鳥はアトリと呼ばれるスズメ科の鳥、鴨はカマと訛っているがカモ、鳬《けり》もカモの一種だそうだ。三種類の鳥はいずれも渡り鳥で、「この渡り鳥が国々を巡り来るように、私もあちこち巡って帰宅するまで、身を慎んで待っていてくださいね」と父母に願ったのだろう。「行き巡り」とあるのは、駿河国から多くの国を経て往還するからか、あるいは筑紫大宰府から、壱岐、対馬、その他の島々へ派遣されるからか。

故郷で見慣れた渡り鳥を巧みに詠み込み、東国農村の土の臭いを感じさせる。

父母《とちはは》え　斎《いは》ひて待たね　筑紫なる　水漬《みづ》く白玉　取りて来《く》までに　（四三四〇）　駿河国川原《かわら》虫麻呂

前の「獦子鳥鴨鳬」の歌の次に置かれている。こちらは「筑紫の海の真珠を土産に」と、家族の別れの暗さに滅入っている中に、九州観光旅行に行くような気楽な明るさに救われる。かつての戦時中は、「あゝ大君の御為に死ぬは兵士の本分ぞ」（「暁に祈る」）と歌わせられたが、防人たちは死ぬのが本分など考えてはいない。お土産を持って無事帰ることを神に祈っているのだ。

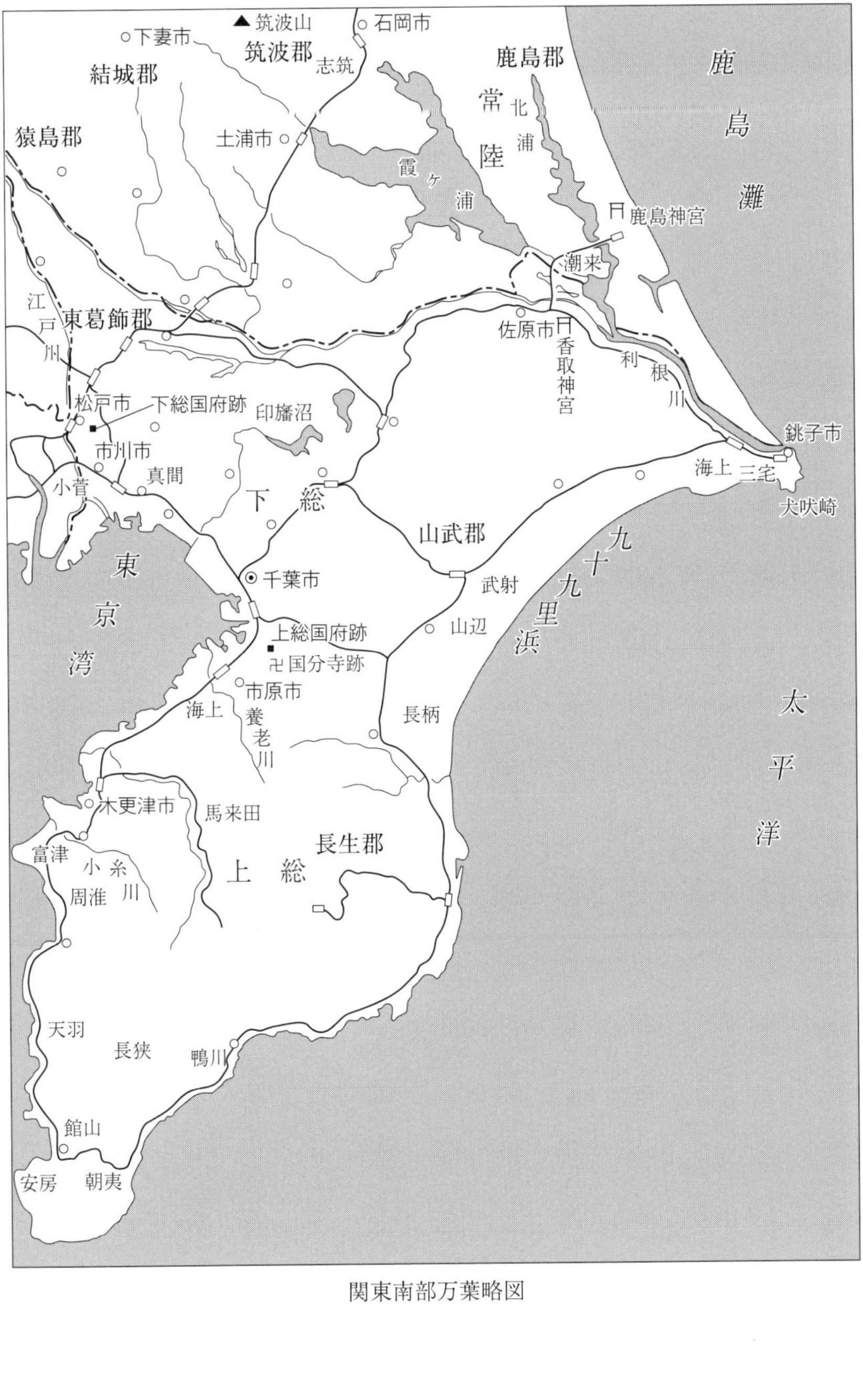

筑波山
石岡市
下妻市
筑波郡
志筑
鹿島郡
結城郡
鹿島灘
常陸
北浦
猿島郡
土浦市
霞ヶ浦
鹿島神宮
潮来
江戸川
東葛飾郡
佐原市
香取神宮
利根川
松戸市
下総国府跡
印旛沼
銚子市
市川市
真間
小菅
海上
三宅
犬吠崎
下総
山武郡
九十九里浜
東京湾
千葉市
武射
上総国府跡
山辺
国分寺跡
市原市
海上
養老川
長柄
太平洋
木更津市
馬来田
長生郡
富津
小糸川
周淮
上総
天羽
長狭
鴨川
館山
安房
朝夷

関東南部万葉略図

斎ふ

若麻績部諸人は阿須波の神に「斎《いは》ふ」（四三五〇）。大伴部麻与佐は「いづれの神を祈らばか」（四三九二）と「祈る」。「斎ふ」も「祈る」も現代語訳すれば共に「祈る」だが、「斎ふ」には忌《い》み身を慎むニュアンスが濃い。

斎いの方法には、神に幣物《ぬさもの》を奉る、紐や帯を解かない、斎瓮《いわいべ》を据えるなどの方法があった。最も徹底した斎いの例には、『三国志　魏書』倭人伝に倭人の習俗として描かれている持衰《じさい》だろう。倭人は中国に渡海する時に、安全渡海の呪術として、持衰《じさい》と呼ばれる厳しい禁忌を負わされた人物を伴う。

その行来《ゆきき》に渡海して、中国に詣《いた》るときは、恒《つね》に一人をして頭を梳《くしけず》らず、蟣蝨《しらみ》を去らず、衣服は垢《あか》づき汚れ、肉を食はず、婦人を近づけず、喪人《そうじん》の如くせしむ。これを名づけて持衰と為す。

ここまで徹底しなくても、これに近い方法で身を清めたのだろう。諸人《もろひと》が阿須波の神に祈願するのに、小柴を地面に挿したのは、神降臨《こうりん》のための神籬《ひもろぎ》なのか、祈りの方式なのか。

斎うには斎瓮《いわいべ》、つまり神聖な瓮《かめ》を据えるのが高度な方法であった。

大君の　命《みこと》にされば　父母《ちちはは》を　斎瓮《いはひへ》と置きて　参《ま》ゐで来《き》にしを　（四三九三）下総国結城《ゆうき》郡　雀部広島《さざきべのひろしま》

がそうだ。「されば」は、「しあれば」の約。

なぜ斎瓮を据えるのか、よくわからない。神酒を入れるのだという説が専らだが、神酒を入れた斎瓮という記述は一つもない。甕《かめ》の名を持つ武甕槌神《たけみかつち》は、大和政権の支配下と蝦夷の国境の鹿島に鎮座するし、瓮・甕は国境や家の入口、峠などに埋められたりしているので、瓮・甕に不思議な呪力を感じていたのだろう。小壺の中に住む仙人が、壺から出入りして幻術を行っていたという中国の壺中仙《こちゆうせん》の話、アラビアンナイトのアラジンの魔法のランプのように。

銃後の祈り

このように出征する防人も祈れば、銃後に残された妻も祈る、夫の武運長久、帰郷、再会を願って。「国中歩き廻り、あちらの神社こちらの神に幣物を捧げ、おいらを恋い慕っているに違いない妻が愛しくて愛しくて」と、思わずほろりとする五百麻呂《いおまろ》。

国々《くにぐに》の　社《やしろ》の神に　幣奉《ぬさまつ》り　我《あ》が恋すなむ　妹が愛《かな》しさ　（四三九一）　下総国結城《ゆうき》郡忍海部五百麻呂《おしぬみべのいおまろ》

大戦中、毎月八日の大詔奉戴日《たいしようほうたいび》には、日の丸の小旗を打ち振りながら参詣し、手を合わせた氏神様。あるいはお百度参りをして、夫や息子の無事を祈る女たち。昭和においても奈良時代においても、銃後の人々の唯一の救いが、神頼み。抵抗し難い強力な権力の網を被せられて、ただひたすら祈るしかない草莽《そうもう》の民の切なくも悲しい行為だった。

防人歌八〇パーセントが心の泥濘

防人本人の歌は全八七首であるが、彼らの歌の実に八〇%が心の泥濘、後顧の憂いであった。大君のため、忠君、尽忠の歌は僅か三パーセントに過ぎない。太平洋戦争の開戦の夜の情報局次長が、「醜《しこ》の御楯《みたて》」の精神が全防人の心であるかのように演説したのは、この上ない誇大広告であった。

防人歌の真実を知っていたのは、岩波文庫本『万葉集』を持って出陣した学徒だけであったかもしれない。『きけわだつみのこえ』や阿川弘之『雲の墓標の』学徒のような。

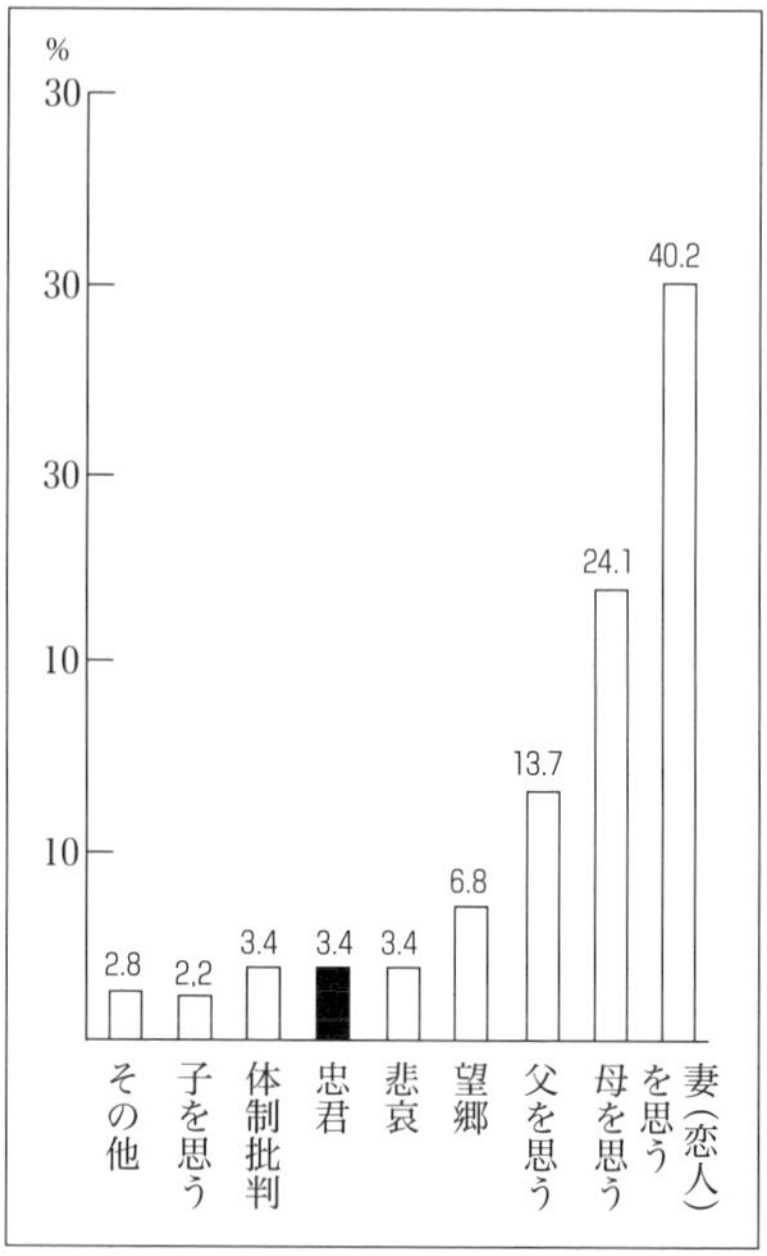

歌にみる防人の心
（防人本人の歌は全87首）

Ⅵ　家持は歌う、防人の悲しき別れを

再び対朝鮮半島有事

兵部省局長大伴家持

天平勝宝七歳（七五五）二月、東国を出発した防人軍団約二〇〇〇名が難波に集結したとき、迎えたのは兵部《ひょうぶの》使《つかいの》少輔《しょう》大伴宿禰家持だった。家持は二月の初め、桜の蕾の膨らみ花が咲きかけたころ竜田山を越え難波に到着している。

家持の所属する兵部省は軍事一切を掌る役所だ。長官の兵部卿の職掌は、武官・兵士の名簿作成管理、任官叙位、勲功《くんこう》審査、論功行賞《ろんこうこうしょう》などの人事、都や宮廷の警備に当たる衛府《えふ》・各国軍団・防人に関する軍務、兵器、城塞、烽台《のろしだい》を掌る。

組織は正四位下相当の兵部卿の下に正五位下の大輔《たいふ》・従五位下の少輔《しょう》、以下正六位下から正八位下相当の大丞・少丞・大録・少録が配置されている。兵部卿が防衛大臣なら大輔は事務次官、少輔家持は局長クラスか。

従五位上の家持が兵部少輔に任ぜられたのは、防人歌を収集した年の前年天平勝宝六歳（七五四）三七歳の時である。上司の兵部卿は橘奈良麻呂であった。大輔は家持の叔父稲公《いなきみ》だったが、家持任兵部少輔の際に上総守となり、交代者はわからない。

太政官内では、どちらかと言うと専守防衛派の左大臣橘諸兄よりは、積極的武力行使派の大納言兼紫微令の藤原仲麻呂の発言力が強い。大宰府には大弐吉備真備がいる。専守防衛であっても新羅の出方によってはいつ積極的武力行使に転換するかわからない。そのような国際的緊張状況の真っただ中に、家持も防人も投入されたのだ。

武力攻撃予想事態の出動待機のような状態の中で、なぜ兵部省の役人が防人歌を収集したのか。この問題は後に考えることにして、今、注目したいのは、収集責任者である家持が、防人歌読後の感想を長歌にして、防人歌群の中に留めていることである。

まず一覧にしよう。

防人歌群中の家持の歌

防人統括官家持の歌

二月六日　遠江国部領使、防人歌進上

二月七日　相模国部領使、防人歌進上

二月八日　家持「追ひて、防人の別れを悲しぶる心を痛みて作れる歌」三首（四三三一～四三三三）

二月七日　駿河国部領使、防人歌進上（実際に進上したのは九日）
二月九日　上総国部領使、防人歌進上
家持　防人への歌（四三三四〜四三三六）
二月十三日　家持「私《ひそか》に拙《つたな》き懐《おもい》を陳《の》べたる歌」三首（四三六〇〜四三六二）
二月十四日　常陸国部領使、防人歌進上　下野国部領使、防人歌進上
二月十六日　下総国部領使、防人歌進上
二月十七日　家持　難波の館において、防人に関わらない歌（四三九五〜四三九七）
二月十九日　家持「防人の情《こころ》と為りて思ひを述べて作れる歌」三首
（四三九八〜四四〇〇）
二月二十日　武蔵国部領使、防人歌進上
二月二十二日　信濃国部領使、防人歌進上
二月二十三日　上野国部領使、防人歌進上
二月二十三日　家持「防人の別れを悲しぶる情《こころ》を陳《の》べたる歌」四首
（四四〇八〜四四一二）

兵部省の役人であり防人統括の責任者、しかも武門の家大伴氏に生まれ、「海行かば　水漬《みづ》く屍《かばね》　山行かば　草生《む》す屍」（巻一八・四〇九四）と歌う家持であれば、

今日よりは　顧みなくて　大君の　醜の御盾と　出で立つわれは　（四三七三）

などと同様な、忠君愛国、忠勇無双、滅私奉公、不《ふ》惜身命《しゃくしんみょう》の叱咤激励歌を作るかと思いきや、何と、最初

の遠江国・相模国の防人歌を受け取り、感動して詠んだ長歌は、その題詞が示すように、「防人が家族との別れを悲しむ気持ちを痛んで詠む歌」。大君よりは家族、公よりは私に心を寄せた歌であった。

　防人歌の冒頭に置かれている遠江国出身物部秋持の「草《かえ》が共《むた》寝む妹なしにして」（四三二一）とその次の若倭部身麻呂《わかやまとべのみまろ》の「わが妻はいたく恋ひらし」（四三二二）にショックを受けたか。

　万葉歌を読む時には、概して短歌に偏りがちで、長歌を読むことは少ない。しかし、防人歌群の中に置かれた家持長歌は見逃すことのできない作品だ。防人歌にショックを受けた家持の長歌を、段落に分け、私が作ったタイトルを【　】内に付し、訓み下しと（　）内に口語訳を掲載する。口語訳では、必要のない限り枕詞は省略する。

哀れ防人

　防人の別れを悲しぶる心を痛みて作れる歌一首併《あわ》せて短歌　（四三三一～四三三三）

【朕惟《ちんおも》うに、筑紫国は外敵防御の砦《とりで》なるぞ】
天皇《おほきみ》の　遠《とほ》の朝廷《みかど》と　しらぬひ　筑紫の国は　敵《あた》守る　鎮《おさへ》の城《き》そと
（天皇の出先機関として、筑紫の大宰府は、外敵を防ぐ鎮護の砦であるぞと）
【朕惟《ちんおも》うに、勇敢なのは東男】
聞《きこ》し食《め》す　四方《よも》の国には　人多《さは》に　満ちてはあれど　鶏《とり》が鳴く　東男《あづまをのこ》は　出《い》で向ひ　顧みせずて　勇みたる　猛き軍卒《いくさ》と　労《ね》ぎ給ひ
（お治めになる天下四方の国には、人も数多く満ち溢れてはいるが、天皇は「東国の男子は、敵に立

ち向かい身を顧みないで勇敢な武人《もののふ》であるぞ」と、激励され）

【さらば祖国よ、母よ、妻よ】

任《まけ》のまにまに　たらちねの　母が目離《か》れて　若草の　妻をも枕《ま》かず　あらたまの　月日《つきひ》数《よ》みつつ　蘆《あし》が散る　難波の御津《みつ》に　大船《おほぶね》に　真櫂繁貫《まかいしじぬ》き　朝凪《あさなぎ》に　水手《かこ》整へ　夕潮に　楫《かぢ》引き撓《を》り　率《あども》ひて　漕ぎゆく君は

（天皇の任命のままに、母の許を離れ、若妻を抱くこともできず、家族に会える月日を指折り数え、難波港で大船の両舷に櫂を沢山貫き、朝なぎに水夫を指揮し、夕潮に梶を操らせて、号令に合せて漕いで行く貴方は）

【命《いのち》御無事でお帰りを】

波の間を　い行きさぐくみ　真幸《まさき》くも　早く到りて　大王《おほきみ》の　命《みこと》のまにま　大夫《ますらを》の　心を持ちて　あり廻《めぐ》り　事し終らば　障《つつ》まはず　帰り来ませと

（波の間を押し分けて進み、つつがなく早く筑紫に着いて、大君の勅に従い、武人《ますらお》の心を堅持して各地を廻り、任務が終わったら支障なく帰って来てくださいねと）

【凱旋《がいせん》遊ばすその日まで、銃後の妻は祈ります】

斎瓮《いはひべ》を　床辺《とこへ》に据《す》ゑて　白妙《しろたへ》の　袖折り反し　ぬばたまの　黒髪敷きて　長き日《け》を　待ちかも恋ひむ　愛《は》しき妻らは

（斎瓮を床辺に掘り据え、袖を折り返し、黒髪を敷くという呪術を行い、長い間待ち恋い慕うであろう、いとしい妻たちは）

右は、二月八日、兵部使少輔大伴宿禰家持

公私の狭間に

家持はプライベートな立場で読後感を述べているのではなく、公人としての作であることは、歌の後に肩書付きの署名があることでわかる。そのためか、歌い出しは「天皇《おほきみ》の　遠《とほ》の朝廷《みかど》と　しらぬひ　筑紫の国は　敵《あた》守る　鎮《おさへ》の城《き》ぞ」と極めて荘重に訓示的に始める。天皇の言葉「鶏《とり》が鳴く　東男《あづまをのこ》は　出《い》で向ひ顧みせずて　勇みたる　猛き軍卒《いくさ》」も、聖武天皇譲位の勅に、「是の東人《あづまびと》は常に云《い》はく、『額《ひたひ》に箭《や》は立つとも背には箭は立たじ』と云ひて、君を一つ心を以て護るものぞ」を受けている。それだから東男は可哀そうなことに、聖武以来、陸奥《みちのく》の蝦夷《えぞ》征討には動員されたのだ。

ここまでは兵部省役人で防人統括官に相応しい表現だが、ここで一変する。東男は「顧みせずて　勇みたる　猛き軍卒《いくさ》」でも「額に箭は立つとも背には箭は立たじ」でもない。妻との別れを悲しむ男に過ぎないことを、家持は綿々として歌うのだ。長歌の主旨は、長歌の最後のフレーズ「待ちかも恋ひむ　愛《は》しき妻らは」、また反歌（短歌とあるが）二首、

大夫《ますらを》の　靫《ゆき》取り負《お》ひて　出《い》でて行けば　別れを惜しみ　嘆きけむ妻　（四三三二）
鶏《とり》が鳴く　東男《あづまをのこ》の　妻別れ　悲しくありけむ　年の緒《を》長み　（四三三三）

が、十分語っている。家持は四三三二歌の上《かみ》の句で「大夫《ますらを》の　靫《ゆき》取り負《お》ひて」と、背に矢を入れる靫を背負った東男の勇姿を読者にインプットし、下《しも》の句で「嘆きけむ妻」、四三三三歌では「東男《あづまをのこ》の妻別れ悲しくありけむ」と逆転させる。妻は嘆き東男も別れの年月が長いので、悲しかろうと、同情する。

聖武勅のいう勇猛果敢な東男のイメージと、現実に目《ま》の当たりにした人間味あふれる東男、その落差に

家持は戸惑い、公人として歌い始め、悩みながら結局は私人に堕したのだ。いや、家持だけではない。家持の心をそこに誘引した防人の歌、特に「大君の命畏み」と歌い始めた歌は、どれも公人防人と私人東男の狭間の苦悩の表出であった。

決して紐を解くなよ

長歌を作った翌九日に、短歌三首を詠む。第一首目は兵部省役人の姿を髣髴《ほうふつ》させるお説教じみた歌だ。

海原《うなはら》を　遠く渡りて　年経《ふ》とも　児《こ》らが結べる　紐解くなゆめ　（四三三四）

旅立ち前に、永遠に変わらぬ愛の誓いを込めて、夫婦互いに紐を結び合う呪術の話はした。その誓いを固く護る意思表示をした防人もいた。

わが妹子《いもこ》が　偲《しぬ》ひにせよと　着けし紐　糸になるとも　吾《わ》は解かじとよ　（四四〇五）

上野国朝倉益人だ。だが中には意識的に解く者もいた。意識的に解くということはその誓いを反故にすること。だがそれは呪術的要素だけではなく、セクシャル的行為をも意味する場合もあった。先に例として挙げた陸奥の男の歌、

筑紫なる　匂《にほ》ふ子ゆえに　陸奥《みちのく》の　香取乙女《かとりをとめ》の　結ひし紐解く　（巻一四・三四二七）

などがそれだ。

この陸奥男だけではなく、筑紫女に心奪われ、妻との契りを破ってしまう防人は少なくなかった。それ

二上山（富山県）の頂上に立つ越中万葉歌碑・大伴家持像

だから防人管轄官大伴家持は、「児らが結べる紐解くなゆめ」と諭したのだ。

家持は以前にも同じような訓諭を垂れたことがある。越中守であった時、都から連れてきた部下の史生《ししょう》尾張少咋《おわりのおくい》が地元の遊行女《うかれ》婦《め》といい仲になり、後ろ指を指されるような有様。その少咋には都に妻がいる。家持は、「七出《しちしゅつ》の例に云《い》はく、……。三不去《さんふきょ》に云はく、……」と民法に当たる律令の戸令《こりょう》や重婚を禁じた戸婚律《ここんりつ》、まだ足りないと思ったのか天皇の勅まで挙げて諭し、「大汝《おほなむち》　少彦名《すくなひこな》の　神代より　言ひ継ぎけらく」（巻一八・四一〇六）と長歌に作り、「紅色の衣は美しいが色褪《あ》せるぞ。黒くて見栄えはしないが肌に馴染む橡《つるばみ》染の衣に及ぼうか」と遊行女婦を紅の衣、都の古女房を橡の衣に譬て諭した。

紅《くれなゐ》は　移ろふものぞ　橡《つるはみ》の　馴《な》れにし衣《きぬ》に　なほ及《し》かめやも　（巻一八・四一〇九）

今回も難波で、この調子で訓示を垂れたのだろう、「黒いが肌に馴染む橡の妹を裏切るな」と。愛しい妹を橡色にたとえられた防人たちは、苦笑したに違いない。「おいらの妹は紅だぞ」と。

お説教じみた歌の次は、

今替《かけ》る　新防人《にひさきもり》が　船出《ふなで》する　海原《うなはら》のうへに　波な咲きそね　（四三三五）

である。「海上に荒波よ立つな。新兵さんの乗っている船の船出なのだから」と、家持は海の神に安全を祈願するのである。

防人の　堀江漕ぎ出《づ》る　伊豆手舟《いづてぶね》　楫《かぢ》取る間なく　恋は繁《しげ》けむ　（四三三六）

家持は手元にある防人歌をじっと見つめていたに違いない。遠江国の防人若倭部身麻呂《わかやまとべのむまろ》は

わが妻は　いたく恋ひらし　飲む水に　影《かご》さへ見えて　世に忘られず　（四三二二）

と嘆き、物部古麻呂は、

わが妻も　絵に描《か》きとらむ　暇《いづま》もが　旅行く吾《あれ》は　見つつ偲《しの》はむ　（四三二七）

と、妻の面影を心の奥に刻み込もうとする。彼らの妻恋い。家持は「恋は繁けむ」、妻恋いの激しさを思い遣り、その激しい思いを抱き防人は、目前の堀江を伊豆製の艀を漕ぐ手を絶え間なく動かし出て行く。「絶え間ないのは手だけではない、妻恋の心もなのだ」と心落ち込む家持である。

そきだくも　おぎろなきかも

次いで二月九日に駿河国と上総国の防人歌が上進され、しばらくおいて十三日に家持は長歌一首に反歌

二首を作るが、タイトルに「私に拙き懐を陳べたる歌《ひそかつたなおもひの》」とあって「防人」とはないように、一見、直接防人には関係のないように思われる難波国讃歌だが、「お前たちはこの輝かしい都の在った大君の御代防衛の任に就くのだぞ」と、防人激励の心を込めたのではないか。

冒頭を、

天皇《すめろき》の　遠き御代にも　押し照る　難波の国に　天《あめ》の下　知らしめきと　今の緒《を》に　絶えず言ひつつ
懸けまくも　あやに畏し

と、「遠い天皇の御代にも、難波で天下を支配なさったと、今の代にまで絶えず言い続け、口に掛けて申すも実に畏れ多い」と荘重に歌い出す。

「難波の浜に出て海原を見渡すと、白波の押し寄せる波の上で、天皇の食事に奉仕しようと、点々と漁船が釣りをしている」と、

浜に出《い》でて　海原《うなはら》見れば　白波の　八重《やへ》折るが上《うへ》に　海人《あま》小舟　はららに浮きて　大御食《おほみけ》に　仕へ奉《まつ》ると　遠近《をちこち》に　漁《いざ》り釣りけり

と、歌う。余りにも哀愁満ちた防人歌に連日接し、滅入った心をリフレッシュさせるための、難波の都が栄えたころの仁徳朝回顧か。

そして長歌を、

そきだくも　おぎろなきかも　こきばくも　ゆたけきかも　ここ見れば　うべし神代ゆ　始めけらしも　（四三六〇）

と、締める。「そきだくも」「おぎろなき」「こきばくも」と一般の古語辞典にも出ていない聞きなれない古語が並ぶ。原文は「曽伎太久毛　於藝呂奈伎可毛　己伎婆久母」など万葉仮名で書かれているので、漢字からは意味は取れない。専門的な辞典ではこれらの語句の出典に、この家持長歌を引く。

私の記憶は定かではないのだが、戦時中、宮城（皇居）前祝典か、茨城県に満蒙《まんもう》開拓青少年義勇軍育成のために設置された内原訓練所の集会かで、万歳や弥栄《いやさか》と共にこの呪文のような言葉が唱えられた記憶があるのだが。確かなことは、昭和十六年（一九四一）十二月八日の対米英宣戦布告の日に、その感激を折口信夫が、

天地に響きとほりておぎろなる　神の御言《みこと》を下《くだ》し給へり　（戦争歌集『天地に宣る』）

と歌ったことである。「神」は「現人神《あらひとがみ》」で昭和天皇、「御言」は宣戦布告の勅語である。「おぎろ」は広大、甚大の意で、「そきだくも」「こきばく」も甚だしくであり、「たいへん、たいへん、たいへん豊かな」ということ。

家持長歌のこの超古代的な部分が、意外なところで息吹き返した。平成八年（一九九六）四月、クリントン大統領を迎えての宮中晩餐会における大統領の謝辞においてである。

今夕は、両陛下のおもてなしに授かる光栄を私達に与えて下さり、世界に冠たる日本の気品と優雅さをもって私達を迎えて下さいました。千二百有余年前、貴国の偉大な歌人大伴家持は、「そきだくもおぎろなきかも　こきばくもゆたけきかも　ここ見れば　うべし神代ゆ　始めけらしも」(あんなにも広々としていることか　こんなにも豊かであることか　このさまを見ると　神代の昔から宮殿をここに設けられたのも当然だろう)、と詠んでいますが、私達も今夕、友人への礼讃という古からの伝統を体現しているこの壮麗な宮中で歓迎を受けました。

もちろん、下書きをした宮内庁役人の入れ知恵だろうが、日本人さえほとんどが知らない家持長歌を、アメリカ人が引用したことへの驚きとともに、神国日本、宮城、現人神《あらひとがみ》などの言葉が脳中に去来するのは、私だけだろうか。

クリントン大統領来日目的は、日米安保体制の重要性を確認し、総理橋本竜太郎と日米安全保障共同宣言に署名を行うことであった。

自己韜晦

家持は「そきだくも　おぎろなきかも」の長歌の反歌二首で豊かに栄える難波の海を歌う。

桜花《さくらばな》　今盛《さかり》なり　難波《なには》の海《うみ》　押し照る宮に　聞《きこ》し召すなへ　(四三六一)

海原《うなはら》の　ゆたけき見つつ　蘆《あし》が散る　難波に年は　経《へ》ぬべく思ほゆ　(四三六二)

家持は「独り」難波堀江に立つ。現実には、哀愁満ちた歌を残した防人の船が浮かぶ。それを打ち消すかのように、桜の満開な光り輝く難波の海を幻想する家持であった。防人歌進上を受けて以来、陰鬱に満ちている自己の心的状態を包み隠そうとするかのような、自己韜晦《とうかい》の歌ではないか。

自己韜晦的な歌は、常陸国、下野国、下総国の防人歌に接した後の、十七日の三首にも継続する。「竜田山の桜花を惜しむ歌」（四三九五）、「堀江に浮かんだ木屑《きくず》の歌」（四三九六）、「江南《こうなん》の美女の歌」（四三九七）の三首である。

竜田山と木屑の歌は題詞に「独り」と断る。美女の歌も「独り」とはないが、同じだろう。

見渡せば　向《むか》つ峰《を》の上《へ》の　花にほひ　照りて立てるは　愛《は》しき誰《た》が妻　（四三九七）

題詞には「館《やかた》の門《かど》に在りて江南の美女を見て作れる歌」とある。独り堀江に佇み思いにふけり、それを歌に作り出す。先の歌と同様に、自己韜晦を選択したかのように、現実の防人軍団集結の「暗」とは裏腹に、桜花の咲き誇り美女の立つ「明」の世界を繰り広げるのである。満開の桜花と美女の取り合わせは美しい春の風景だが、家持の心は暗く悲しい。家持の名歌、

うらうらに　照れる春日《はるひ》に　雲雀《ひばり》あがり　情《こころ》悲しも　独りし思へば　（巻一九・四二九二）

を想起するのは、私だけだろうか。

「見渡せば」の歌は題詞には「江南」とあり樹下美人という歌の内容を勘案すると、舶来の知識による。そこに駐留する防人、己はその統括官、それ等とは無関係のような江南の樹下美人の歌、自己韜晦《じことうかい》の家持だろうか。源平の戦乱のなかにあって『新古今集』の撰者藤原定家は「紅旗征戎《こうきせいじゅう》は我がことに非ず」と、

高踏《こうとう》的態度を取った。「紅旗」は平家の赤旗、「それを朝廷方が退治しようとしまいと私には関係なし」と言うのだが、定家流の、風流の世界に沈潜しようとする家持を考えるべきか。

軍靴の響き

家持の代表作と言われている「うらうらに」の歌は天平勝宝五年（七五三）の作、新羅大使や遣唐使が出先で新羅と争い、翌年には新羅攻略派の吉備真備が大宰大弐となるという、朝鮮半島危急の状況の年である。家持が兵部少輔になったのは同年、防人歌はそのまた翌年勝宝七歳（七五五）のことだ。家持はこの歌に自ら左注を付ける。

春日《はるのひ》は遅遅《うらうら》として、鶬鶊《ひばり》正《まさ》に啼《な》く。悽惆《せいちう》の意《こころ》は歌に非《あら》ずは撥《はら》ひ難《がた》し。仍《よ》りて此の歌を作り、式《も》ちて締《むすぼ》れし緒《こころ》を展《の》ぶ。

「春はうらうらに、雲雀が囀る。痛む心は歌によらなければ払い難い。だからこの歌で鬱結《うっけつ》した憂鬱な心を晴らすのだ」。春の物憂さの中で雲雀の鳴き声をうっとりと聞く家持。日本画の画材にふさわしい。しかし、これが中国初の漢詩集『詩経《しきょう》』中の詩「出車《しゅっしゃ》」の語句を使用しているのだと知ると、画材のような家持のイメージは一変する。この「出車」は北狄玁狁《ほくてきけんいん》の侵入に立ち向かって戦車を出し戦う詩だからだ。

春日遅々《しゅんじつちち》たり　卉木萋々《ききせいせい》たり　倉庚喈々《そうこうかいかい》たり　蘩《はこべ》を采《と》ること祁々《きき》たり

「うらうらと春日照り、草も木も茂り、黄鳥《うぐいす》は頻《しき》りに鳴き、ハコベを採る季節になった」そのような季節に敵を平らげ赫々《かくかく》たる武勲を挙げて戦車は凱旋《がいせん》するのである。「出車」の語句を引用する家持の脳中に、戦いがちらちらしていたことは疑いない。家持の耳には既に軍靴《ぐんか》の響きが聞こえていた。防人の軍靴の響きが。

難波讃歌の長歌と自己韜晦的な反歌三首、一見防人歌と無関係のようにも見えるが、この歌群は単なる花鳥風月ではなく、防人歌があってこそ、成り立っていることを知らねばならないのだ。

十九日に到って再び防人の世界に戻り、長歌と反歌二首を作る。タイトルは「防人の情《こころ》と為りて思ひを陳《の》べて作れる歌」。

ソフトな歌い出し

防人の情《こころ》と為りて思ひを陳《の》べて作れる歌一首併せて短歌（四三九八―四四〇〇）

【鹿島立ち】
大君の　命畏《みことかしこ》み　妻別れ　悲しくはあれど　大夫《ますらを》の　情《こころ》振り起《おこ》し　とり装《よそ》ひ　門出《かどで》をすれば
（天皇の命令を畏み、妻との別れは悲しいが、勇者の心持ちを奮い立たせ、戎衣《じゅうい》に戎具《じゅうぐ》を着けて旅立ちすると）

【涙の別れ】
たらちねの　母掻《か》き撫《な》で　若草の　妻は取り付き　平《たひら》けく　われは斎《いは》はむ　好去《まさき》くて　早還《はやかへ》り来《こ》と
真袖《まそで》持ち　涙をのごひ　むせひつつ　言問《ことど》ひすれば

（母は頭を撫で、妻は取りすがり、「御無事でと私は祈りましょう。どうかつつがなく早くお帰りになって」と両袖で涙をぬぐい、むせび泣きしながら語り掛けるので）

【さらば祖国よ】

群鳥《むら》の　出《い》で立ち難《かて》に　滞《とどこほ》り　顧みしつつ　いや遠《とほ》に　国を来離《きはな》れ　いや高《たか》に　山を越え過ぎ

（群鳥のように出で立つこともできず、足も停滞《ていたい》し振り返りつつ、ますます遠く故郷を離れ、いっそう高い山を越えてきて）

【今朝は出船か】

蘆《あし》が散る　難波に来居《きゐ》て　夕潮に　船を浮け据《す》ゑ　朝凪《あさなぎ》に　舳《へ》向け漕がむと　候《さもら》ふとわが居《を》る時に

（難波に到着して、夕潮の満ちてくるときに、船を浮かべ漕ぎ出そうと待機しているときに）

【鳴いてくれるな、蘆間の鶴よ】

春霞　島廻《しまみ》に立ちて　鶴《たづ》が音《ね》の　悲しく鳴けば　遥々《はろばろ》に　家を思ひ出《で》　負征矢《おひそや》の　そよと鳴るまで　歎きつるかも

（春霞が立ち、鶴が悲しそうに鳴くので、遙か我が家を思い出し、体を揺るがして背中の矢が「そよ」と音を立てるほど嘆き泣いたのだ）

家持が同情した防人の心は、末尾の句「遥々《はろばろ》に　家を思ひ出《で》」「歎きつるかも」や、次の反歌二首の「国《くに》辺《へ》し思ほゆ」「家思ふと寝《い》を寝《ね》ず居《を》れば」が示している。

海原《うなはら》に　霞たなびき　鶴《たづ》が音《ね》の　悲しき宵《よひ》は　国辺《くにへ》し思ほゆ　（四三九九）

家思《いへおも》ふと　寝を寝ず居《を》れば　鶴《たづ》が鳴く　蘆辺《あしへ》も見えず　春の霞に　（四四〇〇）

先の「防人の別れを悲しぶる心」（四三三一）の長歌は締めが「長き日を　待ちかも恋ひむ　愛《は》しき妻らは」で夫を恋う妻を客観的に詠むが、この長歌は家を思う夫の身になって主観的詠である。

妻は夫を思い、夫は妻を思う防人の夫婦愛にほだされてか、先の長歌の歌い出し「天皇の　遠の朝廷としらぬひ　筑紫の国は　敵守る　鎮の城《き》そと」（四三三一）などという大上段に振りかぶったいかにも兵部省のお役人らしきハードな表現は、後の長歌では影失せ、「大君の　命畏《みことかしこ》み　妻別れ　悲しくはあれど」と核心に入るソフトな表現に変わっている。客観的詠と主観的詠と、ハードな歌い出しとソフトな歌い出しと、今の長歌の方が防人同情の心が遙かに高まっているように思われるのだ。

両長歌に共通しているのは、天皇からは「勇みたる猛き軍卒」（四三三一）とおだてられ、妻からは「大夫の心を持ちて」（四三三一）と励まされ、自身も「大夫の情《こころ》振り起し」（四三九八）門出をしながらも、結局は家族恋しという私的感情に堕す防人の姿を歌っていることだ。

劇場型別れ

家持がもう一首長歌を作ったのは、上野国が防人歌を進上した二月二十三日である。タイトルは最初の長歌にほぼ等しい「防人の別を悲しぶる情《こころ》を陳《の》べたる歌」であるが、防人に同情した長歌前二首に比して、大作である。冒頭で「大王《おほきみ》の　任《まけ》のまにまに　島守《しまもり》に　わが立ち来《く》れば」と、家持は防人の身となって歌うことを明確に示す。

防人の別を悲しぶる情《こころ》を陳《の》べたる歌一首併《あは》せて短歌（四四〇八―四四一二）

【家族の嘆き】

大王《おほきみ》の　任《まけ》のまにまに　島守《しまもり》に　わが立ち来《く》れば　ははそ葉《ば》の　母の命《みこと》は　御裳《みも》の裾《すそ》　つみ挙げかき撫で　ちちの実の　父の命《みこと》は　栲綱《たくづの》の　白鬚《しらひげ》の上《うへ》ゆ　涙垂《た》り　嘆き宣《の》たばく　鹿児《かご》じもの　ただ独りして　朝戸出《あさとで》の　愛《かな》しきわが子　あらたまの　年の緒長く　相見ずは　恋しくあるべし　今日だにも言問《ことど》ひせむと　惜しみつつ　悲しび坐《ま》せ　若草の　妻も子どもも　遠近《をちこち》に　多《さは》に囲《かく》み居《ゐ》　春鳥《はるとり》の　声の吟《さまよ》ひ　白栲《しろたへ》の　袖泣き濡らし　携《たづさ》はり　別れかてにと　引き留《とど》め　慕《した》ひしものを

（大君が任命するままに、防人に私が出て来る時、母君は裳の裾をつまみ上げ、わたしを撫でてくれ、父君が白い髭に涙を垂らして言われたのは、「家族を離れ独りぼっちで門出するいとしの我が子よ。年月長く逢わなかったら、さぞ恋しかろう。せめて今日だけでも語り合おう」と、名残を惜しんで悲しまれる。妻も子供たちも、ここかしこに群がって身を寄せ合い、うめき悶《もだ》えて袖を泣き濡らし、手を取り合い、別れ難いと、わたしを引き留めてあとを追ったが）

【苦悩の道行】

天皇《おほきみ》の　命畏み　玉桙《たまほこ》の　道に出《い》で立ち　岡の崎　い廻《た》むる毎《ごと》に　万度《よろづたび》　顧みしつゝ　遙遙《はろばろ》に　別れし来《く》れば　思ふそら　安くもあらず　恋ふるそら　苦しきものを　現世《うつせみ》の　世の人なれば　たまきはる　命《いのち》も知らず　海原《うなはら》の　畏《かし》き道を　島伝《づた》ひ　い漕ぎ渡りて　あり廻《めぐ》り　わが来《く》るまでに　平《たひら》けく親はいまさね　障《つつみ》無く　妻は待たせと　住吉《すみのえ》の　あが皇神《すめかみ》に　幣奉《ぬさまつ》り　祈り申して

（天皇の仰せの恐ろしさに旅路について、岡の端を曲がるたびに何遍も故郷の方を振り返り続けて遙々と別れて来ると、心安らかでなく、家族を恋い慕う気持は苦しいもの。この世に生きている人間なので先の命《いのち》は保証できず。恐ろしい海路を島伝いに漕いで巡る任を終えて帰郷するまで、「お父様お母様はお変りなくいらっしゃり、妻よ差し障りなく待っていておくれ」と、住吉のお社の神に幣を捧げてお願い申して）

【出船】

難波津に　船を浮け据《す》ゑ　八十《やそ》楫貫《かぬ》き　水手《かこ》整《ととの》へて　朝開き　わは漕ぎ出《で》ぬと　家に告げこそ

（四四〇八）

（難波津に船を浮かべて、梶をいっぱい貫き通し、水夫を揃えて朝早く私は船出したと　家に告げてくれよ）

これはまた、家族総出で出征兵士を見送る劇場型長歌だ。

防人「大王《おほきみ》の　任《まけ》のまにまに　島守に　わが立ち来れば」
母「ははそ葉《ば》の　母の命は　御裳《みも》の裾　つみ挙げ　かき撫で」
父「ちちの実の　父の命は　栲綱《たくづの》の　白鬚《しらひげ》の上ゆ　涙垂《た》り　嘆き宣《の》たばく　『鹿児《かこ》じもの　ただ独りして　朝戸出の　愛《かな》しきわが子　あらたまの　年の緒長く　あひ見ずは　恋しくあるべし　今日だにも　言問ひせむ』と　惜しみつつ　悲しび坐《いま》せ」
妻子「若草の　妻も子どもも　遠近《をちこち》に　多《さは》に囲《かく》み居　春鳥の　声の吟《さまよ》ひ　白栲の　袖泣き濡らし　携はり　別れかてにと　引き留め　慕ひしものを」

母がかき撫でる情景は駿河国丈部《はせつかべ》稲麻呂「父母が頭かき撫《な》で幸《さ》くあれ」（四三四六）、上総国物部《もののべ》乎刀《おと》良《ら》の「わが母の袖持ち撫《な》でて」（四三五六）があり、さもありなんと思うのだが、父の描写は並ではない。防人が父を歌い込んだ歌はあるが、父親自身の登場する歌は、上総国日下部《くさかべ》使主《のおみ》三中《みなか》の父の「汝《な》が佩《は》ける大刀《たち》になりても斎《いは》ひてしかも」（四三四七）と歌ったのと、この家持長歌においてだけである。三中の父は「共に行きたい」と悲しみを嚙み殺しながら歌うだけだが、家持は父親に綿々と悲哀のセリフを涙交じりにかき口説かせるのである。

防人が自身の妻に「若草の」を冠した歌はないが、家持は防人の妻に長歌三首とも「若草の」を枕詞とする。それは単なる飾り言葉ではなく、若草の初々しい柔らかなイメージを込め、それを置いて行く防人の心中を察しやるのである。

昔年の防人歌に「愛《かな》し妹が手枕《たまくら》離れあやに悲しも」（四四三二）があったが、そのような情景を意識しながら家持は、「妹」に「若草の」と冠し、まだ若い防人は「若草の妻をも枕かず」（四三三一）征くとするのだ。

出て行く夫に絡まりしがみつく妻もいた。上総国丈部鳥の妻は「茨《うまら》の末《うれ》に這《は》ほ豆」（四三五二）のようにしがみついた。家持はその歌が頭にあったのだろうか、「若草の妻は取り付き」（四三九八）と歌うではないか。若草のような妻を点描することにより、大君の命を畏み、任のまにまに出て征く防人の悲哀を家持は一層増幅したのだ。

反歌では、東の方へ流れる雲は故郷への使いだというが、雲では土産を送ることはできず、託す方法もないよと家族との絆の断絶を嘆く。

み空行く　雲も使と　人はいへど　家裏《いへづと》遣らむ　たづき知らずも　（四四一〇）

それでも防人たちは家への土産に貝をしようと、浜波が一層頻りに寄せるにもかかわらず、拾っているよ。綺麗な貝なら海に接していない上野《かみつけ》や下野《しもつけ》の国の家族は珍しがろうから。

家裏《いへづと》に　貝そ拾《ひり》へる　浜波は　いやしくしくに　高く寄すれど　（四四一一）

使が無くて困るのは、家裏を送る手段がないだけではない。これから乗る船が既に島蔭に停泊しているのだよと、家族に伝える方法もない。俺は出船を伝えることもなく故郷を思い続けて出て征くのか。

島蔭《しまかげ》に　わが船泊《は》てて　告げやらむ　使を無みや　恋ひつつ行かむ　（四四一二）

もしも、故郷の方に帰る人がいたならば、私の無事を祈っている家族のおかげで、無事に難波津から船出したよと、親に伝えてくれよ。

家人《いへびと》の　斎《いは》へにかあらむ　平《たひら》けく　船出《ふなで》はしぬと　親に申さね　（四四〇九）

家持は、家族との絆を大切にすることを歌って、長歌を締めくくるのである。

防人を歌った家持歌の総決算が、家族総出のこの劇場型長歌だ。この長歌一首に万感の思いを託したのである。

私はこの家持長歌を読みながら、防人の幻像を鮮やかにクローズアップさせている家持の力量に感嘆するのだが、論者の多くの評は芳しくない。「哀愁の情に満ちた作で、武人の雄々しさは歌われていない。家持の性格による」（澤瀉久孝）、確かにそうだ。鬼軍曹の「顧みなくて大君の醜の御盾」になるなどという気負った立場に家持は身を置いていないのだ。「叙述が詳しくなっている割には内容が締まらない」（木下正俊）、「至って感興の乏しい平凡な作」（武田祐吉）と否定的である中に、「防人の心情をありのままにさしく読み取っている」とする手崎政男先生の見解に拍手したい。

昭和の防人として沖縄で特攻戦死した上原良司の

人の世は別るるものと知りながら　別れはなどてかくも悲しき（神坂次郎『今日われ生きてあり』）

を思い出すのである。上原は律令時代の地名で言うならば、信濃国安曇《あずみ》郡の人で、安曇郡には上田市に在った国府から保福寺峠を越え美濃国との境御坂峠に向かう東山道が通っていた。あの他田《おさだ》舎人大島（四四〇一）の通った道である。

後編　防人歌以後

Ⅰ　大宰府の防人

大宰府へ

防人大宰府到着

天平勝宝七歳（七五五）二月に郷里を出発した防人は、三月初旬に難波を出港、大宰府までは一か月はかかるから、大宰府到着は四月頃か。

防人歌は難波で上進されたから、これから先の歌はない。『万葉集』の防人歌のみを読むのであれば、この先は必要ないのだが、防人が大宰府でどのように生きていたのかを考える誘惑を払拭しがたいのだ。特に天平勝宝七歳度の防人は、意外な結末を迎えた可能性があるからだ。

防人到着を待ち迎えた天平勝宝七歳の大宰府高官は、次のメンバーである。

帥　石川年足《としたり》　後年新羅討伐を企てる藤原仲麻呂が設置した紫微中台《しびちゅうだい》の次官の紫微大弼《しびだいひつ》をかつて務めた。難波出港の防人を激励した勅使安倍沙弥麻呂も紫微大弼だった。

大弐　吉備真備　唐から帰朝の最先端戦術所有の軍事専門家。天平勝宝八歳（七五六）には新羅防衛のために怡土《いと》城を築いた。

少弐　小野田守　前にも少弐を務め、天平勝宝五年（七五三）に遣新羅大使となり新羅に渡ったが、礼を失した扱いを受け、任務を果たさず帰国した新羅嫌いの硬骨漢。

防人を迎えた大宰府首脳は、新羅を仮想敵国とし干戈《かんか》を交えることも辞さぬメンバーだった。対新羅戦で緊張しきった中に、防人歌を詠んだ防人は到着したのである。「今日よりは顧みなくて大君の」と歌った鬼軍曹の高揚した顔が浮かぶではないか。

帥や大弐・少弐などのお偉方が直接防人を統括していたわけではない。大宰府には防人担当官として防人正《かみ》とその下の防人佑《すけ》、令史《さかん》の各一名ずつが配置されている。正というと聞こえはいいが、一般に知られている帥・大弐・少弐などよりはるかに下位の正七位相当官で、佑などは正八位、令史は更に下位でナンバーの付かない大初位下《だいそいのげ》の者が任ぜられるポストで、著しく低い地位である。それだから、だれが防人正であったかなどは、正史には記録されていない。

各国軍団組織でも、実際に武器を手にして戦う兵士は、司令官の大毅《だいき》以下卑位か無位、庶民上がりの兵卒だった。あらゆる事態を想定して、武器を持つ兵士は文官統制下に置かれていたのだ。

防人教育

防人担当官の職務は、防人の名簿・装備・食料田を管理し、「教閲《きょうえつ》」を掌《つかさど》ると「職員令」六九条にある。教閲を教練と閲兵か、兵法である五教を教えることと閲兵か、両説ある。五教は既に国府に集結したときに、皇軍教育として叩き込まれているのだが。

> 西海道の七国の兵士合せて一千人を差《つかは》して、防人司に支配させ、警《けい》固式《こしき》に依りて鎮め戍《まも》らしむべし。
> その府に集まる日は、便ち、五教を習はしめよ。
> （『続日本紀』天平宝字元年閏八月二十七日条）

大宰府では諸葛孔明の八陣、孫子の九地（『続日本紀』天平宝字四年一一月一〇日条）などを、大弐吉備真備が教えていたかと言われている。異国帰りで中国兵法に通じた真備であれば本格的な五教教育が為されただろう。

防人たちは集結地国府では皇軍教育を受け、現地で再び五教教育を受けたとすると、ホッテントットどころではなく、かなり高度の知識を身に付けたことになる。これが基礎となって、私たちを驚かせるような、蘇武の雁文やあるいは陶淵明の五柳先生伝を偲ばせるような歌作もあり得たのかもしれない。好意的に理解するならば、防人制度は東国農民の教育機関の役割を果たしていたのだ。

大宰府政庁跡（太宰府市）

防人勤務内容

「軍防令」は到着した防人受け入れのために、防人司が行う実務を規定する。

> 防人が到着するとあれば、大宰府の防人司は、前もって配置計画を立てること。防人到着後一日で、すぐに勤務を終えた防人と武器等を交替配備して終わらせること。担当の場所は季節ごとに交代させ、苦楽が均等になるようにすること。（五九条）

埴輪　挂甲武人（東京国立博物館蔵）

勤務終了除隊になって帰郷する旧防人と武器などを交替配備というのだから、新任防人は、ここで初めて官給品の甲冑を身に着け、武人埴輪に見るような凛々《りり》しい日本兵士の晴れ姿になったのだ。

凛々しい勇士姿になったからとて、全員が弓矢を構えて朝鮮半島を睨《にら》むわけではない。現地での防人の仕事は、本来の任務である守備の他に、防人自身の食糧確保のための農耕があるからだ。まさか甲冑姿で農耕もできまいから、何のことはない東国の郷里にいた時と同じ野良仕事スタイルの防人もいたのだろう。

配置計画というのは、防人たちを守備隊か農耕隊かどちらの仕事に配置するか、守備隊は大宰府・壱岐・対馬、その他の島々の、どの地域に派遣するかの配分計画などである。

農耕地は「軍防令」第六二条によると、守備に当たる地の近くで、水田や畑地に適している空閑地を与え、官給の牛を貸し与えて耕作させせよという。しかし長雨や日照りにあっても損なわれない適地もあれば、木の株や岩石がごろごろしている磽地《やせち》があったり、川が増水するとすぐ被害を受ける不適地もある。農耕防人を一定の田畑に固定して貼り付けると、不公平が生ずるので、季節ごとにチェンジさせて、苦楽が均等になるように配慮している。

また、守備隊と耕作隊は三か月ごとに交替させて、勤務を公平ならしめることも定められている。休暇は一〇日に一日を許可すること。病気になれば医薬を給付し、火内の一人を遣わして、療養に専念させることなどの規定もあり、大宰府には正八位上の医師二名が張り付いている。

築城に使役された防人

大弐吉備真備が福岡県の西部、現在の糸島市・福岡市の境をなす高祖山《こうそざん》の西斜面に怡土《いと》城の構築を開始したのは、防人歌進上のあった翌年の天平勝宝八歳（七五六）である。

「軍防令」には城隍《じょうこう》修理の規定はある。「隍」というのは水の無い空堀のことである。

凡《およ》そ城の空堀が頽《くず》れたならば、兵士を使用して修理させよ。若し兵士が少なかったなら、農閑期に付近の人夫を使役させることを許可せよ。崩壊が甚だしかったら即時修理せよ。（「軍防令」第五三条）

空堀の修理の規定はこのようにあるが、築城についての取り決めはない。

だが、天平宝字三年（七五九）三月二十四日に大宰府から太政官への上言には「大宰府管内の防人は、専ら城を作ることを停《とど》め、勤めて武芸に専念させ、その戦陣《せんぢん》を習わさせる」（『続日本紀』同日条）とある。「戦陣」というのは集団的戦法で、防人は武芸、戦法を学ばせ、築城には使用しない方針であり、兵士であっ

怡土城全景（九州歴史資料館提供）

ても各国所属の軍団兵士と防人は、その任務を明確に区別してあった。

ところが築城が必須の急務と考えた大弐真備は、防人本来の使命を無視して、築城に防人を使役、「五十日は戦陣を教へ習得させ、一〇日は築城に使役させたい」という案を帥に提案、大宰府役人の中には規則違反だとして反対者もいたが、真備は実行してしまった。

そこで帥石川年足が遅ればせながら太政官にお伺いを立てたところ、政府は衆議の結果、真備の意見を認め、五〇日間は武芸の教習、一〇日間を築城の使役に駆り出すことを許可した。大宰府では反対者もいたというが、政府内には異議を唱える者はいなかったようだ。前年派遣された防人歌の防人たちも、築城に駆り出されたのである。

新羅侵攻計画立案

天平宝字三年（七五九）三月の防人の築城使役についての大宰府の上申は、辺防の不安が四箇条ありとの指摘の一つで、他に三箇条の要求がある。造船、天平宝字元年（七五七）に停止した東国防人の復活、大宰府管内兵士の調・庸免除等々である。

軍船充実必要について大宰府が言うには、外敵襲来の防備を定めた『警《けい》固《こ》式《しき》』によると、博多、壱岐、対馬に軍船一〇〇隻以上を備えることが定められているが、現在使用できる船なし、という状況であったという。白村江の戦いで倭軍の船の数は一〇〇〇隻、渡海攻撃と迎撃では異なると雖も、たった一〇〇隻でと首をかしげるのだが、それをも欠くという。造船は政府の承認するところとなった。大宰府の進言もあって軍船は、『警固式』の一〇〇隻を遙かに上回る五〇〇隻を三年間で達成する造船計画が立てられた。

東国防人の復活については、防人歌進上の防人が勤務中の天平宝字元年（七五七）に、橘奈良麻呂謀反事件の余燼《よじん》のまだ燻《くすぶ》る閏八月、事件を鎮圧した藤原仲麻呂政権は東国農民の苦衷察し、東国防人を停止して西海道の兵士を防人として充てる政策を実施した。だが、勢いを示すのはやはり東国防人だと復活を願ったのだ。だが、太政官は衆議の結果不許可。

大宰府管内兵士の調・庸免除は、農民が豊かであってこそ農民出身の兵士も強しと上進したが、太政官は課役免除も拒否。良政を行うことで、人民を富強に導き職務に精励させよと答えた。

防衛最前線である大宰府が上申した防衛不安四箇条の半分を不許可の通達を三月に出した太政官は、六月には大宰府に命じて『行軍式』を造らせた。「新羅を伐つためなり」と、仲麻呂政権は先制武力行使に大きくカーブを切ったのだ。『行軍式』というのは、臨戦行動計画書のこと。侵攻計画が立案され、それに基づき動員兵力量が決定され、軍団組織も平時とは異なり、将軍・副将軍・軍監《ぐんげん》等々を配置するのである。

律令政府は仮想敵国を誇大にでっち上げ、武力攻撃事態及び存立危機事態対処の名目で、軍備拡張に走った。核ボタンがテーブル上に置かれた今、防衛を超え侵攻の最前線となった対馬の防人たちの胸中はいかばかり。

対馬の防人

駐屯地金田城

大宰府に到着した防人たちは、大宰府、能古島《のこのしま》などの博多湾近辺の諸島、玄界灘《げんかいなだ》を渡り壱岐、さらに遠く遙かに朝鮮半島の望める対馬へと勤務地が決められた。「小手《こて》を翳《かざ》して見る海も世界の海へ続いてる、僕は空へ君は海へ」（「僕は空へ君は海へ」）、この戦中歌謡ではないが、「小手を翳して見る海も新羅の海へ続いてる、僕は壱岐へ君は対馬へ」と、また逢う日まで逢える時まで、別れ別れに赴任する。

天平勝宝七歳の防人も対馬へ派遣された。

天地《あめつち》の　神を祈りて　征矢貫《さつやぬ》き　筑紫の島を　さして行《ゆ》くわれは（四三七四）

下野国火長大田部荒耳《あらみみ》

大君の　命畏《みことかしこ》み　愛《うつく》しけ　真子《まこ》が手離《はな》り　島伝ひ行く（四四一四）

武蔵国助丁秩父《ちちぶ》郡大伴部少歳《おおともべのおとし》

火長で勇気凜々《りんりん》たる鬼軍曹の荒耳、愛しいあの子と手を分って行くことにため息をつく少歳、二人は波風荒い玄界灘を越えての壱岐か対馬派遣を覚悟していたのか。「思えば去年船出して　お国が見えずなった時「玄界灘で手を握り」（「戦友」）、真子の手をはなれた少歳は、荒耳の手を握っただろうか。握ることはなかっただろう。

派遣先の対馬は無人島ではない。『三国志 魏志』倭人伝には対馬国とあり、大官卑狗《ひこ》、副官卑奴《ひな》が治めていると書く。『三国史記』四〇八年には、倭人が対馬に軍営を置き、兵器・資材・食料を蓄え、新羅襲撃を企てているとの情報を記している。『天智紀』十年（六七一）には対馬島司《しまのつかさ》のことだろうが対馬国 司《くにのつかさ》という職名が、『天武紀』三年（六七四）には対馬国司守忍海 造 大国《おしみのみやつこおおくに》という政府派遣の国司が登場している。国府は島中部の東海岸現厳原《いづはら》に在った。

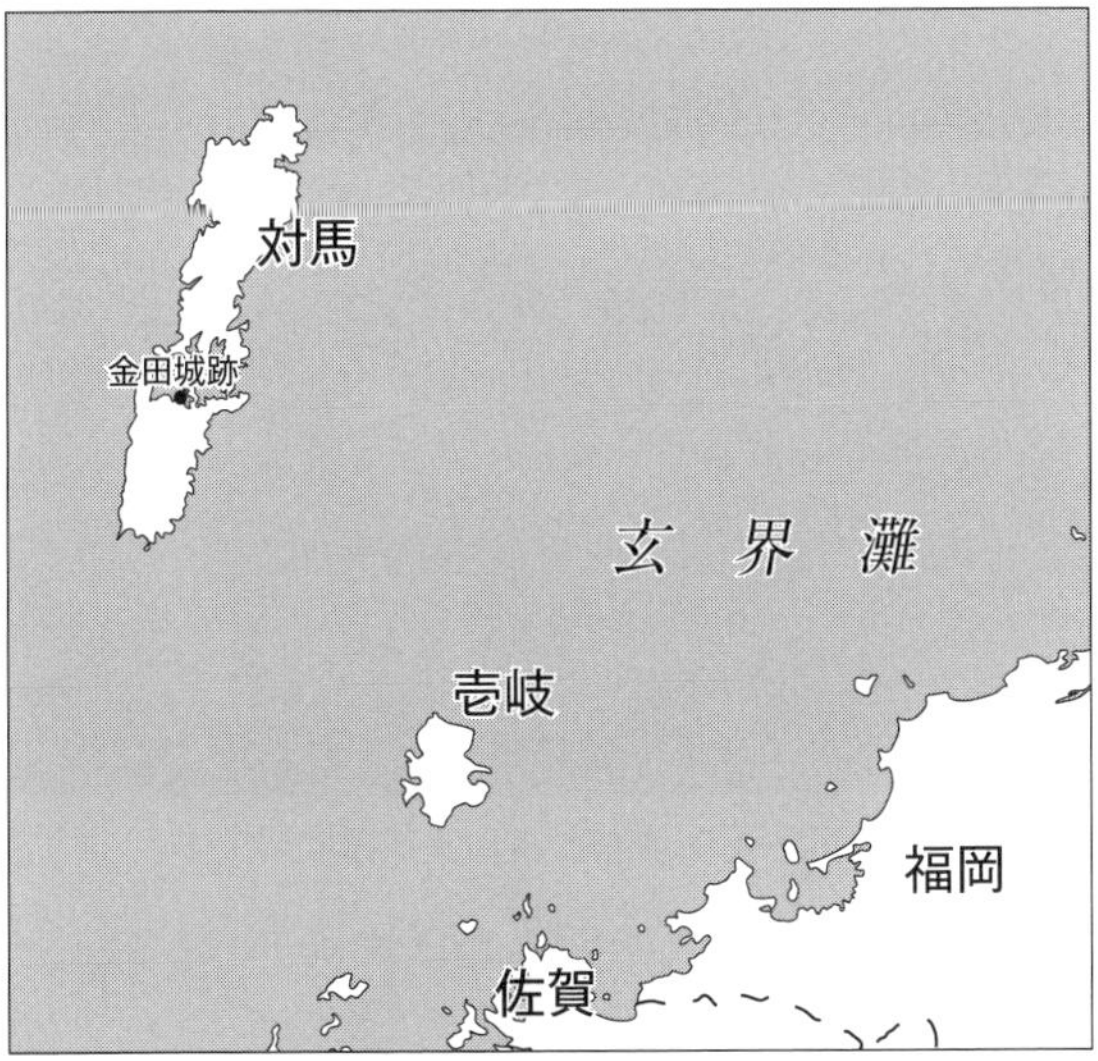

対馬位置関係図

白村江敗戦の頃の対馬の状況は、史書にうかがえないが、島民も居住し、倭軍の兵士・軍営もあり、ある程度の行政機構はあったはずである。そのような離島に白村江敗戦の翌年には早くも新羅襲来に備えて、壱岐と共に対馬にも防人を配備、烽火《のろし》を置く。

島を南北に分ける中央のくびれ部分に、浅茅湾《あそうわん》が西から大きく切り込み、湾の入り組んだ奥の奥、三方が海に囲まれ突出した岬に、標高二七二メートルの城山《じょうやま》がある。城山の海に面した崖淵に築かれた朝鮮式山城が、天智六年（六六七）に築かれた金田城《かなたのき》で、防人の砦の跡とされている。山頂からは北西方向に視界が開け、韓国南岸が視野に入る場所である。当時の石垣などの遺構が今でも残っている。城山を取り囲む城壁の一部に、城戸《きど》（城門）が設けられ、二ノ城戸と三ノ城戸の中間地点には防人住居跡がある。

金田城跡の東南角石塁

竹敷崎の防人

　承和十年（八四三）八月、大宰府が太政官に進言した文の中に「対馬島上県《つしまのしまかみあがた》郡竹敷《たかしき》崎の防人」とある。島の真中のくびれ部分の北半分を上県《かみあがた》、下半分を下県《しもあがた》と称した。なぜ朝鮮半島に近い地域が「上」で、筑紫に近い地域が「下」だったのだろうか。竹敷《たかしき》は金田城の東側入江を挟んだ対岸の岬の東海岸にあるが、この辺にも防人を配備したのだろう。竹敷の浦は天平八年（七三六）の遣新羅使が風待ちで五日間停泊した港だ。

竹敷《たかしき》の　浦廻《うらま》の黄葉《もみち》　われ行《ゆ》きて　帰り来《く》るまで　散りこすなゆめ　（巻一五・三七〇二）

「竹敷海岸の紅葉よ、私が新羅から帰ってくるまでけっして散ってくれるなよ」。遣新羅使大判官壬生《みぶの》使主《おみ》宇太麻呂《うたまろ》の歌である。

断崖絶壁の島で船を着けることのできる場所は、入江の竹敷だけだ。金田城駐屯の防人も竹敷下船だろう。朝鮮半島に遠い城山に金田城が造られたのも、その便からか。

港に遊行女婦《うかれめ》のいたことは大宰府と同じで、歌を残している。

竹敷《たかしき》の　玉藻《たまも》靡《なび》かし　漕ぎ出《で》なむ　君が御船《みふね》を　何時《いつ》とか待たむ　（巻一五・三七〇五）

束の間の愛を交わした遣新羅使の帰港を待ちわびる玉槻《たまつき》という遊行女婦《うかれめ》の作である。

規則通りならば、防人は一〇日に一日の休暇があるから、遊行女婦との歓楽で憂さ晴らしをしたのだろう。地元の遊行女婦と濃密な関係になった帥大伴旅人や越中目《さかん》尾張少咋《おくい》を思い出す。東国防人の中には竹敷の遊行女婦にぞっこん惚れ込み、妹が固く結んだ紐を解いた男もいたに違いない。史料に、対馬に多数の自己意思残留東国防人がいたとあるのは、理由の一端に紐を解いた男たちがいたからだ。

竹敷湾（撮影・永留史彦／交隣舎提供）

対馬北端基地

金田城は島の中央にあり駐屯地であっても、朝鮮半島からは遠い。もっと島の北方に警備所の存在が考えられ、対馬北部の日本最北西端の地である対馬市上県町《かみあがたちょう》佐護《さご》にある千俵蒔山《せんびょうまきやま》山頂がそれで、烽火《のろし》があったのだと伝えられている。現在、烽火の跡だという集石がある。

ただ「軍防令」六九条によると、対馬国司は烽火台の烽長二名を部内の家族の多い者の中から、いなければ外六位以下または勲

千俵蒔山（対馬市上県町）頂上にある烽火跡（故・永留久恵撮影／交隣舎提供）

七等以下の者を用いよとあるから、東国派遣の防人ではない。部下の烽子《ぶうし》四人も部内の烽火台に近い正丁を充てよとあるから、佐護の居住者だろう。

朝鮮半島侵攻最前線

先に述べたように、大宰府は怡土《いと》城築城に防人使用、軍船充実、兵士の免税、東国防人の復活を太政官に上進した。閣議では甲論乙駁《こうろんおつばく》があったらしいが、東国防人復活以外は認められた。

対馬の嶺《ね》は　下雲《したぐも》あらなふ　可牟《かむ》の嶺《ね》に　たなびく雲を
見つつ偲《しの》はも　（巻一四・三五一六）

先にも挙げたこの歌は対馬防衛の防人の歌で、東国防人派遣中の歌と思うが、あるいは西海道諸国派遣の兵士の歌であったか。「雲こそ吾が墓標《ぼひょう》」と覚悟を決めていただろうか。

私たちには万葉防人歌がインプットされているので、防人というと東国防人のみを想起するが、西海道兵士も時には防人として派遣されることがあったのだ。彼らは九州の南端、薩摩・大隅の二国を除く七国の軍団兵士の中から一〇〇〇人が当てられた。軍団兵士も、国民の義務で徴兵された農民たちであった。戦争を企画するのはお偉方、武器を手に戦い傷つき死ぬのは草莽の民、古今東西、今に至るまで変わらぬ構図だ。

日本全土を超緊張感に陥れた朝鮮半島侵攻計画は、幸いなるかな、反逆者と化した仲麻呂の敗死により、天平宝字八年（七六四）に終焉した。

朝鮮半島危急の去った翌年、西海道防人の補充という形で東国防人を復活、防人総人数を三〇〇〇人にしたとあるから、東国防人は二〇〇〇人か。ただし、その東国防人は、除隊後も帰国せず、赴任地に残留していた東国人だが。

後方支援の悲劇

戦時海運管理令の下に

対馬の防人たちは、赴任するときに弓矢刀の類は携行していたから、武器弾薬輸送の後方支援は無用だっただろうが、困ったことに岩石累々として耕作地がなく、食糧の自給のできなかったことだ。『三国志魏志』倭人伝が言うには、対馬は、

土地は山険《けわ》しくて、深林多く、道路はけもの道の如くである。家は千余戸あるが良田は無く、海産物を食べて自活し、船に乗って南や北の地域で穀物を買っている。

という状態で、食料は外部からの輸送に頼る以外にはなかった。

太平洋戦争中に食料補給路を断たれ前線兵士が悲惨な末路を迎えたガダルカナル島やブーゲンビル島などとは比較できないが、前線基地の食糧欠乏ということでは、対馬も同じだ。太平洋戦争で補給を担ったのが戦時海運管理令により陸海軍に徴用された民間の商船・貨物船、対馬への食糧輸送もお上《かみ》の命令により委託された民間輸送船だった。

民間人による輸送の根拠は『養老令』には見当たらないが、平安時代の『弘仁式』『延喜式』の九州諸国から毎年二千石の米を運ぶことを規定した規則に、手当として操船責任者の梶取《かんどり》と漕ぎ手の水夫《かこ》に米などを支給すると定めるとあるので、これに類する規則が奈良時代にもあったのだろう。

奈良時代輸送船遭難事件

後方支援の輸送船が沈没する悲劇は、奈良時代にも平安時代にも起きた。博多から対馬まで、波風荒い玄界灘を挟んで直線距離で約一二〇キロ、『弘仁式』及び『延喜式』の「主税寮《ちから》式」は、九州諸国が交替で毎年二千石の穀物輸送を定めている。

これには対馬在住の官僚の給料、現地住民の食糧も含まれるから、単純計算はできないが、奈良時代の無位の者の給料は日給制で、一日二升（現八合）だからそれで計算すると一〇万人分である。年一回の輸送とすると二七四人分の食料に当たる。防人は指揮官校尉の下に一〇〇人程派遣されていたのか。貞観十八年（八七六）三月の大宰権帥在原行平《ありはらのゆきひら》の報告では、対馬の防人の現員は九四人とある。

対馬防人後方支援の実情も行平は報告している。船員は合計一六五人、北部九州の肥前《ひぜん》（佐賀県・長崎県）を早朝に出発、夜壱岐着、対馬に向かうもまた同じ。その間の潮の干満の流れの激しさは他所に似ず、漂流沈没、溺死する者後を絶たず、昔から全員安着することは稀であったと言う。

　輸送船には水夫だけではなく、指揮官として官僚も乗船した。奈良時代末、光仁朝の宝亀《ほうき》三年（七七二）十二月に対馬へ向かう輸送船指揮官は壱岐島 掾《じょう》従六位上上村主墨縄《かみのすぐりすみなわ》であった。船は逆風に遭い墨縄は生き残ったが船破れ兵糧は漂失、船員の多くは溺死した。新羅防衛最前線の対馬への糧食輸送なら、船員の死は先の大戦中の言葉でいうなら、兵站《へいたん》担当軍属の死であり、溺死と表現すべきではなく戦死と言うべきか。

　墨縄は「風波の災は、力の能《よ》く制することに非ず」と天災を言い立てた。輸送食糧が漂損した場合、引率官僚はこの仕事のために支給される手当で補填弁《ほてんべん》償《しょう》する規則だったからだ。ただ、乗員の半数以上が死亡した場合は、不可抗力として弁償を免れたらしい。政府が墨縄の言葉を検討すると実に不可抗力と判断し、墨縄の責任を問わなかったという。半数以上の船員が殉職したのだ。

歴史公園鞠智城（山鹿市菊鹿町）に建つ防人像

殉職した水夫への追悼歌

　奈良時代の神亀《じんき》年間（七二四～七二九）にも、兵站《へいたん》担当輸送船沈没の悲劇は起きた。殉職した水夫への追悼歌を掲載した『万葉集』の左注は詳細に顚末《てんまつ》を語る。

　神亀年間に、大宰府は筑前国宗像《むなかた》郡の人宗形部津《むなかたべのつ》麻呂《まろ》を、対馬への食糧輸送船の船頭役に任じた。ところが津麻呂は粕屋《かすや》郡志賀《しか》村の海人《あま》荒雄《あらお》の許に行って、「自分は年老いて海路に耐えられないから、交代してくれないか」と頼んだ。荒雄は「お前とは何回も同じ船で航海しているし、二人の間の情は、兄弟よりも篤い。殉死《じゅんし》してくれと言われても、断わったりはしない」と交代を承諾した。ところが肥前国松浦《まつら》県の美禰良久《みねらく》の崎（長崎県五島列島福江島北西部の三井楽《みいらく》町）から船出すると、たちまち暴風雨に遭い、船は沈没した。妻子らは悲しみ一〇首の挽歌を作った。

と、書き留める。

九州北部の漁夫たちは、仮想敵国の攻撃こそなけれ、自然との戦いの危険な後方支援に徴発された。代役をして国難に殉じた荒雄は表彰ものだが、律令政府はどう扱っただろうか。たとえ表彰されたとしても、残された家族は不満を漏らす。「天皇の命によるわけではないのに、勝手に行って」と。確かにそうだ。津麻呂に頼まれたのだから。

大君の　遣《つか》はさなくに　情進《さかしら》に　行きし荒雄ら　沖に袖振る　（巻一六・三八六〇）

よほど不満なのだろう。もう一首、同じような歌を作る。

官《つかさ》こそ　指《さ》しても遣《や》らめ　情進《さかしら》に　行きし荒雄ら　波に袖振る　（巻一六・三八六四）

一方は天皇の命令、一方はお役所である大宰府の命令、「上官の命令は天皇の命令」式に理解すればいい。どちらにしても、妻にとっては「情進に」で、勝手に出て行ってと夫に対する不満だ。沖で「無事に行ってくるよ」と袖を振ってはいるが。
更に不満はエスカレートする。

荒雄らは　妻子《めこ》の産業《なり》をば　思はずろ　年の八歳《やとせ》を　待てど来まさず（巻一六・三八六五）

「八歳」は大げさだが、「妻子の生活も考えないで」と怒りをあらわにする。妻にとっては大君の命よりも友情よりも家族の生活が大切なのだ。国家・公・官・社会と私・個人・家庭との対立で、夫は前者を選択し妻は後者に身を寄せる。

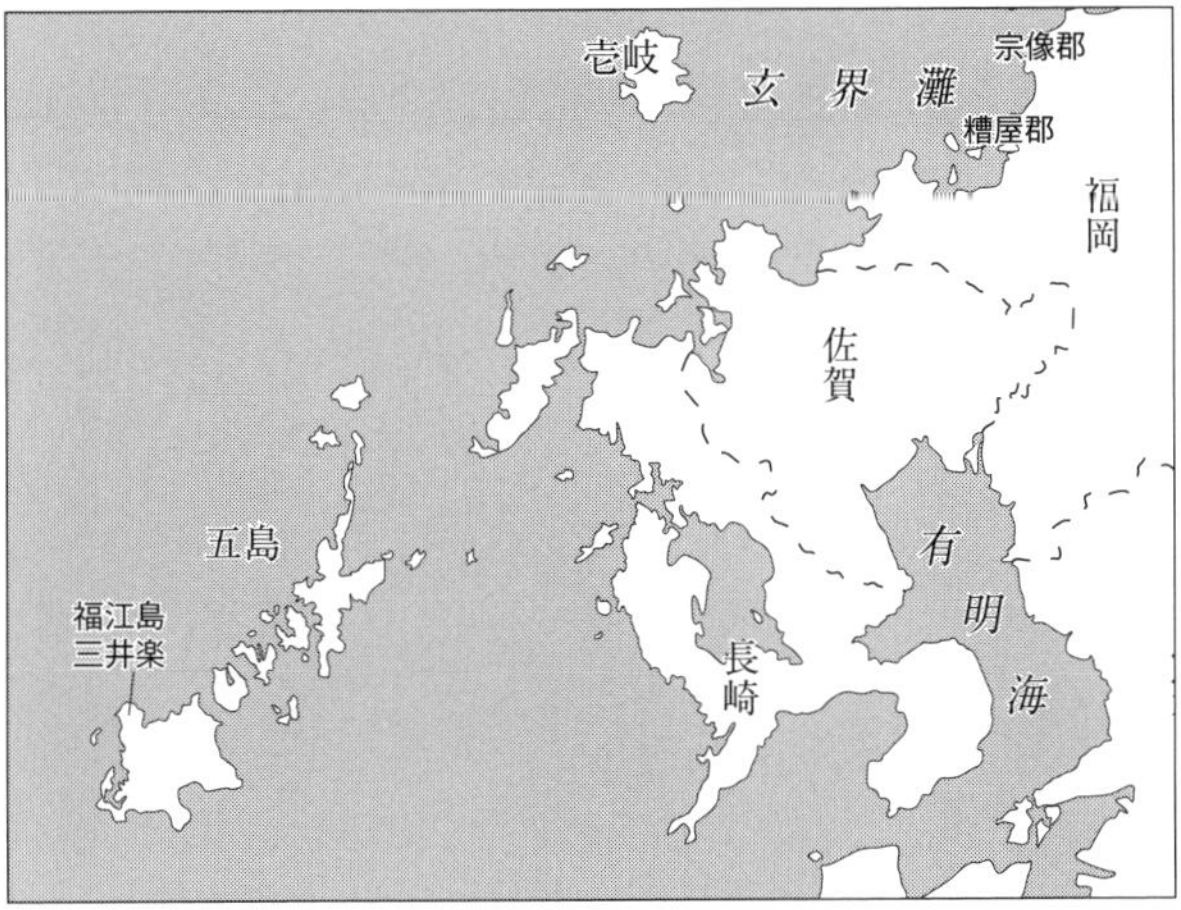

宗像郡・糟屋郡・福江島三井楽の位置関係図

太宰治は『家庭の幸福』を書き、幸福はエゴイズムであって、各個人が家庭の幸福というものをのみ求めていると、社会全体に歪《ひずみ》・マイナスの要素が必ず出てくるとし、「家庭の幸福は　諸悪の本《もと》」という名言を残した。太宰は逆説的表現をしているのであり、それを忖度《そんたく》するならば「国家・社会の幸福は、家庭の不幸」。荒雄の妻の歌は、この公私の論理を歌い上げたのだ。

荒雄の妻は「荒雄らは妻子の産業をば思はずろ」と歌うが、そんな薄情な夫であったとは思いたくない。荒雄を弁護しようにも、残念ながら荒雄の歌はないので、代わりに「古歌集に出づ」と左注にある次の歌を荒雄の妻に捧げよう。

大船《おほぶね》を　荒海《あるみ》に漕ぎ出《で》　弥船《やふね》たけ　わが見し子らが　目見《まみ》は著《しる》しも　（巻七・一二六六）

漁船なら「大船」ではないだろう。「弥船たけ」はよくわからないが、多くの船を漕いだということらしい。それならば防人ではなく離島への食糧運搬船と考えるとピッタリだ。あるいは、この歌の前に、先に衣のほつれで挙げた歌、

今年行く　新島守《にひしまもり》が　麻衣《あさごろも》　肩の紕《まよひ》は　誰か取り見む　（巻七・一二六五）

があるので、離島への防人輸送船かもしれない。「玄界灘を何回も大船で漕ぎ渡ったが、おらが愛しているあの妹の眼が、いつもはっきりと浮かんでくるんだよねえ」。

荒雄の妻は夫の帰りを一日千秋の思いで待つ。

荒雄らを　来《こ》むか来《こ》じかと　飯《いひ》盛りて　門《かど》に出《い》で立ち　待てど来《き》まさず　（巻一六・三八六一）

陰膳《かげぜん》据《す》え、帰るか帰らないのかと門に出て待っている妻。夫は待てども待てども帰らなかった。太平洋戦争中、門に出て待つことはしなかったが、出征兵士の家も、徴用された船員の家族も、写真を飾りその前に陰膳据え無事を祈り、あるいは言葉を交わすのは普通だった。

ありし日の如くに据えし陰膳に　今日も並びて飯を食すなり　藤原　彊　（『昭和万葉集』巻六）

荒雄が船出した後、何の音沙汰もない。あるいは遭難したのでは。もし遭難して死んだのならば、「荒雄のゆかりの山として志賀の山を見て偲ぼうから、ひどく伐《き》らないでくださいね」

志賀の山　いたくな伐りそ　荒雄らが　よすかの山と　見つつ偲はむ　（巻一六・三八六二）

「荒雄たちが出かけた後は、志賀島の北部に在る大浦田沼《おおうらたぬ》の水田地はは寂しくなってしまったわ」と、

荒雄らが　行きにし日より　志賀の海人の　大浦田沼は　さぶしくもあるか　（巻一六・三八六三）

荒雄たちは「鴨《かも》」という名の船に乗って行った。

沖つ鳥　鴨とふ船の　還《かへ》り来《こ》ば　也良《やら》の崎守《さきもり》　早く告げこそ　（巻一六・三八六六）

沖つ鳥　鴨とふ船は　也良《やら》の崎《さき》　廻《た》みて漕ぎ来《く》と　聞こえ来ぬかも　（巻一六・三八六七）

「鴨が飛ぶように、舟が帰って来たら也良《やら》に駐屯している防人さんよ、すぐに知らせてくださいね」。也良岬は今の能古島《のこのしま》の北端にある。五島列島の三井楽から出発したのだが、帰りは、住居があり妻子の待つ滓屋《かすや》郡、今の粕屋《かすや》町に直行する予定なのだろう。粕屋町は博多湾の奥だから、船は能古島の西側を通って粕屋に着く。

能古島は南北三・五キロ、東西二キロ、周囲一二キロ、面積三・九五平方キロの小さな島だが、大宰府警備の重要拠点として防人が派遣されていた。

沖を見ると朱色の船が行く。その船に荒雄に届けようと思う物を言付《ことづ》けたら、夫がひょっとして開けて見るだろうかと歌った。

沖行くや　赤《あか》ら小船《をぶね》に　裹遣《つとや》らば　けだし人見て　披《ひら》き見むかも　（巻一六・三八六八）

かつての戦時中の慰問袋のようなものだが、遭難を知らないだけに、悲しさに胸が痛む。しかし、荒雄らは待てど暮らせど帰って来なかった。ようやく遭難して死んだことを自分に言い聞かせるように、

大船に　小船《をぶね》引き副《そ》へ　潜《かづ》くとも　志賀の荒雄に　潜《かづ》きあはめやも　（巻一六・三八六九）

と歌った。大船に小船を添えて海中に潜り探しても、荒雄に逢うことがどうしてあろうか。絶望の歌だ。この歌で後方支援で遭難死した海の男たちへの挽歌は終わる。

年号替わって天平二年（七三〇）九月に諸国の防人を停止したのも、この輸送船沈没事件の影響あってだろうか

下命者は帥大伴旅人か

左注は、この一〇首の歌は、妻の悲嘆に同情した山上憶良が、妻の思いを述べたのだという説を挙げる。妻の作ならば歌中に「荒雄」などと名前で表現することはなく「背」「夫」あるいは「君」だろう。志賀の海人の妻にしては歌が整い過ぎる。「貧窮問答歌」や子を思う歌などを作り、「父母《ちちはは》を　見れば尊し　妻子見れば　めぐし愛《うつく》し」（巻五・八〇〇）などは、「荒雄らは妻子の産業をば思はずろ」（三八六五）と裏腹の思想である。庶民派の憶良作という説もうなずける。時に山上憶良は筑前守、悲劇の当事者は筑前の海人たちだった。

憶良が筑前守として赴任したのは神亀三年（七二六）で、五年（七二八）早々には大伴旅人が大宰帥として姿を見せる。宗形部津麻呂を船頭に命じた大宰府のトップは旅人だったか。直接の下命者は大宰府あるいは筑前国司の下っ端役人だろうが。

同年六月二十三日に旅人は、凶事の重なることを嘆き「禍故重畳《かこちょうじょう》し、凶問累集《きょうもんるいじゅう》す」で始まる題詞を持つ、

世の中は　空《むな》しきものと　知る時し　いよよますます　悲しかりけり　（巻五・七九三）

と詠んだ。「禍が重なって不吉な知らせが頻りに集まった」というのは、都の誰かの死亡通知と考えられているが、為政者の心の深奥には、あるいは筑前の海人の訃報もあっただろうか。輸送船遭難事件は「神亀年中」で何年かはわからないのだが。

母親殺し未遂事件

母親同伴の防人

実話なのだろうか、防人の母親殺し未遂事件は。

聖武天皇の御代、武蔵国多磨《たま》郡鴨の里（現在の東京都昭島《あきしま》市大神町《おおがみちょう》周辺か）吉志大麻呂《きしのおおまろ》は、大伴某という役人に指名されて筑紫の防人となった。兄弟三人の長男である彼は、母親の日下部真刀自《くさかべのまとじ》を伴って任地に赴いたという。防人の名前はもちろん母親の名前、出身地の里の名まではっきりと記し、実話であるこ

とを印象付けている。大伴某も天平勝宝元年（七四九）十二月に歿した大伴赤麻呂が多磨郡大領《だいりょう》であった。

だが「軍防令」は、牛馬以外に同伴できるのは奴婢《ぬひ》だけとするではないか（五五条）。その後、改正されたのか、拡大解釈によるのか、また何時から認められたのかなどわからないが、九世紀前半に編纂された『養老令』の注釈書『令集解《りょうのしゅうげ》』は、妻妾《さいしょう》同伴が許されたと注している。

しかし親同伴許可などは、どこにも書かれていない。大麻呂は賄賂《わいろ》でも使って、母親を奴婢として伴ったのか。親であれば妻妾という年齢ではなかろう。あるいはお目こぼしを願ったのか。

母親殺し計画

筑紫に滞在すること三年、妻恋しの大麻呂は、親の喪に遭えば一年間防人の勤務から解放され、郷里に帰ることのできることを知った。確かに、「喪葬令《そうそう》」は親死亡の服喪《ふくも》期間は一年と規定している。赴任して三年目であれば防人任務満期の年でもあり、筑紫に戻る必要はないかもしれない。

しかしながら、東国から遥々と筑紫まで、若い男でさえも音《ね》を上げる旅をしてきたほどの元気で丈夫な母親が、そう都合よく死ぬはずがない。大麻呂は母親を殺害しての喪を考え、山寺の大法会聴聞という嘘で山奥に連れ出し、刀で切り殺そうとした。息子の殺害心を知った母親は着衣を脱ぎ、三人の子供たちに形見に残そうとした。

その時大地が裂け、大麻呂は裂け目に落ちた。母親は息子の髪をつかみ引き留めたが、そのまま落ちてしまった。母は手に残った息子の髪を持って帰郷、子のために法事を営んだという。

大麻呂は願い通り帰郷することができた、母に抱かれた遺髪となって。服喪は母死亡による子の服喪ではなく、子死亡による親の服喪となった。

家庭の分裂・心の分裂

このエピソードを載せる『日本霊異記《りょういき》』は平安初期に成立の仏教説話集で、正式書名は『日本国現報善悪《にほんこくげんほうぜんあく》霊異記《りょういき》』と言い、奈良時代の薬師寺の僧景戒《きょうかい》により書かれているので、大麻呂は親不孝ゆえに仏罰を受けたのだと説く。親殺害計画などそれが未遂であっても弁護の余地はないように思われるが、情状酌量の余地は全くないのか。

大麻呂は親殺しをするような性格だったのか。大麻呂には妻もいるし、二人の弟もいた。彼らが母の世話をすることはできただろう。それなのに九州くんだりまで母親を連れて行ったのには、深い家庭の事情を考えねばならないだろう。

家庭のことを考え、母を奴婢としてまでも同伴した大麻呂は、真面目な平凡な家庭人で、家族のことを考え、しかも親孝行な男だったのではないか。親殺しという非常識な手段に訴えてまでも帰郷を考えたのも、しかも満期除隊を目の前にしながらの非人間的な行動も、妻に会いたいという愛欲に溺れたからではあるまい。自分が不在の間の妻子の生活を考えると、矢も楯もたまらず誤った考えに走ったのではないか。親を殺害するなど、普通にはあり得ない。そのあり得ないことが起こった状況に目をやらねばならないだろう。

防人《さきむり》に　発《た》たむ騒きに　家の妹《いむ》が　業《な》るべき事を　言はず来ぬかも　（四・三六四）

常陸国茨城郡若舎人部広足《わかとねりべひろたり》

大麻呂もそうで、そのことをより深刻に考えていたのだろうか。

大麻呂は単身赴任の防人制度を甘受することができなかった。しかし、国家が、社会が解決しようとしない以上、個人レベルでの解決を謀る以外に、方法がなかった。彼は積極的打開を試みた。それは空しい、実に空しい、人間にあるまじき誤った打開であったのだが。

母なし子を残して単身赴任を甘受した他田舎人大島《おさだのとねりおおしま》、

韓衣《からころむ》　裾《すそ》に取りつき泣く子らを　置きてそ来《き》のや　母《おも》なしにして　（四四〇一）

信濃国　小県《ちいさがた》郡　国造《くにのみやつこ》　他田舎人大島《おさだのとねりおおしま》

父を残して後ろ髪惹かれるように出で立つ丈部足麻呂《はせつかべたりまろ》、

橘の　美袁利《みをり》の里に　父を置きて　道の長道《ながて》は　行き難《か》てぬかも　（四三四一）

駿河国丈部足麻呂

そして大麻呂の母親殺し、防人制度は家庭の分裂とさらに人の心の分裂をもたらしたのだ。

Ⅱ　いざ除隊帰郷

東国派遣防人制度停止、帰郷！

東国防人完全停止

今までの記述で「停止」という言葉を何回使用しただろうか。復活また停止の繰り返しで、私自身も混乱するのだから、読者の方々も恐らく整然と理解することは困難だろう。

また「停止」だが天平宝字元年（七五七）に東国派遣防人は完全停止された。前に掲載した変遷表に天平宝字元年（七五七）及び天平神護二年（七六六）の項も加えて再掲出しよう。

天皇	年号	紀元	日本書紀・続日本紀	万葉集	補注
天智	天智三年	六六四	設置		
聖武	天平二年	七三〇	停止		
聖武	天平五年	七三三	復活か		

聖武	天平九年	七三七	停止帰郷		
聖武	天平十八年	七四六	復活か		
孝謙	天平勝宝七歳	七五五		防人歌	
孝謙	天平宝字元年	七五七	停止		
淳仁	天平宝字三年	七五九	復活不許可		
称徳	天平神護二年	七六六			九州六国派遣防人の不足分を残留東国防人で補い三〇〇〇人とする

（防人停止復活一覧　その2）

朝令暮改といえばやや酷だが、防衛に関するこの国政の変遷は、いかに東国防人制の内蔵する問題が、国家経営に重大事であったかがわかる。

大宰府首脳

防人停止、復活を中央政府に進言したのは大宰府であり、帥、大弐など大宰府首脳の果たした役割は小さくないであろう。正確にはわからないが、わかる範囲で大宰府官僚を列挙、各人の注目すべき事項を記載する。

事項	年度	帥	大弐	少弐
設置	天智三年（六六四）			
停止	天平二年（七三〇）	大伴旅人		

復活	天平四年（七三二）から同六年（七三四）の間か	藤原武智麻呂（天平三年～六年）	多治比県守（天平元年～三年）	巨勢真人
停止	天平九年（七三七）九月	藤原宇合	小野老	
復活	天平十七年（七四五）		石川加美	多治比牛養・大伴三中
停止	天平宝字元年（七五七）閏八月	船王	吉備真備	
復活要請	天平宝字三年（七五九）三月			
残留防人充当	天平神護元年（七六五）八月	石川豊成	佐伯今毛人	

大伴旅人　隼人《はやと》持節《じせつ》将軍として隼人反乱鎮圧。

多治比県守《たじひのあがたもり》　征夷将軍、長屋王の変には政変対処のために、仮に参議に任ぜられる。新羅使の入京を許さず追い返すなど、新羅嫌い武断派の人。

巨勢《こせ》真人　征隼人持節副将軍として隼人鎮圧に貢献した武人的人物。

藤原宇合《ふじわらうまかい》　遣唐副使、征夷持節大将軍を務め、長屋王の変には王宅を囲む。西海道節度使。正三位参議の時に帥に任ぜられた。

石川加美　対新羅政策のために設置された鎮西府長官である鎮西府将軍。その後兵部卿。

多治比牛養《うしかい》　民部大輔から大宰少弐、その後に備後守。

大伴三中《みなか》　新羅副使、兵部少輔、山陽道巡察使を経て少弐。

船王《ふねのおおきみ》　橘奈良麻呂の乱においては、謀反に加担した者に対する拷問を行う。遣渤海使小野田守が唐の安史の乱の状況について天皇に報告した際、大宰帥として準備を怠らないこと、準備の状況について都度報告すべき旨の勅令を受ける。

吉備真備　当代きっての唐式軍略家。新羅防衛のため怡土城を築く。藤原仲麻呂の乱では、中衛大将として追討軍を指揮する。

石川豊成　何かの理由で、従五位下の天平宝字元年（七五七）頃に大宰員外帥《いんがいのそち》であった。その後諸職を経て正式に帥に任ぜられた時は従三位参議であった。

佐伯今毛人《いまえみし》　営城監《えいじょうげん》（築怡土城の監督官か）、築怡土城専知官、宝亀十年（七七九）にも大弐、延暦五年（七八六）帥

大宰府首脳には武人系、軍略家、築城家、対外硬骨派など、仮想敵国新羅による武力攻撃予想事態に対処し得る人物を垣間見ることができる。孝謙天皇は特に帥船王《そちふねのおおきみ》と大弐吉備朝臣真備とを「倶《とも》に是れ碩学《せきがく》（学識ある人）にして、名は当代に顕《あら》はる」と持ち上げ、「委《ゆだ》ぬるに重任を以てす」と（『続日本紀』天平宝字二年十二月十日条）、大変な信認のしようだった。

ただこの首脳のなかで異色な存在が、防人復活時と推定した天平五年（七三三）に、大伴旅人の後任として正三位大納言で帥を兼任した藤原武智《むち》麻呂である。大学頭や図書頭を務め、温雅な性格で善政を行う文人であった。経書や史書などに通じ、広範な知識を持っていたので、裁判や罪人処刑を担当する刑部省中判事に任ぜられたりしている。長屋王の変で王の糾問にあたったのもその知識ゆえであろう。史学者は藤原氏中枢の人物の行動を、もっぱら政治的解釈をしがちで、武智麻呂も権力欲求からの左大臣長屋王抹殺とするが、そのような論には加担したくない。大納言として在京し帥は遥任であったので、防人復活は大宰府側の前大弐多治比県守や巨勢真人の意向からか。

多治比県守は天平四年（七三二）から中納言であり、太政官での発言力を持ち、防人復活か否かの閣議では、大弐時代の意向を強力に主張したのであろう。小野老については特記すべきことはない。

東国防人停止理由

東国防人停止の理由を明確に正史に記すのは、『続日本紀』天平宝字元年（七五七）閏八月二十七日条で、国家経営の視点から指摘する。

大宰府の防人に、年頃、坂東の諸国の兵士を指名して遣わしてきた。そのために、道々の国、皆、供給に苦しみ、防人の留守宅の生業も回復し難い損失を受けている。今後は、西海道七国の兵士合せて一千人を指名して、防人司に授け、警固式に従って警護させることにせよ。

新旧防人の通過する国々は、食料の提供その他が負担になっていること、防人留守宅の生産活動に支障をきたしていること、の二点である。この指摘事項は天平宝字元年（七五七）度の防人だけの問題ではなく、初度の防人停止である天平二年（七三〇）以後においても適応できる性質のものである。

道々の国、皆、供給に苦しみ

前者「道々の国、皆、供給に苦しみて」については、通過国の経費の負担増だけではなく、防人を引率する部領使《ことりづかい》の問題があった。新赴任防人と除隊になって帰郷する旧防人を、それぞれ防人部領使が引率するが、部領使は従者を伴う。防人歌の時の部領使は、守《かみ》二名、掾《じょう》一名、日《さかん》四名、史生《ししょう》一名だが、『駿河国正税帳』によると従者は、史生クラスで一名、掾は二名である。国守クラスの防人部領使の例は各国正税帳にないので、『周防国正税帳』で新任国守を見ると、従者九名などという例がある。彼らは駅で馬を交換し、あるいは宿泊する。そのため駅は混雑し、人馬共に疲労するという悲鳴も挙がっていることを和銅六年（七一三）十月の勅にはある。これも東国防人停止の理由だろう。

それだから、部領使を止めて、「逓送《ていそう》」せよというのだが、逓送というのは路次に当たる国が引き継いで輸送することと注釈書は言う。通過国毎に部領使の類を出して引率、隣国まで送り、その国の部領使に引渡すのである。

しかし、防人歌の防人は終始、守を初め史生に至る部領使に引率されていて逓送された気配はない。逓送方式も破綻《はたん》したのだ。東国防人制を維持するために、国政は次々と弥縫策《びほうさく》を施行するが、それもまた破綻するのだ。

留守宅の生業も回復し難い

東国防人停止のもう一つの理由、「防人の留守宅の生業も回復し難い損失を受けている」は村落疲弊の問題である。働き手である正丁が徴兵されても、その正丁の班田は支給されているから、班田の耕作から税の上納まで、残された老幼女の負担となる。私は、再び常陸国の若舎人部広足《ひろたり》の顔を思い出す。

防人《さきむり》に　発《た》たむ騒《さわ》きに　家の妹《いむ》が　業《な》るべき事を　言はず来《き》ぬかも　（四三六四）

野良仕事などの方法を細々と指示できなかったことの口惜しさ、田畑は荒れやしないだろうか。税の負担分を捻出できるだろうか。

日露戦争に突入した明治三十七年（一九〇四）二月、次のような短歌が投稿されていた。

兵士《もののふ》の三年の義務終《つとめ》へぬれば　故郷《くに》に荒れたり田畑九畝《ここのせ》（『平民新聞』明治二十三年二月七日）

防人も三年の義務を終えて帰郷した田地はこのような様であっただろう。これでは的確な税の上納も難しくなり、国家の税収入は落ち、律令財務が危機に陥るというのである。そのためか、各国軍団の経済状態も悪化し、霊亀元年（七一五）には六道諸国の兵器が牢固に耐えずなど、軍備の低劣化が露呈されている。その他、史書にはあからさまに記されていない理由もあった。それは防人の逃亡である。

防人逃亡

東国人を防人に使用する理由は、再々引用した聖武の勅「東人《あづまひと》は額《ひたひ》に箭《や》は立つとも背には箭は立たじ」から、勇健であることが強調されている。

確かに勇健だからであろうが、その勇健な防人を廃止するのには大宰府上申書や勅に記されていない、隠れた理由もあったのではないか。それは逃亡問題である。逃亡する防人が少なからずいたことは、『養老令』捕亡令の第一条に捕捉すべき対象を規定、防人も含まれている。逃亡者が出たら、現住所または本籍地及び逃亡した所に隣接する国や郡に命じて逮捕、「本司に送って、法に依り科断せよ」とある。防人の場合の本司は大宰府の防人司であるから、大宰府に送り返し、処罰することになる。どのような処罰であったかは、規定にはない。

九州諸国からの徴兵であれば、郷里も左程遠くないので、簡単に逃亡ができる。東国ならば遠隔地で帰郷目的の逃亡の恐れも軽減されるし、逃亡しても防人歌や東歌に見る如く、東国訛りが強いのですぐ発見できるので、東国から防人を徴集する理由にもなったのであろう。

東国防人制の暗部

逓送《ていそう》方式を打ち出したのは和銅六年（七一三）だが、霊亀元年（七一五）、養老元年（七一七）には、百姓の逃亡・浮浪の記事が見える。全てとは言わないが、正丁を奪われた家族の逃亡・浮浪もあったに違いない。防人の逃亡もあった。正史に現れる類の事件ではないが、『日本霊異記』に残された防人の母親殺し未遂のような事件も、東国防人制の暗部として存在したであろう。

逓送方式に改正、奴婢《ぬひ》以外の同伴を禁じていた規則が、妻妾同伴に拡大解釈されているのもこのころだろうか。先に読んだ対馬への食糧輸送船沈没事件は神亀年間（七二四〜七二九）であった。

最後の東国防人

初めはポカンと口を開け、次には驚きの声を、最後には喜びの叫びを東国防人たちは挙げたに違いない。政策転換により天平宝字元年（七五七）閏八月に東国防人が停止になったのだ。藤原仲麻呂政権は東国農民の苦衷察して、東国防人を停止した。その年の防人が、あの防人歌を残した天平勝宝七歳（七五五）度の防人だったのだ。彼らの着任は同年四月ごろだろうから、任期三年とすると半年ほど早く除隊になったことになる。

彼らは、まさか自分たちが最後の東国派遣防人になるとは、全く思っていなかっただろう。難波では高官勅使の激励を受け、朝鮮半島侵攻の雰囲気の中にいたのだから。東国人にとってこのような嬉しいことはないだろう。

筑紫辺《へ》に　舳向《へむ》かる船の　いつしかも　仕《つか》へ奉《まつ》りて　本郷《くに》に舳向かも　（四三五九）

と、難波の海に浮かぶ自分たちの乗る船を見て、この船が俺たちを再び乗せ故郷の方へ向きを変えるのは、いつのことなのかと歌ったのは上総国《かみつふさ》の若麻續部羊《わかおみべのひつじ》、彼は「いつしかも」が早くなったことの喜びを歌っただろうか。

久慈川《くじ》は　幸《さけ》くあり待て　潮船《しほぶね》に　真楫繁貫《まかじしじぬ》き　わは帰り来む　（四三六八）

常陸国久慈郡丸子部佐壮《すけお》

佐壮は久慈川の近辺に住んでいて、漁をしていたのだろう。久慈川は茨城県久慈郡の中心を流れる川で、日立《ひたち》市の南で海に流れ込む。久慈川よ幸く待てと願った希望が叶えられるのだ。

橘の　下吹く風の　香《か》ぐはしき　筑波の山を　恋ひずあらめかも　（四三七一）

常陸国助丁《すけのよぼろ》占部《うらべ》広方

「逢いたいよ、逢いたいね」と、夢に見てきた筑波山を見ることができる喜びに、広方は胸の高まりを覚えただろう。故郷の山川も見たい。それ以上に親妻子に会える喜びは隠しようがない。それよりも命あることの喜びが大きかっただろう。

残念ながら、早期除隊を告知されたときの防人歌は存在しない。代わりに昭和の防人の終戦の時の歌を掲げておこう。東国防人制度解体それに基づく除隊は、敗戦による皇軍解体と似ているからだ。

生きてゐてああよかったと朝露に　しっとり濡れし無花果《いちじく》を食《は》む　香川　進（『昭和万葉集』巻七）

防人共々喜んであげたいのだが、私は尽忠報国《じんちゆうほうこく》、不惜身命《ふしやくしんみよう》に燃えていたあの火長今奉部与曽布《いままつりべのよそふ》や火長大田部荒耳《あらみみ》の困惑した顔を想像するのだ。防人軍団も組織が解体すれば、上官もただの人。与曽布や荒耳はその後、娑婆《しやば》の人となった他の元防人と共に仲良く帰郷しただろうか。村八分にされることもなく、村人の一人として違和感なく農耕に従事できただろうか。

「戸令」第四条の里長任命資格に、国庁雑務に従事する庶民出身の白丁《はくてい》と呼ばれる者の中から、清廉強幹なものを任命するとある。強幹なるものという条件は兵士・防人下級幹部経験者など適任ではないか。それだから、軍毅《ぐんき》（大毅《たいき》・小毅《しようき》）には白丁が任じられている。鬼軍曹たちは里長などに任ぜられたのではないか。先に挙げた昔年の防人の歌の「い小矢手挟《をさたばさ》み」出発をがなり立てる「荒し男《を》」の姿（四四三〇）や「貧窮問答歌」（巻五・八九二）の鞭《むち》振る里長のイメージと重なるではないか。

いざ帰郷

三年未満で勤務終了

防人の勤務年限は通常三年と決められている。それが東国防人停止で八カ月ほど残して、年限途中での帰郷である。「軍防令」は、新旧防人の交代について、

勤務を終えた旧防人には、食糧を給いて出発させよ。新防人の人数が足りないからとて、旧防人を留めてはならない。（六〇条）

と、一応定めているが、今回は新たに派遣される防人はいないから、留められる心配もない。

私は何の断りもなく「除隊」と言う言葉を使ってきた。「軍防令」にこのような表現はなく「旧防人」だが、防人から旧防人への身分変移を表すには「旧防人」はそぐわず、的確な用語がないので、旧軍隊で使用されていた「除隊」を使った。防人を除隊して旧防人になるわけだ。

故郷への旅

除隊になった防人は、嬉々《きき》として足取りも軽く故郷に向かったと言いたいところだが、そう簡単にはいかなかった。

先ず帰るには道々の糧食が必要。規則は「程々の食糧を持たせて出発させよ」（六〇条）と言うが、消滅する制度下にある旧防人にも適用されただろうか。また支給されたとしても具体的な量はわからない。『延喜式』主税式によると、諸使の食法、官僚勤務日には、日に米二升（現八合）塩二勺とあるので、これくらいか。

大宰府に向かうときは、政府から支給される公粮《こうろう》は難波から大宰府までだったが、帰りも大宰府防人司

の官僚が防人部領使《ことりづかい》となり、難波まで引率したので、ここまで公粮だった。難波から故郷までは、天平十年（七三八）の駿河・周防・筑後各国の正税帳に、帰国する防人に粮食を給したことが見えているから、通過国が負担し、リレー方式で輸送したのである。

帰京途中病気になった場合、死亡した場合の処置は、通過中の国が面倒を見ることが往路と同じに規定されている（六一条）。規則通りに忠実に防人の面倒を通過国が行えば、通過国の負担は莫大である。天平宝字元年（七五七）閏八月の勅は、大宰府の防人を東国から派遣すると「道々の国、皆、供給に苦しみ」で、これが東国防人停止の一原因になっている。そうすると、帰郷者の食糧補給も十分ではなかったらしい。往還に際しては、百姓の業を妨げたり、田苗を損害し、桑漆の類を伐採させてはならないと、当然のことが規則化されているのも（二〇条）、それが頻出したからであろう。

除隊して無事帰郷した者には、その後三年間、兵士・衛士《えじ》・舎人《とねり》として勤務することは免除された（一四条）。それは当然で、三年間の留守中に田畑は荒れただろうし、生活の立て直しも容易ではなかったに違いない。

彼らは往路と同じように帰路も峠の難所を越さねばならなかった。信濃国神人部子忍男《かむとべのこおしお》が「ちはやふる神の御坂《みさか》に幣奉《ぬさまつ》り」（四四〇二）と歌った美濃《みの》国（岐阜県）と信濃国（長野県）を結ぶ東山道の神坂峠《みさかとうげ》は難所中の難所、子忍男も、裾に取り付く母なし子を残して赴任した他田《おさだ》舎人大島（四四〇一）も、皆無事に神坂峠を越えて、父母や子に再会することができただろうか。

東海道を帰る旧防人の難所は足柄峠、防人歌唯一の長歌（四三七二）を作って足柄峠を越えた常陸国倭《し》文部可良麻呂《とりべのからまろ》、峠で袖を振ったら妻は見えるだろうかと、妻と贈答歌を交わした武蔵国の藤原部等母麻呂《ふじわらべのともまろ》（四四二三）、彼らが家族や妻と、涙の再会のできたであろうことを、切に願う。なかには、故郷の見える足柄峠に達しながら、息絶えた男もいたからだ。

足柄峠で息絶えた益荒夫

箱根の山中を歩いていた田辺福麻呂《さきまろ》は、足柄峠の路傍に行き倒れの死亡者を見た。駆け寄り肩を揺すり、声をかけた。「どこの国の者だ。名は何というのだ」。返事はなかった。

妻が狭い庭で育てた麻で縫ってくれたホーム・スパンを着て、帯を締めてはいるが、痩《や》せ衰えた体には、一重に結ぶはずの帯が、三重に回っている。しかし、国を出るとき、変わらぬ愛の誓いとして、妻の結んでくれた紐だけは、しっかりと固く結ばれている。

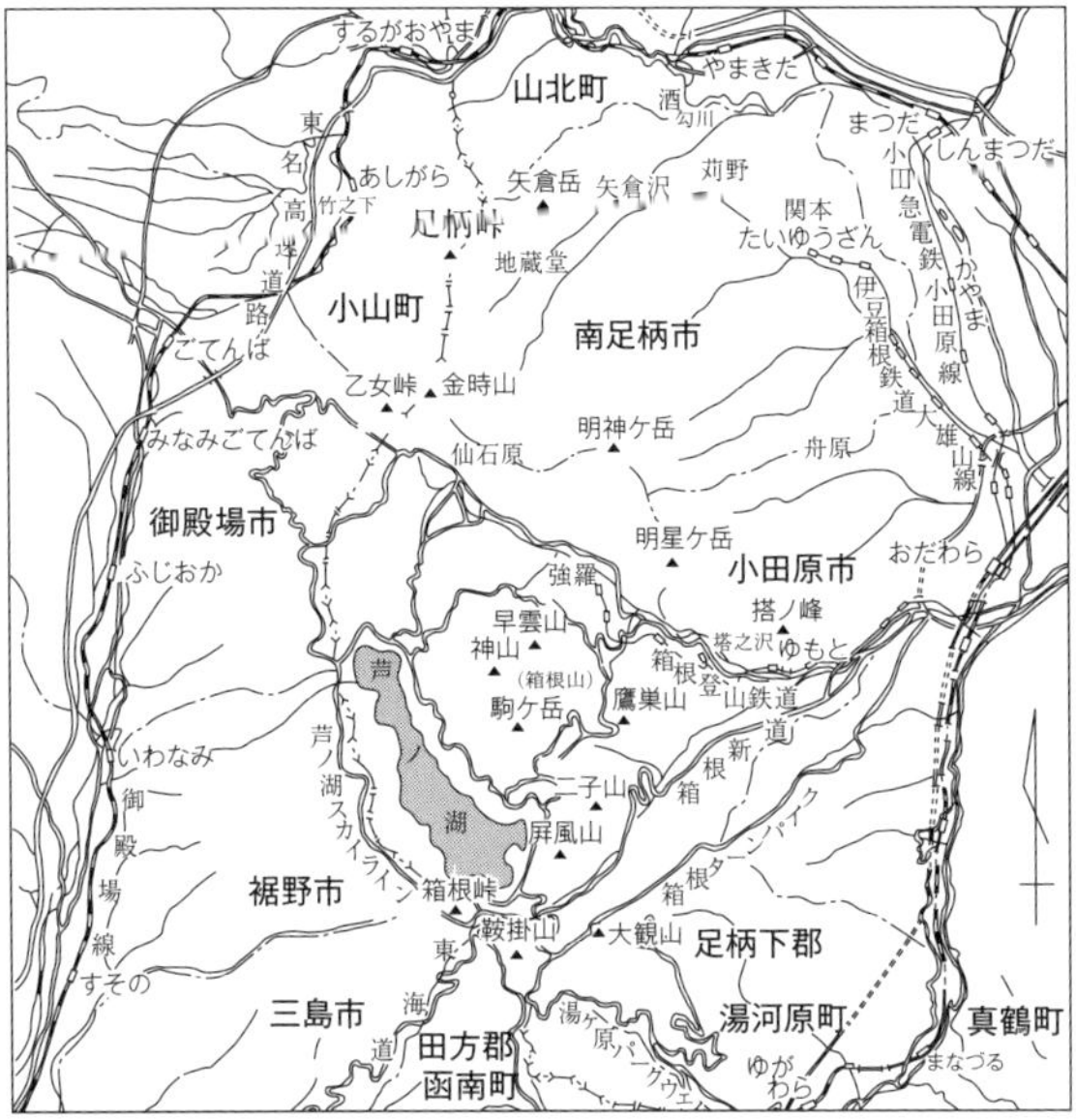

足柄峠周辺図

福麻呂は歌った。

小垣内《をかきつ》の　麻《あさ》を引き干し　妹《いも》なねが　作り着
せけむ　白栲《しろたへ》の　紐《ひも》をも解かず　一重結《ひとへゆ》ふ
帯を三重《みへ》結ひ

痩せ細り横たわっている男、こんなになるまで、大君のために身を捧げ、ようやく解放された今、国に帰り両親・妻子に逢うことができると、ここ足柄峠にまで辿り着いたのか。

苦しきに　仕《つか》へ奉《まつ》りて　今だにも　国に罷《まか》りて　父母《ちちはは》も　妻をも見むと　思ひつつ　行きけむ君は

しかし今は畏怖すべき峠の神の坐《いま》すこの足柄峠で、薄くすり切れた麻のホーム・スパン一枚の寒い姿で、髪乱して横たわっている。

鳥が鳴く　東《あづま》の国の　恐《かしこ》きや　神の御坂《みさか》に　和霊《にきたま》の　衣《ころも》寒らに　ぬばたまの　髪は乱れて

福麻呂は声を掛けた、「国はどこか、家はどこにあるのか」と。男は答えることはなかった。ここまで歩きに歩いて、遂にここで永遠に臥せってしまったのだ。

国問へど　国をも告《の》らず　家問へど　家をも言はず　大夫《ますらを》の　行《いき》のすすみに　此処《ここ》に臥《こや》せる

（巻九・一八〇〇）

福麻呂は自作のタイトルに「足柄の坂を過ぎて死《みまか》れる人を見て作れる歌」と付けたのである。足柄峠で死んだこの男を原文は「益荒夫」と書く。読み下してそのまま「ますらを」と書く本もあり、「大夫」を当てて「勇敢な男」とする訳本もある。マスラヲの原文表記用例を見ると「武士」もあり、武人をいう場合が多い。

元明天皇勅「諸国の役民《えきみん》が造都のための労働に使役されて、逃亡する者が相変わらず多い」（和銅四年九月十日条）、「諸国の役民、使役を終わって故郷に還る日、食粮《しょくりょう》絶え乏《とぼ》しくして、多く道路に飢えて、溝や谷に転《ころ》び落ちて埋もれる例が少なくない」（和銅五年正月十六日条）などから、このような季節労働者とする。

だが、労働者は役民《えきみん》であり、「ますらを」とは表現しないだろう。労働者が勇敢な男に当たるだろうか。大夫や武人と書くだろうか。旧防人の帰郷には路次の国々は食糧の世話をする規則で、現にこのますらおも通過しただろう駿河国の天平十年（七三八）の正税帳には、防人軍団への食糧供給が記録されている。しかし、同時に病気の場合、死亡の場合の扱いも「軍防令」六一条で規定しているということは、国々の手当てにもかかわらず、往還の死亡者が出たということだ。足柄峠の行き倒れが、防人であったことを排除しない。

ようやくの思いで峠に辿りついたこの男は、遙かに故郷を見つめながら、「帰りたい、帰りたい、防人は嫌だ」と呟いたに違いない。太平洋戦争末期、日米両軍の激戦地であったフィリピンのレイテ島で、飢餓で死んでいく兵士を描いた大岡昇平の『野火《のび》』で、「帰りたい、帰りたい、戦争は嫌だ」と呟いたように。

作者福麻呂の生歿年はわからないが、左大臣橘諸兄が大宰帥を兼任し、対新羅専守防衛に腐心していた天平二十年（七四八）に、諸兄の使者として越中守大伴家持を訪れている。

自己意思残留防人

自己意思で筑紫に留る東国防人

天平宝字元年（七五七）閏八月に、東国からの防人派遣を停止し西海道七国の軍団兵士一〇〇〇人を充てたことは、先に述べた。そのため、七国の軍団の負担も大きく、防人の欠員も出る。その上やはり「人、勇健に非《あら》ずは、防守済《な》し難《がた》し」で、勇猛な東国人を欲しいので、天平神護二年（七六六）四月、大宰府は停止されていた東国防人の復活を裁可してくれと上進した。

台閣には防備最前線体験者でありかつ復活論者の、いわば制服組あがりの吉備真備が今や大納言として存在するのだから、東国防人復活は認められた。しかしオール東国派遣防人ではなかった。「東国の防人多く筑紫に留れりと聞く」から、その残留防人を徴兵して補充して三〇〇〇人とせよ」であった。西海道軍団防人は一〇〇〇人というから、二〇〇〇人補充した計算になるが、そんなに多くの残留者がいたのか。勅の「東国の防人多く筑紫に留れり」の実態を、貞観《じょうがん》十八年（八七六）三月の大宰権帥在原行平の報告が示している。

対馬の防人は現在九四人であり、九州の六国に分けて指名して配した防人である。島に派遣して長年となり、逃亡する者が多い。それで島司《しまつかさ》に尋ねると、島司が言うには「前々に派遣した防人が、ある

者は嫁《よめ》を娶《めと》って居坐り、ある者は島民から漁釣を習って島に留住して帰らないことがしばしばありま
す」と。

（『類聚三代格《るいじゅうさんだいきゃく》』巻一八　寛平六年八月九日太政官符）

家庭崩壊

行平報告で九州六国とあるのは、防人を出した七国から日向を除き六国になったからである。その六国から派遣された防人でさえも、玄界灘を渡っての帰国困難さからか、この状態である。

ましてや東国派遣の防人はいかに。帰郷を志しても足柄峠に行き倒れた例もあり、帰国を諦める者も多かっただろう。中には、対馬の防人のように妻帯して永住を志す者もいたであろう。煤《すす》けた竪穴の家、煤けた顔の妻、橡《つるばみ》の妹《いも》よりも、大宰府の紅の女や竹敷の港の遊行女婦《うかれめ》に惹《ひ》かれ、故郷の妹の結んでくれた誓いの紐を自ら解く男たちも少なくなかっただろう。

それだから家持は「紐解くなゆめ」（四三三四）と戒め、故郷出発に際しての防人の妻の気持ちを察して家持が「事し終らば　障《つつ》まはず　帰り来ませ」（四三三一）と必死に祈る妻の姿を歌う。夫が旅で丸寝するならば「家なるわれは紐解かず寝む」（四四一六）と物部歳徳《もののべのとしとこ》の妻、同じく「帯は解かななあやにかも寝む」（四四二二）と夫に殉じようとする服部於田《はとりべのうえだ》の妻のような純情な妻が、夫の帰郷を待ち焦がれているのだが。

服部於田の妻の歌は、

我が背《せ》なを　筑紫へ遣りて　愛《うつく》しみ　帯は解かなな　あやにかも寝《ね》も　（四四二二）

妻、服部呰女《あさめ》

だ。「愛しみ（原文は「宇都久之美」）」は、一般には親から子に、男から女に対して使われる弱者に対するいたわりの気持ちを表す言葉だ。それを女から男へ、妻から夫への表現に使う服部呰女さんは、夫が無性に可愛いので、口をついて出たのだろう。純情な妻の姿だ。

天地《あめつし》の　神に幣《ぬさ》置き　斎《いは》ひつつ　いませわが背な　吾《あれ》をし思《も》はば　（四四二六）

昔年の防人歌の中の一首で、夫を防人として送り出す妻の歌だ。「私を思って下さるなら神々に奉り物をしていつも祈ってね」と妻が願うのは、私を忘れないで帰ってきてねの願いが込められているではないか。

防人に徴発されるということは、そのまま離婚、親子断絶など家庭崩壊に繋がる危険性をはらんでいたのだ。

Ⅲ　防人歌の役割

公的収集の防人歌

官職姓名明記

草莽《そうもう》の民の苦衷《くちゅう》を吐露した防人歌が進上された二年後、進上した防人がまだ在任中に、東国防人は停止された。

既に明らかであるように、防人歌一首毎に作者の出身地・官・氏名、それを取りまとめた歌群を「進上」し、進上した防人部領使《ことりづかい》の氏名・官位・日時・進上歌数と公文書記録として必要な事項は全て網羅されて記載されている。一首一首の歌の責任の所在を明確にするために、各歌に作者がオフィシャルに署名し、更に収集責任者も署名しているではないか。

進上歌は各国防人部領使から兵部少輔家持の許に提出されたのだが、家持個人的営みであるなら、何故ここまでオフィシャルに記録する必要があるのか。巻一四東歌群に散在する防人歌のように、あるいは「昔年の防人の歌」「昔年相替りし防人の歌」等と同じ扱いをして「防人の歌」と一括すれば済むわけである。

防人歌が公的意図を持って、公的立場で採集されていること疑いない。それが進上されているのであれば、防人歌集のかつての存在を認めねばならないであろう。その防人歌集の一部分を、巻二〇の家持記載に依り知ることができるのである。家持は、拙劣歌《つたなきうた》は載せずと記すから、防人歌集にはその拙劣歌も含んでいたのである。

駿河守兼防人部領使は元遣唐使

防人歌の防人部領使の中で、国守自らが部領使を務めたのは二名、相模守藤原宿奈麻呂《すくなまろ》と駿河守布勢人主《ふせのひとぬし》で、私が注目しているのは、布勢人主である。

正六位上であった人主は、天平勝宝四年（七五二）阿倍仲麻呂などと共に、第一〇次遣唐使として渡唐、帰国に際し暴風雨に遭い五か月ほど漂流した。人主が帰国して平城京に入ったのは何時《いつ》であるかわからないが、天平勝宝六年（七五四）七月には従五位下に叙せられ、異例とでも言える早さで同時に駿河守に任ぜられる。前駿河守は任期途中で交替させられており、抜擢人事と考えてよいであろう。

防人歌進上の前年のことである。家持が防人を管理する兵部少輔に任ぜられたのは、人主帰国の年の四月である。

在唐時の唐の情勢

人主在唐時、唐は軍事・外交戦略において大転換期にあった。ユーラシアにおける初の東西戦であるイスラム圏諸国を相手に唐は大激突、タラスの戦いで唐が大敗北を喫したのは人主渡唐の前年のこと。さらにその前年には、日本がモデルとしていた防人制を包括する府兵制が廃止されたのだ。府兵制というのは日本の軍団制で、どちらも徴兵制度を基礎とする。その府兵制廃止ということは、徴兵による防人制廃止ということである。

廃止の理由は、五〇万人も辺塞地に派遣した府兵は徴兵による農民兵であり、そのため農民負担が大きく、日本の班田制に相当する均田《きんでん》制の崩壊であり、それによる徴兵忌避が各地で起こっていたことである。中国の編年体歴史書『資治通鑑《しじつがん》』によると、天宝七載（七四八）頃の辺境の軍政長官である節度使一〇人の配下の兵士は、合計四八万七千人、馬は六万七千七百頭に及んだ。時の皇帝玄宗は、府兵制の崩壊の主な原因を「役は軍府より重きはなし」と、徴兵制による農民の困窮にあることを掲げる。

中国の防人廃止の事情にも通じているであろう人主たち要路の識者は、日本の防人制も、唐帝国と同様な理由から末期症状を呈し、やがては東国防人制の崩壊することは予見できたであろう。

長安に充満する厭戦詩

人主は遣唐判官であった。遣唐判官には文章生《もんじょうせい》出身者など学問に勝れている人が選ばれている例が多く、唐において学問を学ぶことも彼らの任務であった。人主は、外戦に対する庶民の怨嗟《えんさ》の声が長安の街に満ち、厭戦詩が盛行していたことに、無関心であったはずはない。

長安街頭の乞食坊主王梵志《おうぼんし》は「天下の悪官職は、これ府兵を過ぎず」と、最高の悪職は府兵だと歌っていた。「お前は、生は死に勝ると言うが、俺は、死は生に勝ると言うぞ。生きていると戦死に苦しむが、死ねば征伐に行くことはないからね」とも歌う。

私たちがよく知っている唐詩にも厭戦詩が多い。

秦時《しんじ》の明月《めいげつ》　漢時《かんじ》の関《かん》　万里《ばんり》長征《ちょうせい》して　人未《いま》だ還らず　（王昌齢《おうしょうれい》「出塞《しゅっさい》」）

葡萄《ぶどう》の美酒《びしゅ》　夜光《やこう》の杯《さかずき》（中略）酔うて沙上《さじょう》に臥《ふ》すとも　君笑うこと勿《なか》れ　古来征戦幾人か回《かえ》る　（王翰《おうかん》「涼州《りょうしゅう》の詞」）

長安一片《ちょうあんいっぺん》の月　万戸《ばんこ》衣《ころも》を擣《う》つ声（中略）何《いず》れの日か胡虜《こりょ》を平らげて　良人遠征を罷《や》めん　（李白「子夜呉歌《しやごか》」）

帰《き》り来たりて　頭《かしら》白きに還《ま》た辺を戍《まも》る（中略）君見ずや　青海の頭《ほとり》　古来白骨人の収むる無く　新鬼は煩冤《はんえん》し旧鬼は哭《こく》し　天陰《くも》り雨湿《しめ》りて　声の啾啾《しゅうしゅう》たるを　（杜甫《とほ》「兵車行《へいしゃこう》」）

児《こ》は爺嬢《やじょう》に別れ　夫は妻に別る　皆云う「前後して蛮《ばん》を征する者、千万人行きて一の回《かえ》る者無し」と　（白楽天「新豊《しんぽう》の臂《ひじ》を折りし翁」）

などを思い起こすのである。

杜甫《とほ》は玄宗皇帝の無益な外征策を、出征兵士の嘆きを借りて批判して、「兵車行《へいしゃこう》」を作ったという。

耶嬢《やじょう》　妻子《さいし》　走って相送り（中略）衣を牽《ひ》き足を頓《とん》じ　道を攔《さえぎ》って哭《な》き

父母妻子は走りながら兵士を見送り、上衣にすがりつき、足摺りしながら、兵士の行く道を遮《さえぎ》り大声で泣き叫ぶなどというシーンは、幾つもの防人歌に見られるし、家持の劇場型長歌「防人の別れを悲しぶ歌」を想起させるではないか。木下恵介監督の名画「陸軍」のラストシーンを再び思い出すのである。

縦《たと》い健婦《けんぷ》の鋤犂《じょり》を把《と》る有るも　禾《か》は隴畝《ろうほ》に生じて　東西《とうざい》無し　況《いわん》や復《ま》た秦兵《しんぺい》の苦戦に耐うるおや　駆《か》

らるること犬と鶏《にわとり》とに異ならず。（中略）県官《けんかん》　急《きゅう》に租《そ》を索《もと》むるも　租税《そぜい》　何《いず》こより出《い》でん

「たとえ健気な嫁が、鋤鍬を取って働いても、稲や麦は田んぼのあちこちに勝手放題に生えて、まるでめちゃくちゃだ。陝西《せんせい》の兵士は苦しさに耐え抜くというので、犬や鶏でも追い立てるように、戦場に追い立てられるのだ。役人はやんやと租税の催促をするが、どこから租税が出せるのか」と、杜甫は訴える。

片や陝西の兵士は苦戦に耐えるというので駆り出され、片や東国農民は勇猛果敢だというので防人に徴兵される。その様、犬・鶏に異ならず。肺腑《はいふ》をえぐる言葉ではないか。村落の疲弊、それが日本の防人停止の理由だが、先輩格の唐も同じだった。

防人歌による実態把握

帰国した遣唐使達は、唐帝国において、軍事のマンモス化により農民が疲弊し、特に辺塞派遣が怨嗟の種になり、府兵制が崩壊し、防人制度の消滅したことを報告しているであろうし、兵部少輔防人検校の家持の耳には厭戦詩も入っているであろう。

日本においても、防人制が東国農民に重圧となっており、悲痛な声の上がっていることは、家持が手に入れていた昔年の防人歌八首が示している。危地に赴く防人の歌声に、家持は海彼《かいひ》の征夫の詩を観たのであろう。

昔年の防人歌があったということは、防人制度の施行されていた間、防人歌の作られていたことを示す。しかし、その計画的収集は天平勝宝七歳（七五五）以外には行われてはいない。その意味が重要であろう。私は、唐帝国の軍事の破綻を見て来ている唐土帰りの知識人布勢人主に注目する。彼は遣唐判官だったが、

遣唐判官には文章生出身者など学問に勝れている人が選ばれている例が多い。人主もそうであり、したがって長安の都に充満する厭戦詩に無関心であったとは思われないのだ。

そして帰国して間を置かず昇格昇任の抜擢人事、前任者の任期途中での交代、それが東国派遣であるということ、高官の防人部領使ということ、防人歌の収集に関わったこと、そして任期中の東国防人停止であることに、注目する。東国防人の実態を調査し、存続の判断をする目的で、高官でありながら特に人主は防人部領使を務めたと考えられるではないか。

防人部領使として東国から難波まで下れば、兵士及び家族、通過諸国の苦難の実情も直接把握できる。防人歌の収集も、防人制の東国農民に及ぼす影響の実態報告の意味があり、閣議における東国防人廃止か継続かの衆議に、参考資料として兵部省は収集した防人歌を提出したと考えられる。そして二年後、東国防人は停止された。

提出された防人歌は拙劣歌を含めて全一六六首だから、提出防人数もこの程度だろう。一回に派遣される防人数を一〇〇〇人とすると、一六パーセントに過ぎない。これで防人の心情を云々できるかとも考えられるが、現在の世論調査では、抽出枠には選挙人名簿が主に使われ、約一億となる。ここから抽選により数千人くらいが無作為に抽出され電話によりアンケートを取るが、聴取できる数はさらに少なく、その結果により、国家の根幹に関わる事項の動向を探る。それに比べると防人歌の方が遙かにパーセンテージは高いと言えるであろう。

シビリアン・コントロール

広く意見を聴する衆議

二回目の防人停止が決せられたのは天平九年（七三七）九月だが、それより早く二月に新羅の遣新羅使接遇が常の礼を欠くということで、新羅対策を議するために、閣議が開かれた。天皇は公卿のみならず五位以上の官僚と六位以下でも諸司の長官など四五人を内裏《だいり》に呼んで意見を聴した。更に一週間後には、諸司の意見をそれぞれまとめて文書で提出させている。

衆議や文書の意見は対立した。一方は「使いを派遣して欠礼の理由を聞け」という外交論、一方は「軍隊を派遣して攻撃せよ」という先制攻撃論。対立する意見を聞いて天皇がどちらに軍配を上げたかは書かれていないが、その後、新羅を攻撃した気配はないから、外交論を支持したのだろう。

この衆議形式を見るならば、九月の防人停止に関しても、衆議の結果と考えてよいだろう。

天平宝字元年（七五七）の三回目の東国防人停止を『続日本紀』は、例の勅「防人の留守宅の生業も回復し難い損失」と記載するだけなので、孝謙《こうけん》女帝の独断のように思われてしまう。それは誤解で会議が開かれたに違いないことは、先の例や次の例から推測が付く。

天平宝字三年（七五九）に大宰府が停止されている東国防人の復活を要請したとき、閣議は「衆議して允《ゆる》さず」で、衆議の結果、東国防人再軍備論は否定されたのだ。おそらく兵部省は意見を具申、太政官は参考資料も提出するから、防人歌が提出されたか、公卿や意見を具申した官僚の脳中にはそれがあったのではないか。

防衛最前線の参謀吉備真備からの具申に関わらず、太政官は否決したのである。

政策重要事項が閣議で議論されている例をもう一例挙げておこう。年代は下がり、防人とは無関係の例なのだが、桓武は東北の征夷と平安京の造営という二大政策を続行するか否かを決定に迫られていた。廟堂会議では続行・中止の意見が対立、そこで天皇は継続意見の代表参議菅野真道《まみち》と中止意見の代表参議藤原緒嗣《おつぐ》とを論争させた。天皇は緒嗣の意見を採り中止したのである。

防人を救った文民統制

防人の中止や復活、新羅攻撃の是非、征夷継続か中止か、軍事に関する重要事項はすべて閣議に掛かり、公卿のみならず多くの官僚の意見を聴し、文書を提出させ、エキスパートに論争させるなど、多くの意見を聴するかなり民主主義的運営がなされている。

私が簡単に「閣議」と表現したことを、当時の法律語では「論奏《ろんそう》」という。政府にとって政治的に重要事項が生じた場合、太政大臣・左右大臣・大納言・中納言など、現在の閣僚に当たる政府首脳が議して、その結果について天皇の裁可を仰ぐ形式が『養老令』公式令《くしきりょう》で定める論奏という審議形式である。防人の停止復活、及びそれに大きく関わる対新羅政策が論奏に掛けられているのだ。審議事項によっては拡大論奏ということで、首脳以下の官僚を参加させたり、意見を聴したこともあったことは、先の例が示している。

注目すべきことは、新羅攻撃をするか否か、征夷を続けるか否か、屈強な東国防人の停止や復活など軍事に関わる重要事項が、当時はまだ参議職はなかったので、中納言以上という文官により議せられていることだ。「公式令」によると、武官というのは衛府・軍団・馬寮・兵庫の官僚だけで、他はすべて帯剣していても文官だとする。もちろん兵部省も文官で組織されている。

諸国の軍団においても、武官に相当する上級兵士以下の実戦集団の上部に、守・介・掾《じよう》・目《さかん》に至る文官がいて、彼らが実戦集団を指揮するのであるから、ここも文官統制だ。

律令制下、中央政府においても地方政府においても軍事権を有するのは、完全に文官であった。初度の防人停止の天平二年（七三〇）の大宰帥は、歌人として有名な大伴旅人、筑前守は山上憶良だった。旅人は武人の家の生まれで、隼人持節《はやとじせつ》将軍として隼人反乱鎮圧を行ってはいるが、帥時代の旅人は酒に浸り歌を愛し、帰京に際しては遊行女婦との別れに、水城の上で涙する姿からは、武人というよりは、文民のイメージが強い。

その後も防人は中止されたり、新羅防備の最前線である大宰府の参謀吉備真備の東国防人復活要請も、中央政府は否決し、復活が認められなかったり、新羅攻撃は行われず、武力外交は否定された。軍の指揮官は、政治指導者の政策決定には絶対的に服従という民主主義国家の文民統制理論、今日に言うシビリアン・コントロール（文民統制）が完全に実施されていたのだ。もし、文官統制でなければ、東国防人は停止されなかっただろうし、あの防人歌を作った防人たちは、朝鮮半島に侵攻させられ、多くの死傷者を出したであろう。防人歌は辞世歌になったのだ。

大宰府は防衛のみを念頭に置いて東国防人を要求する。太政官は国家の経営を全般的に睨んで要求を拒否する。大宰府は制服組、太政官は背広組、その違いであった。

文民統制が実施されていた律令制軍事組織が、朝鮮半島攻略を防いだ。東国防人も命《いのち》を失うことはなかったのだ。

研究者は評して言う、太政官は大宰府に外交問題を丸投げ、大宰府に任せたまま風流享楽の貴族たち、公卿の軟弱外交等々。丸投げならば船王、真備、田守など戦略外交派の意見をそのまま受け入れ拒否はあり得ない。確かに大宰府が危急を告げる天平宝字二年（七五八）の正月には、紫微《しび》内相藤原仲麻呂（恵美《えみ》押勝）、昨年までは兵部大輔であり今は右中弁《うちゅうべん》の大伴家持等も列席して、内裏で歌を詠み詩を賦《ふ》す賀宴が催されている。二月には式部大輔《たいふ》中臣清麻呂宅で各省の中堅実務官人が集まり宴会を開き、歌を詠んでいる。

儒学に基づく王道政治思想として文章経国論《もんじょうけいこく》がある。詩文が作られ文章（文学）が栄えることが国家経営の大業に繋がり、ひいては国家・社会を平和と安定に導くとする政治思想である。危急の時にあっても文化を蔑ろにしない文章経国の生き方があってこそ、海彼の国と干戈《かんか》を交えることなく、防人歌は辞世歌とならず、人民の命を無駄にすることもなく、王朝文化を支え、後世に伝えることができたのではないか。『万葉集』巻二〇の後半の歌の数々はこのようにして今に伝わったのである。

軟弱外交ではない。シビリアン・コントロールが見事に花開いていたのだ。

エピローグ　右も左も真っ暗闇

天平勝宝七歳（七五五）年度の東国諸国防人歌八四首を整然と配置した巻二〇は、続いて「昔年の防人歌」八首を置いて防人歌群を閉じ、その後には防人の仕事終了の意味からだろうか、防人検校《けんぎょう》勅使安倍沙《さ》弥《み》麻呂、兵部《ひょうぶ》使《つかいの》少《しょう》輔大伴家持などの防人関係者が催した宴会の歌三首が置かれている。

読者はこれで防人歌群終了と思う。ところが、宴会の歌三首の後に「昔年相替りし防人の歌」として更に一首、まるで防人歌群の止《と》めであるかのように置かれているのだ。

闇の夜の　行《ゆ》く先知らず　行《ゆ》くわれを　何時《いつ》来《き》まさむと　問ひし児《こ》らはも（四四三六）

この防人歌は、上総《かみつふさ》国大掾《だいじょう》正六位上大原真人《まひと》今城《いまき》が伝誦したのだと左注は言うが、防人関係者の宴会とは関係のない時に披露されたのである。

大原今城はその肩書やこの歌に続く歌などから、防人歌八四首が進上された天平勝宝七歳（七五五）には、防人部領使《ことりづかい》を務めていないが、上総国大掾だった。時の上司上総守は家持の叔父大伴稲公《いなぎみ》であることも注目される。今城伝誦防人歌は、天平勝宝七歳（七五五）度の防人歌ではないので上総国進上防人歌の中には入らなかったが、感動的な歌として大掾今城の記憶にあり、親しかった家持に伝えられたのだろう。

防人として出立つ夫に向かって妻は尋ねた、「何時お帰りになるのですか」と。夫はつぶやいた、「ああ、何も知らない妻よ。暗い暗い闇の夜の中を行くように、どこへ行くのやら私にもわからないのだよ。いつ戻るかもね」

「闇の夜の行く先知らず行く我を」、お先真っ暗なのは行く先や帰郷の年月だけではない、もっと激情をもって訴えているのは、自分の運命だ。運命も知らずということだ。行く先も帰郷の時も運命もわからず、杜甫《とほ》の詩句を借りるならば、犬や鶏のように駆りだされる防人たち。偶然か意図的かはわからないが、防人歌群の最後に置かれている切々たる思いのこの歌は、まさにエピローグとして的確過ぎよう。防人も「今の世の中、右も左も真っ暗闇じゃござんせんか」（「傷だらけの人生」）と歌ったのだ。

外泊して母に会った学徒兵上村元太《うえむらげんた》は、その日の日記に次のように書き残した。

これがあるいは（母と会う）最後となるやらも。母は言う、三年ぐらいでと。我は言う、四年か五年。事実は、帰ることをあきらめねばならぬ状態ではなかろうか。（『きけわだつみのこえ』）

「何時来《き》まさむと問ひし」母に対して、上村もまた「闇の夜の行く先知らず行く我を」と呟くのであった。二年後、彼は沖縄戦で永き闇の世界に消えた。

この防人歌と同じ表現を取っている歌として、天平二年（七三〇）に大宰帥大伴旅人が帰京するときの従者の歌、

大海《おほうみ》の　奥処《おくか》も知らず　行《ゆ》くわれを　何時《いつ》来まさむと　問ひし児《こ》らはも（巻一七・三八九七）

がある。それの換骨奪胎《かんこつだったい》と非難しようと、「大海の奥処《おくか》も知らず」と「闇の夜の行く先知らず」とでは、心

に響く深度は格段の相違があるではないか。
お先真っ暗、夫も答えられないと知りつつも「いつお戻りになるの」と涙ながらに尋ねる妻、武蔵国の大伴部真足女《おおともべのまたりめ》もそうだった。

枕刀《まくらたし》　腰に取り佩《は》き　ま愛《かな》しき　背《せ》ろがめき来《こ》む　月《つく》の知らなく（四四一三）
武蔵国　上丁《かみつよぼろ》那珂《なか》郡檜前《ひのくまの》舎人《とねり》石前《いわさき》が妻《め》、大伴部真足女《おおともべのまたりめ》

伝大伴部真足女・防人檜前舎人石前之館跡（埼玉県美里町）

「枕刀」には諸説あるが、要するに刀だ。「めき来む」の「めき」も諸説ありよくわからない。「刀を腰に帯びた愛しい貴方がお帰りになる月はわからないのね」。その夫の石前の歌がないのは奇妙だが、拙劣歌だったのか。那珂《なか》郡に当たる埼玉県北西部の児玉郡美里町《みさとまち》に石前・真足女夫婦の居住跡だという伝説地が在る。
暗い暗い闇の夜の中にうごめき苦悩し、耐えきれずに挙げた草莽の民の悲鳴が防人歌だったのだ。その悲鳴を救い挙げたのが左大臣橘諸兄、兵部少輔大伴家持、上総国大掾で後に兵部大丞大原今城、駿河守布勢人主など、家持を中心に末期万葉を彩る文民たちであった。
和歌の思想を同年代の歌論である藤原浜成の『歌経標式《かきょうひょうしき》』

は「歌は鬼神の幽情《ゆうじょう》を感ぜしめ、天人《てんにん》の恋心を慰むるゆえんのものなり」と定義する。「鬼神の幽情を感ぜしめ」は、中国初のアンソロジー『詩経《しきょう》』で詩の本質を述べた句に基づくが、それに続いて、中国詩学には見られない「恋心」を加える。防人歌には夫を恋い、妻を偲ぶ恋歌に充満してはいるが、それを凌駕して私たちに迫るのは、「闇の夜の行く先知らず」という防人制度と真っ向から向かい合わねばならなかった草莽の民の声だ。

これは『歌経標式』が表明する恋こそ本命とする和歌の本性を逸脱している。『詩経』の序文が、「詩は志《し》の之《ゆ》く所」、つまり政治を事とする士大夫《したいふ》が、悲憤慷慨《ひふんこうがい》して志を述べるのが詩だと定義していることに、草莽の防人歌は等しいではないか。

防人制に直接文句を叩きつけたのは「ふたほがみ悪しけ人なり」（四三八二）と歌った下野国《しもつけ》の上丁大伴部広成だけだが、しかし、家族に別れる苦渋を歌い、後顧の憂いを吐露し、軍務の旅の苦悩に深いため息をつく防人の歌、危地に赴いた夫や子の無事帰還を祈る銃後の家族の歌、いずれもいずれも、ソフトなソフトな防人制批判、厭戦歌ではないか。

家持たちは、和歌の精神に徹《てつ》して「紅旗征戎《こうきせいじゅう》、我が事に非《あら》ず」とうそぶいた藤原定家《ていか》のような高踏《こうとう》的態度は取らず、征戎を我が事とした。彼らが救い上げた草莽の民の声は、八世紀朝鮮半島危急の中で生まれ、歪曲された形で昭和の大戦の中で蘇生した。

それから七〇年、日本は平和国家ではあるが、軍靴の響きが聞こえないわけではない。世界各地には戦塵にまみれて危急の状態にある国々があるではないか。今こそ「闇の夜の行く先知らず行くわれ」の悲しみを歌い挙げた草莽の防人の歌に、耳傾けようではないか。真実、平和を語ることのできる人は、その人たちだ。

東国防人を最初に停止したのは大宰帥大伴旅人、その後復活を重ねた東国防人の最後の停止に寄与したのは旅人の子の兵部少輔家持、彼らの努力により『万葉集』防人歌は天平版『きけわだつみのこえ』にならなかったのである。

あとがき

古くから戦いをテーマにした文学はある。ギリシア時代ホメロスの『オデュッセイアー』『イリアス』、古代メソポタミアの『ギルガメシュ叙事詩』、アイスランドの古代北欧歌謡集『エッダ』。日本においても『保元物語』に『平治物語』、圧巻は『平家物語』であろう。現代には戦争文学というジャンルさえあり、全集も出されている。戦争により科学は進歩するというが、文学も戦争をテーマにすることにより育まれるのか。

しかし、現代の小説をのぞいてはどれも王侯貴族を主人公とした物語・小説であり、映像の世界でも斬った張ったは名のある武将の跋扈《ばっこ》である。さらにほとんどが作家によるノンフィクション・ノンフィクションであり、戦士自身の生の声は少ない。そのような戦いの文学の流れの中で、『万葉集』の防人歌は稀有な存在である。王侯貴族ではなく徴兵された農民という草莽の民の兵士や家族、しかも日本では珍しい外国との戦いに直面した人々の生の声である。

平安の和歌の研究から始めた私が、米寿の年になって防人の歌をカルチャーや公開講座で話をするのは、悲惨な先の大戦を幾らかでも体験している同世代の方々が少なくなったので、いわば文学における戦争の語り部としての役割を痛切に感じたからである。講座に出席されたあの雨の神宮外苑で出陣学徒に手を振り軍歌で見送った女性、大陸各地を転戦し帰国した元従軍看護婦、辛苦に堪えて大陸から引き揚げてきた人たち、空襲の恐怖に怯えた内地の無辜《むこ》の民、私より年上の多くの方々が亡くなられたり施設に入られたりしている。その方々の教室での真剣なまなざしを忘れることができない。

本文中、諸先学には敬称を付けなかったが、手崎政男先生には「先生」と呼ばせていただいた。私の中・高時代の恩師であり、富山大学時代の上司でいらっしゃったからである。先生は卒寿を迎えられてから『「醜の御楯」考万葉防人歌の考察』（笠間書院）を出された。精緻な語法・語意・訳など私などには足元にも及ばないので、御高著を机上に置き絶えず参考にしつつ、その間隙を縫うように、先生が極力避けようと為された史料重視の方法を選んだ。

先生は私が旧制中学一年の時に一兵卒として召集されたが、先生の戦争体験の話に野間宏『真空地帯』、阿川弘之『雲の墓標』、『きけわだつみのこえ』、『昭和万葉集』（講談社）、『将兵万葉集』（東京堂出版）などをオーバーラップさせながら防人の歌にアプローチしたことが、果たして師の学恩に報いることになったであろうか。

過去を知り現代に目を向け、未来に及ぶことが人文科学者の使命だと信じている。カルチャー等で何回も引用したヘロドトス『歴史』の中のペルシア軍に敗れたギリシア王の言葉を挙げておこう。

　平和より戦争をえらぶほど無分別な人間がどこにおりましょうや。平和の時には子が父の葬《とむら》いをする。しかし戦いとなれば、父が子を葬《ほうむ》らねばならぬのじゃ。

最近の出版事情から古典関係の著書の刊行し難い時に、快く取り上げて下さった場所も大宰府管内にある海鳥社に感謝し、海鳥社社長の杉本雅子様、雑駁な原稿を手掛けて下さった柏村美央様に心から御礼申し上げる。「海鳥社」の名の如く、拙著が大宰府と東国の間を飛翔することを心から願うものである。

二〇二〇年　終戦の月

山口　博

西暦	年号	天皇	防人	政治 国内	政治 国外	家持
６４４	皇極３	皇極		蘇我蝦夷・入鹿「東方儐従者」		
６４６	大化２	孝徳	防人を置く	大化改新		
６５９	斉明５	斉明			唐「海東の政」計画のため遣唐使長安に幽閉される	
６６０	斉明６			百済救援決定、難波に幸し軍器を備える。救援船を駿河国に造らせる		
６６１	斉明７			征西艦隊難波出港。斉明歿		
６６２	天智１	天智		百済救援に備えて兵甲修繕、船舶用意、兵糧を備蓄		
６６３	天智２			新羅征討に兵２７０００人派遣。白村江敗戦		
６６４	天智３		対馬・壱岐・筑紫に防人と烽火を置く	大伴部博麻、唐の情報を日本に伝えることを計画		
６６５	天智４			唐使２５４人来朝		
６６７	天智６			近江遷都、高安城・屋島城・対馬金田城を築く		
６６９	天智８				唐、日本遠征を計画	
６７０	天智９			高安城に穀物・塩を備蓄。長門に１つ、筑紫に２つ築城。庚午年籍作成。倭国王使者を派遣、高句麗平定を賀す		

671	天智10		対馬防人、唐使2000人、船47隻に驚愕し、射戦の可能性あり			
672	天武1			壬申の乱。近江の大友皇子、筑紫大宰栗隈王に参戦要請。栗隈王拒否		
675	天武4			諸王以下初位以上兵器を備えること		
676	天武5			上記の官人の兵器検校	新羅、朝鮮半島統一	
679	天武8			親王・諸臣は兵馬を備えること		
684	天武13			文武官は兵馬を備えること		
685	天武14	天武	12月、筑紫に遣わせる防人海に漂い、衣装を失う。布458端を筑紫に給う	人夫の武器を検校		
689	持統3	持統	2月、筑紫防人、年限満ちたら交代させよ	諸国司に戸籍作成を命ず。諸国の軍団兵士に武芸を習わせよ。持統、高安城を自ら視察		
693	持統7			親王以下初位以上の官人が備えるべき武器明細を指示		
694	持統8			藤原京遷都		
698	文武2	文武		高安城修理	渤海建国	
699	文武3			高安城修理。中央官人及び京畿に武器・兵馬を備えさせる		
700	文武4			王臣・京畿に武器を備えさせる。周防国造船		

701	大宝1	文武		大宝律令成る		
707	慶雲4		白村江敗戦で唐の捕虜になった3名帰国			
710	和銅3	元明		平城遷都		
713	和銅6		部領使の防人引率は駅を混雑させ人馬疲労。駅毎に順送りせよ			
715	霊亀1			百姓の浮浪・逃亡。六道諸国営造兵器、牢固に耐えず		
717	養老1			百姓の浮浪・逃亡		
718	養老2		養老律令成立説あり。兵士・防人に簡点された百姓を貧富上中下3階級に			生まれる
719	養老3			京畿七道諸国兵士数を減、志摩・若狭・淡路の兵士停止		
727	神亀4	聖武		渤海交流始まる		
	神亀年間		対馬への米輸送船難破（万葉集巻16・3860～3869）			
729	天平1			8月、兵士表彰基準を示す		
730	天平2		9月、諸国の防人停止。帥は大伴旅人（～天平4）、筑前守は山上憶良（～天平4）			
731	天平3			日本兵船300隻、新羅東辺を襲うとの説あり		
				節度使設置。大宰府に「警固		

732	天平4		東国防人復活か？	式」。検船使を越前方面に派遣。葛城王、参議	唐と渤海戦争	
733	天平5		東国防人復活か？	山陰節度使。12月、因幡、伯耆、出雲、石見、安芸、周防、長門に「備辺式」2巻を頒布（宝亀11・7・15）。出雲国、弩製造し要所に設置、武器・武具の作成、徴兵と訓練を行う		
734	天平6			2月、出雲国・隠岐国、烽火設置。出雲国、弩配置		
735	天平7			新羅使を帰国させる	新羅、朝鮮半島統一	
737	天平9		9月、防人停止帰郷させる。壱岐対馬の防衛担当は筑紫人を当てる	2月、新羅対策の意見を官人45人に徴す。使者派遣論、討伐論あり。新羅無礼を伊勢・大神・筑紫住吉・八幡・香椎に告げる。橘諸兄、大納言	唐、健児制。府兵制消滅	
738	天平10		筑後国・周防国・駿河国を帰郷の旧防人通過。（天平10年正税帳）。駿河国は1082人	橘諸兄、右大臣		
740	天平12			大宰少弐藤原広嗣、反乱		
742	天平14			大宰府廃止		
743	天平15			大宰府より新羅使放却。筑紫に鎮西府設置		
745	天平17			大宰府復置		
746	天平18		防人復活か。年は不明、聖武勅に東国人の勇猛をいう。	大宰帥、諸兄兼任。安芸国船舶2隻造船		3月、宮内少輔 7月、越中守

746	天平18		（神護景雲3年10月称徳勅に引用）			
748	天平20			大原今城、兵部少丞		
749	勝宝1	孝謙			中国、府兵制廃止	従五位上
751	勝宝3				唐、タラス大敗	
752	勝宝4			新羅王子来朝。日本側、国王来朝を要求。越後国所属の佐渡を独立させ佐渡国とする。大宰少弐に武門の家である佐伯氏の佐伯美濃麻呂を任ず。参議奈良麻呂を但馬・因幡・伯耆・出雲・石見など日本海側の按察使として派遣。布勢人主渡唐（第10次遣唐使）		
753	勝宝5			新羅大使小野田守、傲慢無礼により帰国させられる。遣唐副使大伴古麻呂、新羅と席次を争う		「うらうらに照れる春日に」（4292歌）
754	勝宝6			大宰大弐、任吉備真備、宝字八年（七六四）まで。入唐判官布勢人主帰国し駿河守		4月、兵部少輔。11月、山陰道巡察使
755	勝宝7歳		東国防人を当てる。**防人歌進上**（万葉集巻20・4321～4436）	越前守に佐伯美濃麻呂を任ず。大原今城、上総国大掾	安史乱	防人検校、難波へ。防人歌収集
756	勝宝8歳		怡土城築城に防人奉仕	左大臣諸兄辞職。吉備真備に命じ筑前国怡土城の築城開始。大原今城、兵部大丞		
			閏8月、東国防人制は路次			

757	宝字1 改元 8月		国の負担多く、防人の生産活動も低調ゆえに、**東国防人完全停止**。以後、東国防人派遣なし。西海道兵士1000人を充てる。防人等の今年の田租を免ず。	5月仲麻呂紫微内相。5月養老令施行。7月奈良麻呂乱。8月改元	安禄山を殺害	6月、兵部大輔 12月、右中弁
758	宝字2	淳仁		仲麻呂紫微大保。遣渤海使小野田守帰国、安史乱の詳細報告。安禄山来襲に備え、帥船王・大弐吉備真備に厳重警戒を命ず		6月、因幡守
759	宝字3		3月、東国防人停止以後、辺戍荒散、何を以て事変に即応して威を示さん。東国防人復活を大宰府進言、「衆議して」不許可	大宰府、辺防の不安4ヵ条を進言。①船舶500隻備えなし。→造船させる②東国防人停止したこと→不許可③防人の築城と習戦に府官意見一致せず。→10日間の築城役を認める。④兵士の調庸負担が重し。→免税不許可。大宰府、新羅征討の「行軍式」作成。帥を香椎廟に派遣して新羅征討を報告。正当のため500隻を3年内の造船を命ず		
761	宝字5			新羅征討のために新羅語を習わせる。西海諸国の兵器不足、造備を命ず。東海・南海・西海の節度使任命。西海は吉備真備。船・兵士・子弟・水手を検定し、五行陣を習得させる。唐、武器を日本に求める		
762	宝字6			初めて大宰府に弩師を置く。		

762	宝字6			香椎廟に奉幣、新羅討伐の軍旅調進を告げる。天下の神祇に幣帛・弓矢を奉献、諸国の神社に奉幣		1月、信部大輔
763	宝字7			4月、布勢人主、文部大輔	安史乱終息	
764	宝字8	称徳		4月、布勢人主、上総守。9月、藤原仲麻呂、敗死。11月、西海道節度使廃止		
766	天平神護2		4月、大宰府、東国防人復活を再提案。筑紫残留東国防人に九州六国からの防人を加えて不足分東国から徴集して3000人とする。部分的復活を認める	3月、吉備真備任大納言		
767	神護景雲1					大宰少弐
768	神護景雲2			怡土城完成		
769	神護景雲3			6月、布勢人主、出雲守		
770	宝亀1	光仁				民部少輔。正五位下
771	宝亀2			大原今城、兵部少輔		従四位下
772	宝亀3		12月、対馬への食糧輸送船沈没			
774	宝亀5					3月、相模守 9月、上総守
776	宝亀7					7月、伊勢守

780	宝亀11			殷富の百姓の才弓馬に堪えたる者に武芸を習わしめ徴発。縁海諸国に警固６条を示し警固を命ず。甲冑は革製に		2月、参議
783	延暦2	桓武	滞在希望防人と逃留旧防人を防備に充てる。東国派遣防人停止			7月、中納言
785	延暦4					死亡
792	延暦11			陸奥・出羽・大宰府管内を除き軍団兵士廃止。健児制をとる		
795	延暦14		東国防人廃止。壱岐対馬の防人には在地兵士を充てる			
804	延暦23		西海道派遣の壱岐防人の食料は筑前から送るが、運送困難でしばしば漂失。壱岐兵士３００人を防人に充てよ			
806	大同1	平城	近江国の俘囚６４０人を防人にする			
835	承和2	仁明	壱岐の兵３３０人を防人にする			
841	承和8		大宰府兵１０４人を対馬防人に充てる			
843	承和10		筑紫人を防人に充てる			
879	元慶3	陽成	対馬防人の食料は壱岐から送るが、収穫少なく輸送も困難。それを中止せよ			

引用万葉歌索引

山口　博（やまぐち・ひろし）
1932年（昭7）東京に生まれる。東京都立大学大学院博士課程単位取得退学。富山大学・聖徳大学名誉教授，新潟大学教授。文学博士。
著書に『王朝歌壇の研究』『万葉集形成の謎』（共に桜楓社），『閨怨の詩人小野小町』（三省堂選書），『王朝貴族物語　古代エリートの日常生活』（講談社現代新書），『万葉集の誕生と大陸文化　シルクロードから大和へ』（角川選書），『心にひびく日本の古典』（新潮社），『こんなにも面白い日本の古典』（角川ソフィア文庫），『創られたスサノオ神話』（中公叢書），『大麻と古代日本の神々』（宝島社新書），『こんなにも面白い万葉集』（PHP研究所）など他多数。

草莽《そうもう》の防人歌《さきもりうた》

万葉《まんよう》のわだつみの声《こえ》をきく

■

2020年8月28日　第1刷発行

■

著者　山口　博

発行者　杉本　雅子

発行所　有限会社海鳥社

〒812-0023 福岡市博多区奈良屋町13番4号

電話092(272)0120　FAX092(272)0121

http://www.kaichosha-f.co.jp

印刷・製本　モリモト印刷株式会社

ISBN978-4-86656-084-7

［定価は表紙カバーに表示］